半九郎疾風剣

鈴木英治

時代小説文庫

角川春樹事務所

半九郎疾風剣

一

剣尖《けんせん》がつと震えを帯びたように動いた次の瞬間、上段から目にもとまらぬ振りおろしがやってきた。

半九郎《はんくろう》は勘だけで撥《は》ねあげた。骨までしびれる衝撃が腕を伝わり顔をしかめかけたが、すぐに胴を狙《ねら》われ、半九郎は体をよじるようにして弾《はじ》き落とした。

相手は踏みこみざま、強烈な袈裟《けさ》斬りを見舞ってきた。半九郎は打ち払い、逆胴を叩《たた》きこんだ。

相手はひらりと軽やかな足さばきでよけ、面に打ちこんできた。半九郎は身を低くして避け、下段から胴を繰りだした。

相手は受けそこね、下がることでかろうじてかわした。半九郎はそれに乗じて一気に距離をつめ、突きを入れようとしたがとどまった。わざとつくられた隙《すき》だった。

ひっかからなかったか、といいたげな顔を面のなかで一瞬したあと、相手は竹刀《しない》を袈裟に叩きつけてきた。半九郎は負けずに打ち返し、鷹《たか》が獲物に襲いかかるすばやさで隙が見えた小手に竹刀をぶつけた。

それもつくられた隙にすぎず、半九郎がそう動くのを待っていた相手は右に鋭く歩を刻んで半九郎の視野から消えようとした。追おうとしたら胴を抜かれていただろうが、半九郎は一気に前へ走り抜け、相手の間合《まあい》を逃れた。くるりと体を返して、竹刀をかまえる。

そのときには相手は眼前にいて、竹刀を振りおろしていた。半九郎はその足の運びに驚きながらも竹刀を持ちあげるや、びしりと弾いた。

相手の竹刀がわずかにあがり、半九郎は渾身《こんしん》の力をこめた袈裟に竹刀を打ちおろした。

しかしそれも空を切った。かまわず半九郎は袈裟から胴、逆袈裟という連続技をつかったが、すべて受けとめられた。

さらに激しい攻防を繰り返したが、やがて二人は対峙《たいじ》したまま動かなくなった。

つと相手が片手をあげた。氷が張りつめたような空気が一気に解けてゆく。

「里村《さとむら》さん、ここまでにしておきましょう」

穏やかな声を発し、剣尖を下げた。

半九郎はうなずき、竹刀をおろした。荒い息を一つ吐く。

松井《まつい》圭之介《けいのすけ》は防具をはずした。

「しかし里村さん、強いですね」

汗びっしょりの顔で笑いかける。

「やはり用心棒などやめて、うちで師範代をやりませんか。それがしだけでなく、皆も望んでますよ」

道場内にずらり顔を並べた二十人を楽に越える門弟たちは一様に首をうなずかせた。

「お気持ちはとてもありがたいのですが、和尚《おしょう》には世話になっていますから……」

「父にそんなに義理立てする必要はないと思うんですがね」

圭之介は本気で残念そうだ。

「仕方ありませんね。でも、剣を振りたくなったらいつでもおいでください。歓迎しますよ」

最近稽古《けいこ》らしい稽古をしていなかったことに気づいた半九郎はいつもの原っぱに行こうとしたが、ふと懐かしさを覚えて、ここ牛込《うしごめ》袋町にある松井道場を訪れたのだ。

なんの前触れもなくあらわれた半九郎に圭之介は驚いたようだが、こころよく立ち合ってくれた。圭之介自身、半九郎ほどの遣い手と竹刀をまじえられる機会を持てたことがうれしくてならなかったようだ。

うれしいのは半九郎も一緒だった。稽古といえばこれまでは一人で刀を振るしかなかったが、これからはそうではない、という喜びが胸をひたしている。

防具をはずすことなくしばらく息を入れていた半九郎は、お礼代わりに、立ち合いを申し出た若者三人の相手をした。

三人との稽古を終えると、圭之介に勧められるまま庭へ出て井戸端で水浴びをした。

じき日が暮れようとしており、神楽坂《かぐらざか》の毘《び》沙門天《しゃもんてん》と呼ばれる善国寺の木々が眺められる木立の多い庭はかすかに油ぜみの鳴き声が届くくらいで、山中にいるかのようなひっそりとした暗さに包まれつつあった。

すぐに圭之介もやってきて、半九郎と一緒に汗を流した。

「どうです、夕餉《ゆうげ》を食べていきませんか」

手拭《てぬぐ》いで体を拭《ふ》きながらいう。

「遠慮などいらんですよ。もともとたいした物など出ないですし、うちのは客があるのを喜ぶたちですから」

半九郎はその言葉に甘えた。一食助かるというさもしい気持ちもあったが、もう少しこの剣客とときをともにしたいという気持ちも強かった。

酒もほんの少しなめるように飲んで、半九郎はいい気分で松井道場をあとにした。

圭之介の妻のお依《より》は丸顔で愛嬌《あいきょう》があり、よくしゃべった。一見するといかにもそそっかしげだが、包丁は抜群で、煮物、焼き物、いずれも美味だった。

子供は男女一人ずつ、二人ともお依に似ていた。跡継で八歳の玲之介《れいのすけ》は顔だけでなく性格もそっくりで、口が達者だった。

とても仲むつまじい家族で、ああいう雰囲気に身を置いていると、半九郎もはやく子供がほしくてならなくなる。

二

「里村さんはおいでですか」

軽く障子戸を叩く音がしたあと、きき覚えのない声が届いた。

松井道場を訪ねてから、すでに三日がたっている。

四つをすぎて朝とはいいにくい刻限だが、まだ寝床にいた半九郎はゆっくりと起きあがった。客はいい知らせをたずさえていない気がする。

夜具を押入れのほうに押しやり、土間におりた。

「どなたかな」

立っていたのは町方同心《まちかたどうしん》。半九郎はさすがに目をみはった。

「お話をききたいのですが」

ていねいに一礼して、穏やかな声でいう。背後に、中間《ちゅうげん》らしい男がつきしたがっている。

「というと？」

同心はかなりの長身を誇っており、目の高さが自分とほぼ同じ位置にある。五尺八寸は楽にあるということだ。

同心はなかをちらりと見た。

「お一人ですか」

「そうだが」

右手の井戸端に興味深げな三名の女房がいるのに気づいた半九郎は二人を招き入れて戸を閉め、畳の上にあぐらをかいた。

同心は失礼します、といって畳の端に腰を預け、中間は土間に立って半九郎を見おろすようにした。

半九郎はあらためて同心を見つめた。

歳《とし》はせいぜい二十二、三だろう。すっきりとした鼻筋と聡明《そうめい》さに澄む瞳《ひとみ》を持つなかなかいい男で、同心としてかなりの腕利きであることをうかがわせる。

黒羽織の着流しに刃引《はび》きの長脇差《ながわきざし》を差した姿はさまになっており、若さに似合わぬ経験を積んできているのを示しているが、ただし剣はさほどつかえるようには思えない。

朱房の十手《じって》は袱紗《ふくさ》に包んで内懐に差しているようだ。これは抜き取られて悪用されるのを防ぐため、外から見えないようにしているのだ。

「昨夜のことですが」

同心が口をひらいた。

「女が殺されたのです」

半九郎は、誰が殺されたのか考えた。まさか。

「ええ、里村さんもご存じのお弓《ゆみ》です」

同心は瞳の色をやや強くした。

「昨夜、下駒込《しもこまごめ》村の稲荷《いなり》そばの路地で殺されたのです。里村さんもあの稲荷にいましたね。なぜ、あんな刻限にあの場所に」

「酔い覚ましだ。ちょっと風に当たろうと思って」

「酒は飲めないのでは？」

「少しなら飲めんことはない」

「店で飲んでいたのですね。どこです」

「忘れた。酔っていたから」

中間が険しい目でにらみつけてきた。こちらは三十すぎか。全体に人のよさがあらわれているようで、あまり迫力は感じられない。

「あの稲荷の近くで盛り場というと、駒込追分《こまごめおいわけ》町ではないですか。店では誰かと？」

同心は、唇をかたく引き結んだ半九郎をのぞきこむようにした。

「なるほど、いえぬ理由はその人のようですね」

半九郎はそっぽを向いた。

「正直なお人ですね」

白い歯を見せて、同心は笑った。

ずいぶん子供っぽい笑顔だ。同心は抜群にもてるというが、この笑顔にいちころという娘は多いにちがいない。

同心は、半九郎の視線に気づいたように表情を引き締めた。

「刀を見せてもらえますか」

口調はやわらかいが、有無をいわせぬ力が言外にある。

「よかろう。人には渡したくないが、お役人相手ではそうもいっておられん」

「腕前は順光《じゆんこう》和尚から十分すぎるほどうかがっていますが、取りあげるための策などではありませんよ」

「和尚を知っているのか」

「近間庵《ちかまあん》にはよく行くんです。和尚には、半九郎を疑うなんて見当ちがいもはなはだしいと叱《しか》られましたよ。あの男、女を手にかけることが悪いことだと判断できるくらいの頭はある、と」

ずいぶんないわれようだな、と思いつつ半九郎は刀架の刀を手渡した。

同心は一礼してからすらりと抜き放った。刀身をためつすがめつする。

「血のりも脂《あぶら》もついてないですね」

「当たり前だ」

「それにしてもすばらしいですね」

嘆声を放った。いかにも惚《ほ》れぼれした、という顔で自らの長脇差に目を落とした。

「このような刀、それがしも持ちたいものですよ」

「もうよかろう。返してくれ」

「失礼しました」

同心はていねいに鞘《さや》におさめた。

半九郎は受け取り、畳の上に置いた。

「お弓は斬《き》り殺されたのか」

「いえ、くびり殺されていました」

「ならどうして」

「あまりに見事な差料《さしりよう》だったものですから、つい……」

「ちがうな。俺の顔色を見たんだろう」

「里村さんとお弓が口喧嘩《くちげんか》をしていたというのは事実ですか」

同心はなにごともなかった顔で、問いを進めた。

「口喧嘩などしておらん。酔っぱらったあの娘がからんできたんだ」

「どうしてからまれたんです」

「知らん。誰かにからみたかったところに、たまたま俺が通りかかったんだろう」

「たまたまですか」

同心は意味ありげな目をした。

「稲荷があるあんな寂しい場所まで、里村さんはわざわざ行ったのですか」

「立ち小便だ」

「さっきは酔い覚ましとのことでしたが」

「ついでに小便もしたんだ」

「よろしいでしょう。でも、あそこまで飲み屋から二町はあるんじゃないですか」

「近くは人目がありすぎた」

同心はにっこりと笑った。

「やはり、飲んだのは駒込追分町ですね」

さすがにうまいものだな、と半九郎は逆に感心した。

「お弓にからまれた、そのあとは？」

「すぐに別れた」

「しかしおかしいですね。お弓も酒が飲めないんですよ。働いていたのは水茶屋《みずぢゃや》ですが、いつもそれを理由に客の誘いを断っていたそうです。里村さん」

同心はやや強い調子で呼びかけてきた。これまでと打って変わって、厳しい顔をしている。

「いったい誰をかばっているんです」

「誰もかばってなんかいない」

そうはいったものの、半九郎はしらばっくれるのにくたびれてきていた。

「お弓が誰とつき合っていたか、知ってますね？」

半九郎の疲れを見越したように同心はたたみかけてきた。

「飲み屋で一緒にいた人ですね」

断定するようにいって、同心は思案顔をした。一人うんうんとうなずく。

「なるほど、男にうまく別れられるよう説得でも頼まれたのでは？」

さすがに鋭いな、と半九郎は感心した。

「図星みたいですね。男の名を教えていただけますか」

「いえん」

「どうしてです」

同じ長屋の者を売るわけには、といいかけて半九郎はとどまった。

「どうしてもだ」

「でしたら、飲み屋の名だけでも明かしてもらえませんか」

「それも勘弁してくれ」

仕方がないな、という顔を同心はした。

「ありがとうございました」

立ちあがり、深く頭を下げる。

「清吉《せいきち》、行くぞ」

不満げな顔つきの中間に声をかけ、体をひるがえした。

「ちょっと待った」

半九郎は呼びとめた。

「お弓が殺されたのは、例の事件がらみか」

同心は首を振り向かせた。

「お弓が四人目か、ときいているのですね。ええ、十分に考えられます」

「あの男は、四人も女を殺せるような男じゃないぞ」

「そう思っているのでしたら、名を教えてくれるとありがたいんですが」

半九郎は軽く咳払《せきばら》いをした。

「あんた、名はなんていうんだ」

「失礼しました。稲葉七十郎《いなばしちじゅうろう》と申します」

軽く会釈をして、夏の陽射《ひざ》しが一杯にあふれる路地へ出ていった。

その名を脳裏に刻みこんで、半九郎はごろりと横になった。腕枕《うでまくら》をし、天井を見つめる。

（あの娘が殺されたか）

昨日の六つ前、半九郎は相談があるという、同じ権兵衛店《ごんべえだな》に住む脩五郎《しゅうごろう》に外へ連れだされた。

しばらく北へ歩いて向かった先は駒込追分町で、十軒以上の飲み屋が軒を連ねる路地を入った脩五郎は一軒の前で足をとめた。

店は井端屋《いばたや》といい、慣れた様子で縄暖簾《なわのれん》を払った脩五郎は間仕切が立てられた座敷の奥に落ち着くや、どんどん肴《さかな》を注文した。

なんの相談か警戒していた半九郎だったが、夕食前で腹が減っていたことに加え、並べられた肴がどれも実にうまそうだったこともあって、どうでもいいや、とひらき直った気分で遠慮なく箸《はし》をつかった。

半九郎が腹を満たした頃合を見計らって脩五郎が切りだした相談というのは、女と別れたいがどうすればいいか、というものだった。一度は将来を誓い合ったものの、脩五郎にはほかに好きな女ができたのだ。

脩五郎は半九郎より一つ下の二十三歳、生業《なりわい》は櫛《くし》やかんざし、おしろいなどを売り歩く小間物屋《こまもの》だ。

「しかし、俺には男女のことはよくわからんぞ」

半九郎は箸を置いて、いった。

「いえ、半九郎の旦那《だんな》なら、女なんてものの数じゃございませんよ。なにしろ押しこみどもを相手にしてるんですから。女はお弓といいます。もうそこに呼んであるんですよ。あの約束はなかったものと、そして俺なんか忘れるよう、半九郎の旦那から説得してもらえませんかね」

半九郎は空の皿の群れを呆然《ぼうぜん》と見つめた。調子に乗って食いすぎたことを後悔したが、あとの祭りだった。

「自分で始末する気はないのか」

一応はいってみた。

「いつもはそうしてるんですが、今回はどうも修羅場になりそうな気がして……」

「まさかその女、刃物でも？」

「気の強い女です。十分に考えられます」

だから俺を頼ってきたのか、と半九郎は納得した。

「半九郎の旦那、どうかお頼みいたします。あっしには旦那しか、頼る人はいないんですよ」

脩五郎は泣きだしそうな顔をしている。

仕方あるまい。腹を決めた半九郎は脩五郎を残して店を出た。

お弓は、飲み屋から二町ほど北へ離れた小さな稲荷にいた。

背の低い鳥居の両側に常夜灯が二つ灯《とも》り、せまい境内《けいだい》をわびしく照らしだしている。

白く浮かびあがる石畳の上に立つ女の姿もそれに劣らずはかなく、寂しげだった。

近づいてゆくうち、かなりの器量よしであるのがわかった。歳は二十歳に達していないだろう。

両肩がわずかに張って大柄なのが若干割引といえるのだろうが、こんなにきれいで若い女を捨てるのか、と半九郎は脩五郎のもてぶりをあらためて感じた。

「卑怯《ひきょう》な人」

境内に入ってきた半九郎を矢を放つような鋭い瞳で見たお弓は、吐き捨てるようにいった。

「お侍をあいだに立てるなんて」

半九郎はため息とともにうなずきを返した。

「そういうことだ。だからそんな男に未練は持たず、すっぱり別れてくれんかな」

「ちくしょう、貢がせるだけ貢がせておいて新しい女ができた途端……」

お弓は半九郎の言葉をろくにきいていない。

「一緒に店を持つのに必要？　嘘《うそ》ばっかり」

顔をあげ、きっと半九郎を見た。

「返してもらえるんでしょうね」

「俺にはわからんが、返せば別れてもらえるのか」
五、六人の酔っぱらいが高い声をあげて、前の通りをふらふらと歩いてゆく。
その連中が消えると、次に肩を組んだ三人組があらわれた。なにか冷やかすような言葉を発して、境内にいる二人を透かし見るようにした。どこかのお店者《たなもの》らしい三人は、やがて大きな笑い声を合図にその場を去っていった。

そのあいだお弓は自らの肩を抱くようにして、じっと黙っていた。

挑むような目で半九郎を見る。

「手切れ金として私から巻きあげた三倍払ってもらうわ」

「脩五郎にそんな金があるとでも？」

「今の女にださせりゃいいじゃない」

「同じ目に遭わせるのか」

「そんなの、知ったこっちゃないわ。あんな男と知り合ったのが自業自得ということよ」

お弓は自嘲《じちょう》気味に笑い、それから瞳をまっすぐに向けてきた。

「どうなの、払ってもらえるの」

「俺にはわからん。じかにきいてくれ」

もううんざりだった。

「今、呼んでくる。ちょっと待っててくれ」

半九郎は身をひるがえしかけて、とどまった。

「おぬし、刃物を持っているのか」

「持ってないわ」

お弓は馬鹿にしたように笑った。

「それが怖くてあの人……安心していいわよ。私にはあの人を殺そうなんて気、これっぽっちもないから。だって殺しちゃったら、お金取れないもの」

お弓は甲高い笑い声をあげた。

半九郎は店に戻り、渋る脩五郎を一人で稲荷に行かせた。店の勘定は、仕方なく半九郎が持った。

その後のことは知らないが、脩五郎がお弓を殺したはずがない、と半九郎は思う。

女癖は悪いがもともと気持ちのやさしい男で、人殺しなどできはしない。行商で鍛えているのだろうが、細身でなよっとしており、大柄なお弓をくびり殺せるだけの力があるはずもない。

（とはいえ、弾みということもあるしな）

だが、とすぐに思い直した。

（やはり、脩五郎に人を殺せるはずがないな）

三

「なっちゃん、飯に味噌汁《みそしる》、納豆、あと煮しめをくんな」

「俺は、それにアジの塩焼きをつけてもらおう」

ちょうどあいたばかりの長床几《ながしょうぎ》に、二人組が腰かけた。

二人は大川端の河岸《かし》で働く人足《にんそく》で太右衛門《たえもん》と仁兵衛《じんべえ》といい、奈津《なつ》が岩代屋《いわしろや》で働きはじめる前からの常連だ。

「なんだ、おめえ、なっちゃんの気ひこうと思って、アジなんて注文しやがって」

「馬鹿。アジくらいでなっちゃんなびいてくれるんだったら、とっくにものにしてらあ。それに、なっちゃんには許嫁《いいなずけ》がいるって話だぞ。俺は人の女には手をださないって、かたく誓ってるんだ」

「へっ、なにいってやがる」

太右衛門があざけるようにいう。

「この前人の女房に手だして、危うく血ぃ、見るとこだったのによ」

「あれは、女が独り身だっていったんだ。俺のほうがだまされたんだ」

「でも金払ったんだろ」

「相手がこれもんだったから、仕方なかったんだよ」

仁兵衛は頰《ほお》を人さし指で斜めに切った。

「美人局《つつもたせ》だったんじゃないのか」

「かもしれんけど、これも世を渡るための束脩《そくしゅう》と思えば安いもんさ」

強がるようにいって仁兵衛は奈津を見た。

「なっちゃん、許嫁とはうまくいってるのかい」

奈津は長床几の皿を片づけながら、にっこりと笑った。

「おかげさまで」

「へえ、うらやましいねえ。祝言《しゅうげん》はいつだい」

「さあ」

「なんだ、向こうの男もはっきりしねえんだな。駄目になったら、いつでも俺がもらってやるぜ」

「馬鹿、誰がおまえなんかの嫁さんになるか」

「でも俺、本気でなっちゃんみてえなかみさんほしいなあ」

仁兵衛が慨嘆し、太右衛門に顔を向けた。

「正直いえば、おまえのかみさんみたいな狸《たぬき》のお面かぶったようなのでもいいよ」

「誰が狸の面、かぶってるんだ。てめえ、ぶん殴るぞ。もううちに来るなよ。敷居またいだら殴り殺してやる」

「上等だ。あんなくそまずい狸の餌《えさ》、食わずにすむと思うとせいせいすらあ」

「まあまあ、二人とも」

奈津は割って入った。

「はい、おまちどおさま」

長床几に注文の品を置いた途端、奈津はきゃっと飛びあがった。

あわてて振り返ると、最近よく姿を見せるようになった金兵衛《きんべえ》がにやにや笑っていた。

「あんまりうまそうな桃なんで、つい手が出ちまった」

「おい、こら、金さんていったっけな。なっちゃんの尻、さわってただですむと思ってるのか」

太右衛門がにらみつける。

「いいじゃねえか。減るもんじゃなし」

苦い顔でいった金兵衛は、白いものが混じりはじめている鬢《びん》の髪を気弱げな目でかきあげた。

「若いもんが怒りなさんな。役に立たなくなった年寄りの道楽なんだから」

「あんたじゃそうかもしれんな。でも俺が怒ったのはそういうことじゃないんだ」

そのとき、奈津はまた尻をさわられた。声はさすがにあげなかったが、急いでうしろを見た。こちらも最近顔を見せるようになった男だ。歳は五十ほどか、にたにたと鼻の下を伸ばしている。

「あんたもやめねえか」

叱っておいてから太右衛門は金兵衛に目を向けた。

「見ての通りだ。一人がやりだすと、うつるんだよ。なっちゃんがなにもいわないから、すぐ図に乗るんだな。それでみんなでやめようって申し合わせたんだけど、一人がはじめると自分もやらないともったいねえと考える馬鹿ばかりで……」

「や、これはすまんことをした」

金兵衛は自らを恥じる風情だ。

「次から気をつけてくれればいいよ」

「もしやっちまったら」

仁兵衛があとを引き取るようにいった。

「なっちゃんの許嫁に斬り殺されるよ」

金兵衛が驚いて仁兵衛を見返す。

「許嫁はお侍かい」

「お侍はお侍だが、れっきとした浪人さ。でも、これがえれえ強《つえ》えって評判なんだ」

「へえ。強いってどのくらいなのかねえ」

「なっちゃん、許嫁はどのくらい強いんだい」

「全然たいしたことないわ」

奈津は笑って仁兵衛に答えた。

「だって私にひっぱたかれるくらいだから」

四

くしゃみとともに半九郎は目が覚めた。

いつの間にか寝ていた。汗びっしょりだ。起きあがると、額や鬢から汗が幾筋もの筋となって流れ落ちた。

あけっ放しにしてある庭側の障子から、じっとりとした風が入ってくる。刻限としては七つ前といったところだろうか。

空腹を感じた。それも当たり前だ。昼飯も食わず、三刻近く寝ていたのだから。

「半九郎のおっちゃん、いる？」

子供の声がし、戸があいた。

「おう、いるぞ」

土間に立ったのは虎之助《とらのすけ》だった。うしろに孫吉《まごきち》がいる。二人ともふだんは見せることのない険しい目をしていた。

半九郎は畳にあぐらをかいた。

「ずいぶん機嫌が悪そうだな」

半九郎の軽口を虎之助は無視した。

「半九郎のおっちゃん、見損なったよ」

「なんだ、いきなり」

「脩五郎のにいちゃんのことだよ」

長屋の子供たちは脩五郎をにいちゃんと呼び、半九郎をおっちゃんと呼ぶ。

「脩五郎がどうかしたか」

頭をよぎったのはお弓のことだ。

「なに、とぼけてるんだよ。おっちゃん、脩五郎のにいちゃんをさしたらしいじゃないか」

なにが起きたのか半九郎はさとった。

「脩五郎、つかまったのか」

「お得意さんをまわってる最中、引っ立てられたらしいよ」

「それが俺のせいになっているのか」

「今朝、ここにお役人がやってきたのはみんな知ってるからね」

「確かに来たが、俺は脩五郎のことなど一言もしゃべっちゃいないぞ」

二人は疑わしげな眼差《まなざ》しだ。

「本当だぞ。俺が同じ長屋の仲間を売るわけないだろうが」

「でも、もうそういう噂《うわさ》が広まっちまってるからね」

「誰がそんな噂を流したんだ」

さあ、とそろって首をひねった。

半九郎は立ちあがり、路地に出た。夕暮れが迫りつつあるとはいえ、途端にむせ返るような暑さに包まれ、立ちくらみがした。

井戸端で話をかわしていた五名の女房がいっせいに口を閉じ、半九郎をじろりと見た。真冬のみぞれ混じりの雨より冷たい視線で、半九郎は一瞬、暑さを忘れた。

「里村の旦那、見損なったよ」

隣の店に住む女房のおことが近づいてきて、虎之助と同じ言葉を放った。

「いや、俺は脩五郎の名などだしておらんぞ」

「だったらどうして脩五郎さん、あっという間につかまっちまったのかねえ」

あの同心の腕だろうな、と思ったが、そのことを口にする気はない。

ほらごらんなさい、という顔をおことはした。

「この責任、どう取るのよ、里村の旦那」

「なんとかしなさいよ」

「そうよ、そうよ」

鳥がさえずりはじめるように他の女房たちがいっせいに口をひらいた。

あの稲葉という同心をうらみたくなったが、それ以上に長屋の者に信用がない自分が情けなかった。

こうなったら、と半九郎は決意をかためた。自分で真犯人をつかまえるしか道はなさそうだ。難儀この上ないが、それ以外に信用を取り戻す手立てはない。

腹のうちで深くうなずいた半九郎は両刀を取りに部屋にひっこもうとしたが、路地に人が入ってきた気配を察し、足をとめた。

「里村さま、ちょうどようございました」

足早に近づいて声をかけてきたのは、祥沢《しようたく》寺の寺男の彦三郎《ひこさぶろう》だった。

「和尚か」

「はい、お呼びです」

「半九郎のおっちゃん、こんなときに仕事へ行く気かい?」

眉間《みけん》にしわを寄せて虎之助がきく。孫吉もおもしろくない顔で半九郎を見つめている。

「世話になっている人の使いだ。断ることなどできん。それにな、俺は本当に脩五郎のことは一言も話しておらんのだ」

女房たちにもきこえるようにいって、両刀を腰に差した半九郎は路地をあとにした。

「どうかされたのですか」

表通りに出て、先導するように足を運ぶ彦三郎が心配そうに振り返る。

「ずいぶん不穏な感じでしたが」

「いや、まあよくあるちょっとした行きちがいだ。みんな腹が減っていて、気を立てているのさ」

小石川仲町《こいしかわなかちよう》にある祥沢寺を訪れるのは、久しぶりだった。このところ仕事がなく、およそ一月近くも山門をくぐっていない。

庫裡《くり》のいつもの座敷に通された半九郎は、八畳間のまんなかに敷かれた座布団に遠慮なく腰をおろした。

南側の障子が大きくひらかれていて、さまざまな草木や花が植えられた庭を渡って涼しい風が入ってくる。

半九郎は、上質の絹にでも包まれたように心地よく汗がひいてゆくのを感じた。

本堂のほうからかすかに読経《どきょう》の声がきこえている。気持ちを落ち着かせる、ゆったりとした旋律だ。

やがて読経が終わり、順光が姿をあらわした。

「久しいな」

座布団に座りながら、いった。

「ご無沙汰《ぶさた》しておりました」

半九郎はていねいに頭を下げた。順光はあきれ顔をしている。

「おまえな、いくら仕事がないといっても、たまには顔をだせ」

「はあ」

「まったく薄情なやつだ。そこいらの野良猫《のらねこ》のほうがまだましだぞ。日に一度は境内を通り抜けてゆくからな」

順光は身を乗りだして、半九郎を見つめている。

のしかかってくるようなでかい顔がさらに大きく見える。しかもその眼光の鋭さといったら、順光以上の者に半九郎はこれまで出会ったことがない。

「ところで半九郎」

順光が目の光をやわらげた。

「今日、町方同心が行ったろう」

「そのことでえらい迷惑をこうむりました」

半九郎は事情を語った。

順光はにこやかに笑った。

「それはまたずいぶんな濡衣《ぬれぎぬ》を着せられたものだな」

半九郎は自らの決意を述べた。

「ほう、自ら犯人捜しか」

順光はふと眉《まゆ》をひそめ、ひっかかるものがあるように考えこんだ。

あげた顔には微笑が浮かんでいた。

「おまえも信用がないのだな」

「それが残念でならんのです。それがしがそのような男だとみんなに思われていたのかと思うと……」

「そんなに落ちこむことはあるまい。それに犯人捜しより大事なのは仕事だろう。一月近くも遊んでいたのだから、そろそろ干あがりかけているんじゃないか」

その通りだった。その日暮らしも同然で、貯《たくわ》えなどほとんどないのだ。

「今回はいい話だぞ。期待してもらってもかまわん」

順光は胸を張り、満足そうに顎《あご》をなでた。

「どのような仕事です」

「飯を食いながら話す」

近間庵は混んでいた。座敷はほとんどが埋まっており、半九郎たちが座れるところなどどこにもない。

その繁盛ぶりに目を細めた順光に連れられて、半九郎は店の奥のほうへ進んだ。

店の勝手口を出て落ち着いたのは、こぢんまりとした離れだった。それでも四畳半ほどの広さはあり、半九郎の長屋より広い。

半九郎は勧められるままに、どかりとあぐらをかく順光の向かいに腰をおろした。

「こんなところがあったんですか」

半九郎は、青々とした畳が匂《にお》い立つ清潔な座敷を見まわした。

なかはさっぱりしたもので、掛軸や扁額《へんがく》もかかっておらず、文机《ふづくえ》一つ置かれていない。

「建てたばかりだ。店をひらいて十五年、ようやくうまさが知られてきたようでな、このところさっきのようなさまが続いておるのよ。わしが食うのにも難儀することが多くて、仕方なく建てたんだ」

「仕方なくですか。ずいぶんうれしそうな顔をされてましたが」

「混んでるのをうれしがっているわけではないぞ。うまそうに食してる人たちの顔を見るのがなによりなんだ」

蕎麦《そば》切りが運ばれてきた。三枚を順光が受け取り、残りが半九郎の前に置かれた。

半九郎は目をみはった。

「二枚ですか」

「なんだ、不満か」

「滅相《めっそう》もない。いつも一枚なので……」

「いつもいつも一枚きりで、おまえにけつの穴の小さな男と思われるのもしゃくだからな。せめて年に一度くらいは奮発してやらんと。伸びないうちにさっさと食え」

順光はなめらかな箸づかいで蕎麦切りを小気味よくすすりあげた。

半九郎は順光にならった。

新蕎麦が出まわる前の端境期に近いのに、相変わらずうなるほどおいしい。蕎麦切りの腰、喉越《のどご》しといい、よくだしの利いたやや濃いめのつゆといい。

ほかの店をたいして知っているわけではないが、江戸でも五指に入るのでは、と半九郎はひそかに思っている。思っているだけでいわないのは、順光が五指程度では納得していないことを知っているからだ。

食べ終わり、蕎麦湯をもらった。こちらも抜群にうまい。

順光はいかにも満ち足りた顔で、酒を飲んでいる。

「では、仕事の話に入るか」

杯に残った酒を干した順光は、依頼の内容を話した。

「警護につくのは明日からでいい。今日は帰って体を休め、明日に備えてくれ」

半九郎はあらためて順光に頭を下げ、近間庵を出た。

町はすっかり夕闇《ゆうやみ》に包まれて、あたりを歩く人の顔も見わけがたくなっている。

長く伸びた自らの影にうしろを振り返ると、西の彼方《かなた》へ落ちようとしている太陽が眺められた。西の空に雲はなく、頂上近くを燃えるように赤く染めた富士山がその姿を惜しみなくくっきりとさらしている。

半九郎は思わず足をとめ、嘆声を放った。恋いこがれる女を見つめるような目で見とれた。

奈津が思いだされた。つい昨日会ったばかりだが、一日会わずにいると、恋しくてたまらなくなる。

遠くで雷の音がした。

南に目をやると、大きく成長しつつある黒雲がゆっくりと近づいてきているのが望見できた。

半九郎は急ぎ足で歩きはじめた。

道の南側は、水戸《みと》三十五万石《ごく》の上屋敷《かみやしき》の塀が延々と続いている。およそ六町にわたって続くのだから、この上屋敷の広大さを感じずにはいられない。十万坪を越える敷地というのだから、驚きだ。

北側には、旗本《はたもと》で寄合《よりあい》の酒井《さかい》屋敷の黒塀がのっそりと建っている。五千石を食《は》む大身《たいしん》で千坪は軽く誇る屋敷なのに、せまく感じられる。

歩き進むうちに日は完全に暮れた。雷はだいぶ迫ってきていて、雨の匂いをまじえた風も吹きはじめている。

水戸屋敷の塀が途切れると、右手に町並みがあらわれる。小石川春日《かすが》町だが、その町屋が建てこんだ風景も半町ばかりであっけなく切れて、また両側を武家屋敷の塀が続く。

小石川春日町から一町ほど東へ進むと、上野《こうずけ》高崎松平《まつだいら》家八万五千石の中屋敷と旗本の彦坂《ひこさか》家三千石の屋敷にはさまれた角に出る。そこを左に折れて、北へ方向を取る。

左側は松平屋敷の塀が長く続くが、右手の塀はすぐに脇坂《わきざか》家二千五百石に変わる。右側に口をあけている路地が見えてきた。そこを入れば、本郷菊坂台町《ほんごうきくざかだい》まであと二町ほどだ。

その角を折れようとしたとき、半九郎は一気に体が冷えたのを感じた。ぬるま湯のような夜気を切り裂いて、殺気が身を包んだのだ。まるで斬りかかられたような錯覚にとらわれた半九郎は身がまえ、目を細めた。

稲妻が夜空を走り、一瞬、あたりに昼の明るさが戻った。

道はこの先半町ほどで右側にゆったりと曲がっているが、その曲がる手前あたりで人が争っている。五、六名と思える侍が抜刀しており、剣尖が向けられた先には、武家屋敷の黒塀を背にした一人の町人がいた。

半九郎は舌打ちした。昨日に続いてまたも面倒だ。だが、どういう事情があるにしろ、放《ほう》っておくわけにはいかない。

半九郎は駆けるようにして近づいた。

「なにごとだ」

侍たちの背中に声をかけた。

はっと驚いたように振り返った侍たちの目がいちどきに半九郎に注がれ、その隙をついて町人が一気に輪を脱した。あっ、と侍たちが声をあげる。

「お侍、助けてくだせえ」

町人はあっという間に半九郎の背後に駆けこんだ。歳は五十くらいのようだが、恐ろしく身ごなしが軽い。

「なにもいわずその男を渡してくれ」

足を踏みだした侍がいった。落ち着きを感じさせる深みのある声音で、態度にも懇願の様子はない。

歳は三十すぎくらいか。目が大きく、眉毛もずいぶんと太い。いかにも精悍《せいかん》な面《つら》つきだ。一瞥《いちべつ》した限りでは、腕もかなり立ちそうに見える。自分とやり合ったら、と半九郎は冷静に計った。互角だろうか。いや、もしかしたらやられるかもしれない。

この侍が他の五名を束ねているようだ。

「お侍、頼みますよ。そんなことされたらあっしは命がねえ」

町人は背にすがりつかんばかりだ。

「この男はなにをしたんだ」

半九郎は目の前の侍にきいた。

「人を殺した」

「でたらめだ。濡衣じゃねえか」

「この男は一度つかまり、牢《ろう》を逃げだしたんだ」

「ちがいますよ、お侍。こいつら、あっしの口をふさぎたいだけだ」

「あんたら、勤番《きんばん》か」

侍は答えない。

「ちがうようだな。領内で人を殺したこの男を追って江戸に出てきたのか」

「あっしは人殺しなんてしてませんて」

「あいだに人を立てたらどうだ。たとえば、町奉行所《まちぶぎょうしょ》に預けるとか」

「奉行所は駄目だ」

侍はにべなく拒絶した。

「あっしは喜んで行きますよ」

男が声を張りあげる。

「これでおわかりになったでしょ、お侍。あっしがまともに詮議《せんぎ》を受けたら無実なのがわかっちまうから、こいつら、こんなことというんです」

「この男のいうことにも一理ある」

半九郎がいうと、侍の瞳がぎらりと光を帯びた。

「どうしても邪魔立てするというのか」

「そんなつもりなどない。事情を知りたいだけだ」

「いらぬ節介だ。なにもいわず、このまま立ち去れ。さもなくば、きさまも斬る」

半九郎は侍を見直した。

やはりすばらしい遣い手だ。ほかの五名もかなりの腕を誇っている。

これだけの手練《てだれ》がたった一人の町人をとらえるために国許《くにもと》を出てきたというのか。しかも、町人のほうは脇差すら帯びていないというのに。

侍は目をこらしている。半九郎の心を探る表情だ。どうやら、とぽつりといった。

「立ち去る気はないようだな」

すっと剣尖を半九郎に向けた。

「なら、遠慮なくいかせてもらう」

斬りかかってきた。猛烈な袈裟斬りが浴びせられる。

さすがに鋭かったが予期していた以上ではなく、すばやく抜刀した半九郎は軽々と打ち返した。

おっ、という顔で半九郎を見た侍はうしろに下がった。互いの距離は二間《けん》ほどにひらいた。

「だいぶ修羅場をくぐり抜けてきているようだな。ただの貧乏浪人ではないらしい」

ずいと足を一歩踏みだし、腰を沈める。

「甘く見て加減しすぎたか」

半九郎に驚きはなかった。この侍が本気をだしていなかったのはわかっている。

侍はするするとなめらかな足さばきで進んできた。他の五名はこの侍の腕を信頼しきっているようで、刀をかまえてはいるものの、動こうとしない。

刀が振りおろされた。鋭さは先ほどと変わりなく、半九郎はそれを受けとめようとした。

「危ねえっ」

男がうしろから高い声をあげた。

半九郎はびくりとして刀を引き、背後へ飛びすさった。侍は剣を途中でとめた。

半九郎が下がったのは、男が警告を発したからではない。半九郎の体に棲《す》む獣の本能がさせたのだ。

あのまま受けていたら、と半九郎はさとっている。今頃自分は息をしていない。

「わかったでしょう、この野郎、妙な剣をつかうんですよ。今ので、これまで何人の男が餌食《えじき》にされたものか」

いったいどんな剣なのかききたかったが、その前に再び侍が刀を振りあげた。

侍の瞳は闇のなか、めらめらと赤い炎を帯びている。狂気の色ではなく、その炎があらわしているのは、ただ一つ、執念だった。

侍は半九郎を討ち、そして背後の町人を殺すという揺るぎない決意をかためている。

この男が人を殺したというのは本当かもしれんな、と半九郎は思い、ちらりと背後に目をやりかけた。

その隙を逃さず、侍が踏みこんできた。

半九郎は胴に振られた刀をかろうじて弾きあげた。侍は袈裟に振ってきた。

また悪寒が背筋を走り抜けた。半九郎はうしろに下がることで相手の間合を逃れたが、侍は半九郎の動きを読んでいたかのように一気に距離をつめてきた。

再び袈裟斬りが振りおろされようとした。

半九郎はさらに下がろうとしたが、そこには男がいて、男のうしろには黒塀があった。

半九郎は身をひねるように低くしざま、逆に相手の胴を狙った。

穂刈《ほかり》の剣だ。

おっ、と声をあげて侍は避けた。

「きさまこそ妙な剣をつかうな」

刀を正眼《せいがん》にかまえていう。

半九郎は心中、唇を嚙《か》み締めた。相手の本気についていけていない自分を知った。殺《や》らなければ殺られるとはいえ、この、さっき会ったばかりの侍を殺そうという気にはまるでなれないのだ。

その分、踏みこみが浅くなり、肩のひねりも甘くなった。よけられて当然だった。

半九郎が考えに沈んだのを油断と見たか、左手にいた若い侍が斬りかかってきた。

「よせっ」

侍が制しようとしたが、半九郎にとって絶好の機会だった。腕はそれなりに立つとはいえ、この若侍では首領とくらべものにならない。

袈裟斬りを首を動かすだけでかわした半九郎は峰を返すや、相手の逆胴に刀を叩きこんだ。侍は体を海老《えび》のように折り、地面に膝《ひざ》から崩れ落ちた。

首領があわてて斬りかかってくる。平静さを欠いているだけに、先ほどまでの鋭さを刀は秘めていない。

半九郎はその斬撃《ざんげき》をひらりとかわし、首領を相手にすることなく、右側の侍に襲いかかった。

上段から面を狙うと見せて相手が刀を振りあげたところを、がら空きになった右脇腹へ逆胴を打ちこんだ。

息がつまった顔をした侍は、刀を放り投げるようにして前に倒れこんだ。

半九郎が三人目に突進しかけたところで、首領がいかにもいたたまれないといった調子で命を発した。

「ひけっ」

道にうずくまる二人に他の三名が肩を貸し、侍たちは道を南へ動きだした。

最後尾を首領が行く。半九郎の動きを確かめるように振り返り、憎々しげににらみつけてきた。

「このつけは必ず払わせてやるっ。覚えておけっ」

吐き捨てるようにいうと再び足早に駆けだし、配下のあとを追った。

半九郎は、六名の侍が闇に溶けてゆくのを見送った。汗が噴きだしはじめている。額に浮かんだ汗をぬぐって、振り向いた。

男は消えていた。

半九郎は道に迷った子供のようにきょろきょろとまわりを見渡したが、姿はどこにもない。まるで風にさらわれたようだ。

（せっかく救ってやったのに礼もなしか）

半九郎は釈然としない思いを抱きつつ、道を歩きはじめた。

しかしあの剣はいったいなんなのか。袈裟斬りからどう変化するのかまったく見当がつかないが、とにかく恐ろしい剣であるのはまちがいない。

道が本郷菊坂台町にあと半町ほどまで迫ったとき、視線を首筋に感じ、半九郎は振り返った。

気のせいだろうか。大名《だいみよう》屋敷の無愛想な黒塀が続いているなか、一際強くなりはじめた風が無人の道を吹き渡っているだけだ。

半九郎たちがやり合っている最中、息をひそめるようにしていた雷は一気に近づいてきて、大粒の雨も降りだしている。

一度小さく首を振った半九郎は足をはやめて、長屋に戻った。

五

奈津が来ていた。

「二日続けて来てくれるなんて珍しいな」

半九郎は畳にあぐらをかき、飯を支度しているうしろ姿に声をかけた。

「ちょっと顔が見たくなったの」

奈津が振り返った。

「ご飯、食べてきた?」

「うん、蕎麦切りを二枚」

「もう食べられない?」

「いや、ちょっとあって体を動かしたから、また腹が空《す》いてきた」

「なにがあったの」

半九郎は正直に説明した。

奈津は近づいてきて、半九郎を見つめた。

「どこにも怪我《けが》はないようね」

「ああ、運だけは強い」

「私も信じてるわ」

土間に戻った奈津は火を消し、炭を火鉢に入れて灰にうずめた。

「でもその人たち、どっちが本当のこと、いってるのかしら」

お待ちどおさま、と奈津は二つの膳《ぜん》を畳に置いた。おかずは蔬菜《そさい》の煮しめとサバの塩焼きだ。それに味噌汁。

「お店の残り物をあたため直しただけだけど……」

「うまそうだな。やっぱり悟兵衛《ごへえ》さんの腕は抜群だよな」

「あら、私だって仕込み、手伝ってるのよ」

半九郎は飯をかきこんだ。

「ねえ、その妙な剣をつかう人だけど、またやり合いそうなの？」

半九郎は味噌汁に伸ばしかけた手をとめた。

「予感はある」

言葉ではうまく説明できないが、必ずあの侍と対決する日がやってくる気がしてならない。

「その剣を破れるの？」

「わからん。今のところ、なんの工夫も浮かんでない」

奈津が心配そうにしている。

「大丈夫だ。俺は奈津がいる限り、死なん。俺の運の強さのもとは奈津なんだよ」

半九郎は味噌汁をすすった。

「うまいな」

奈津はほっとしたように息を一つつき、小さく笑った。

すぐに笑みを消して、たずねた。

「ねえ、脩五郎さんがつかまったって本当？」

「ああ、本当だ」

半九郎は苦い顔で答えた。

「どうかしたの」

半九郎はわけを語った。

奈津は笑みを洩《も》らした。

「信用ないのね」

「俺もそれが不思議でならんのだ」

半九郎は憮然《ぶぜん》として飯をほおばった。

「ねえ、あなたは脩五郎さんの無実、信じてるんでしょ？」

「人殺しができる男じゃないからな」

奈津は居ずまいを正した。

「ねえ、私の友達が脩五郎さんと将来を誓い合ってるの」

半九郎は奈津を見直した。その女がお弓と脩五郎の仲を裂く原因をつくったのだ。

その娘がお弓を、と考えて半九郎は首を振った。奈津の友達が人を殺せるはずがない。

じっと半九郎を見つめていた奈津は真剣な表情で首をうなずかせた。

「その通りよ。それに、昨夜は私の長屋に来ていたもの」

「どこに住んでいるんだ」

「近くよ。同じ町内なの。弟のために父に竹とんぼを頼んでいて、それを取りに来たの」

「長話になったのか」

「そうでもないわ。せいぜい四半刻《しはんとき》かしら。ねえ、脩五郎さんの無実、晴らせないの」

「そうしたいのはやまやまだが、今は無理なんだ」

半九郎が強くいうと、奈津はさとった。

「蕎麦切り食べてきたって、じゃあ和尚のところへ？」

「うん。仕事の話だ」

依頼の内容を話した。

「そう、それなら仕方ないわね。でも、それだと長いこと警護につくことになるかもしれないわね」

奈津の目には寂しさが浮かんでいる。

半九郎は箸を置き、奈津の手を握った。

奈津はじっと半九郎を見つめたが、やがて星が流れるように目をそらした。

「ごめんなさい」

半九郎は興をそがれた気分だったが、なにもいわず箸を取った。それから食べることに専念した。

茶を喫しながら、箸をつかっている奈津を見つめた。

奈津はうつむくようにして黙々と食べ続けている。なにか話しかけたかったが、いい言葉が浮かんでこない。

さっきまでさほど強くなかった雨が本降りになったようで、屋根を叩く音が子供たちが走りまわっているように騒がしい。

不意に半九郎は、ぽつりと頭に冷たいものを感じた。

「うわ、雨漏りだ」

すばやく立って、なにかないかと台所を捜した。

雨はいっときの通り雨だったようで、四半刻ほど激しく降り続けただけだった。雷は江戸の町をそれていったらしく、今はときおりかすかな音を響かせているにすぎない。

「どれ、送ってゆこう。父上も心配しているだろう」

半九郎は、奈津が今日はいいの、といってくれることを期待したが、その期待はあっさり裏切られた。

「ありがとう」

奈津は素直に立ち、土間におり立った。

仕方あるまい、またの機会を待つか、と半九郎は内心の落胆を押し隠しながら障子戸をあけた。そんな半九郎の心のうちを照らしだすかのように、澄み渡った夜空にきれいな月が出ていた。

六

翌朝、半九郎は橋本町にある島浦屋《しまうらや》という商家の奥座敷にいた。

昨夜の雨のおかげで、庭の木々も朝日を浴びてみずみずしく輝いている。いかにも気持ちよさげだが、それもほんのいっときにすぎず、やがて真っ白な陽射しに焼かれて古漬けの菜っぱのようにしなだれる光景を思い浮かべると、夏は大好きとはいえ、半九郎もさすがにげんなりとしてくる。

たいして待たされはしなかった。しっとりとした手触りの茶碗《ちゃわん》を傾けて上質の茶を半分ほど干したとき、襖越《ふすまご》しに声がかかり、二人の男が姿を見せた。

「たいへんお待たせいたしまして、申しわけございません」
四十六、七と思える、いかにも世故《せこ》に長《た》けた感のある男が手をつき、深々と頭を下げた。
「十左衛門《じゅうざえもん》と申します」

膝で半九郎の前に進んできた。

「本日はわざわざ足をお運びいただき、まことにありがとうございます」

体をひらいて、手のひらを背後に向ける。

「せがれの庄吉《しょうきち》でございます」

十左衛門の斜めうしろで、かしこまって座る男がこうべを垂れた。

さすがに老舗《しにせ》だけあって教育が行き届いており、二十三歳という歳に似合わず庄吉のお辞儀の仕方は年季の入った商人のものだ。

「依頼の中身は和尚からだいたいきいたが」

半九郎は、正面に正座をした十左衛門にいった。

「もう一度おぬしから話してもらえるか」

きっかけは、つい五日前、庄吉の縁談がまとまったことだった。

庄吉の許嫁のお千香《ちか》は二十歳だが、これまで十八歳、十九歳と二年連続で縁談がととのったものの、祝言の直前に相手が急死しているのだ。いずれも変死で、一人は首吊《くびつ》り、もう一人は水死体で見つかった。

一人目は自殺で片がついたが、二人目は不審死ということで奉行所は探索を行った。しかし、犯人らしき者があがることはなかった。

十左衛門としても、二人の死は単なる偶然だろうと考えてはいるのだが、もしせがれに万が一があっては、という配慮から警護を依頼してきたのだ。

「ということは、仕事は庄吉さんが無事祝言を終えるまでだな」

半九郎の胸は躍った。

「祝言は十一月ですから、およそ三ヶ月にわたって庄吉についていただくことになります」

「三ヶ月か」

予期していた以上だ。せいぜい一月程度では、と考えていたのだ。

「やはり長すぎましょうか」

「いや、そんなことはないぞ」

半九郎は力強く断言した。

「それだけ長いのはさすがにはじめてだが、しかしそれだけのあいだ仕事があるというのは、それがしのような貧乏浪人にはありがたいことこの上ない」

「では、お引き受けを？」

「もちろんだ」

「ありがとうございます」

正直な気持ちを吐露した自分を好意的な目で見ている十左衛門を、半九郎は見つめ返した。

卵のような形をしている小ぶりな顔のなかに、聡明そうな黒々とした両の瞳が輝いている。月代はしっかりと剃《そ》ってあり、産毛の一本も見えないが、鬢には白いものが混じりはじめていて、やや歳を感じさせるものがある。

それでも、太く高い鼻が一際目立って見えるのは、この商人が精力的で、いかにもやり手といった雰囲気を存分に漂わせているからだろう。

挨拶《あいさつ》以外これまでまだ一言も発していない庄吉は、厚いまぶたがおおいかぶさるような細い目をしており、父親に似ているとはとてもいいがたいが、そのやや幼さが残っているような柔和な面には一本芯《しん》が通っている強さがほのかに見え、老舗の跡取りとしてふさわしい落ち着きを全身から醸しだしている。

「お千香さんの家も商家か」

半九郎はあるじにたずねた。

「はい、小間物問屋を。主人の富蔵《とみぞう》さんが行商からはじめて一代で築きあげた店です。商いは小さいですが、手がたく儲《もう》けてらっしゃいますよ」

どうやら、と半九郎は思った。商売がうまくいかなくなって、島浦屋を頼らんがための縁談というわけではないようだ。

「しかし、そのようなと申すか、つまりあまり縁起がいいとはいえん娘をなぜこちらのような身代の商家が」

十左衛門は少し苦い顔をしたが、半九郎が見直す前に如才なくその表情を消し、小さな笑みを見せた。

「せがれの一目惚れがすべてでございます」

庄吉はわずかに顔をうつむけた。

「でも、一度お会いしまして、とてもいい娘さんであるのがわかりました。気性が明るく、そして気配りのできる娘さんですよ」

十左衛門は満足げに笑った。

「今は手前も得心いたしております。せがれの見る目は正しかったということになりましょう。とても二人の許嫁が亡くなるような娘さんには……」

それでも、もっと良家の娘を選べたはずとの不満は心の奥のほうに小さなしみのように残っているのだろう。それが、さっきの苦い顔なのだ。

「ですから、こたびの依頼も結局のところ、杞憂《きゆう》に終わるのでは、と思っているのです」

それは半九郎も期待したかった。なにもないまま約束の期限がすぎてくれたほうがずっとありがたいのだ。

「ところで、あるじは秋葉屋《あきばや》からきいて俺を名指ししてくれたそうだが、秋葉屋とは昵懇《じっこん》に？」

十左衛門は首をうなずかせた。

「一応は商売敵なのですが、同業ですので横のつながりは密にさせていただいております。そのことを除きましても、秋葉屋さんとは馬が合うと申しますか、ずいぶん仲よくさせていただいております。同業の懇親会などでは、常に隣に席を」

ここ島浦屋は秋葉屋と同じく油問屋だが、二人の気が合うというのはなんとなくわかる気がした。二人とも仕事が順調で、暮らしに張りがありそうな点で共通している。

「秋葉屋とはしばらく会っておらんが、元気にしているのか」

十左衛門は意味ありげな笑いを洩らした。

「そりゃあもう。前より少し肥えたくらいですから。相変わらずお盛んですよ」

だろうな、と半九郎は思った。きっと、また新たな妾《めかけ》を囲ったにちがいない。

「庄吉さん」

半九郎は真剣な調子でせがれに呼びかけた。

「縁談がまとまってから、身のまわりにおかしな気配や目を感じたというようなことはないかい」

庄吉はわずかに頭を傾け、考えこんだ。

「そのような気配を感じたことは一度もありません」

挑むような目をあげ、野太い声できっぱりと告げた。

七

その日からさっそく警護についた。

正直、半九郎は笑いがとまらない。すぐうしろに得意先へ若い手代《てだい》とともに向かっているる庄吉がいるからなんとか噛み殺そうと努力しているのだが、笑いはどうしても口の外にこぼれ出てきてしまう。

「どうかしましたか」

さすがに庄吉が気づいて、声をかけてきた。

半九郎は首だけを振り向かせた。

「いや、申しわけない。思いだし笑いだ」

「ほう、どのようなことです」

半九郎は、ここ最近ですごくおかしかったことをすばやく思い起こした。

「つい先日、俺の住む長屋の女房が洗濯していたときなんだが」

その女房というのは隣のおことで、尻を高くあげて洗濯板を相手に格闘していたのだが、路地に迷いこんできた犬がその姿に欲情したらしく、うしろからのしかかっていったのだ。

おことの甲高い悲鳴になにごとかと外に出た半九郎が犬を追っ払ってやったのだが、犬が前足で腰をきつく抱えこみ、そそり立てた赤いものを尻に押し当てようとしている光景は涙が出るほどおかしかった。おことの懇願がなかったら、そのままずっと眺めていたかったほどだ。

その場面を脳裏に思い描いたら、本当に笑いがこみあげてきた。

「へえ、犬が人に。そんなことがあるものなんですねえ」

庄吉が不思議そうにいう。

半九郎が笑いを嚙み殺していた本当の理由は、島浦屋が支払う労銀のことだった。なんといっても、一日二朱が約束されたのだから。

つまり八日で一両になるのだ。三月なら、と半九郎は計算して笑いがとまらなくなってしまったのである。しかもその間、食事の心配もいらない。

「ところで、お千香さんを見初《みそ》めたというのことだが、それはいつのことなんだい」

半九郎は話題を変えた。

「それですか」

用心棒に話すべきことなのか、といった迷いが庄吉の顔をよぎっていったが、すぐにうれしげな光がそれに取って代わった。

庄吉がはじめてお千香を見たのは、半年ほど前のことだ。

手代を一人連れた庄吉は得意先からの戻りで、冷たい風が強く吹く、冬の夕暮れ間近のことだったが、商談が思いのほかうまくいったこともあって胸を張り、顎を昂然《こうぜん》とあげて道を歩いていた。

お千香のほうは琴を習っており、その帰りだった。むろん一人ではなく、端女《はしため》の若い娘が供としてついていたが、その端女が横の路地から出てきて声をかけてきたのだ。

「怪しい者につけられているようです。どうかご一緒させてください」

庄吉も手代もすぐさま路地をのぞきこんだが、そんな人影などどこにも見えなかった。とはいっても、若い女に頼まれて断ることなどできなかったし、実際、頼られて悪い気はしなかった。

庄吉は、端女と入れ替わって前に出てきた娘を見て、雷に打たれたようになった。美しかった。肌は雪のように白く、髪は上質の墨のように黒く、つややかだ。

「無理なお願いをいたしまして、本当に申しわけございません」

頭を深く下げて発する声も、玉を転がすというのはまさにこういうのをいうんだろうな、と庄吉に思わせるほどきれいだった。そのときすでに庄吉は娘の虜《とりこ》になっていた。ついに嫁があらわれた、と確信した。

老舗の油問屋ということでこれまで多くの縁談が持ちこまれたが、どれも乗り気になれなかったのはこの娘があらわれるのを待っていたからなのだ。

「運命を感じましたよ」

庄吉は誇らしげに話した。

なるほどこれか、と半九郎は思った。庄吉が挑むような目で見つめてきたことを思いだしている。

自分がお千香にとって運命の男だから、これまでの二人の許嫁は死んだと庄吉は考えているのだ。だから、本心では警護など必要ないと思っている。

「少し遠まわりになりましたが」

庄吉は話を続けている。

「手前は二人を家まで送ってゆきました」

それで、お千香の家が菱田屋《ひしだや》という小間物屋を営んでいることを知ったのだ。

「それから、間髪を入れず縁談を申しこみました。むろん、人を介してですが」

庄吉は言葉を一瞬とめた。

「実際のところ、お千香ちゃんにはよそから縁談が持ちこまれていたらしいんです。結局、手前がその男に競り勝ったという格好になったのですが」

そのときの昂揚感を思いだしたのか、庄吉の表情は晴れがましさで一杯だ。

「その競り負けた男というのは?」

「さあ、存じません。別に知りたいとも思いませんでしたから」

「お千香さんたちのあとをつけていたという怪しい人影が、その男だった、なんてことはないのかな」

庄吉は少し顔をこわばらせた。

「でも、そのときまだ手前は縁談を申し入れてないですよ。そんなことをする必要はなかったと思いますが」

「縁談が決まる前、お千香さんに男の影はなかったのかい」

庄吉は険しい目をした。

うです」

「父が人を頼んでお千香さんの身許《みもと》調べをしましたが男など一人として出てこなかったそ

流れ落ちる滝のように一気にしゃべった。

「なるほど。道を行く美しい娘を見かけた男が、なんとはなしについていっただけのことかな。それとも、はなから人などおらず、勘ちがいにすぎなかったか」

「まあ、そういうことなんでしょうね」

庄吉が右手を見あげ、足をとめた。道は、ちょうど得意先の前まできていた。油屋だった。

店は小売りをもっぱらにしているようで、多くの町人が入れ替わり立ち替わりやってきては油を求めてゆく。なかには大きな樽《たる》がいくつも並んでおり、ごま油の濃厚な匂いが店先まで漂ってきていた。

半九郎は庄吉と手代に続いてなかに入り、商談が行われる座敷の隣に落ち着いた。

襖越しにきこえてくる商談はなごやかな雰囲気ではじまり、その雰囲気のまま四半刻後終わりを告げた。双方、声を荒らげるようなことは一度もなかった。

半九郎は庄吉たちとともに店を出た。

「話をお千香さんのことに戻すが」

歩きながら半九郎がいうと、庄吉はどうぞとばかりにうなずいた。

「縁談はとんとん拍子に?」

「もっと大きな家の娘がよかった父は難色を示しましたが、母があなたにはそのようなことをおっしゃる資格はございませんでしょう、といってくれましてね。どうやら父も、母をどこかで見初めたらしいんです。考えてみれば、母の実家はなんの変哲もない瀬戸物屋ですから。それで、父はなにもいえなくなってしまったのです。父が了承すれば、あとはなに一つとして支障は」

「菱田屋のほうも受け入れてくれたのだな」

「それはそうですよ」

このあたり、庄吉の口調には老舗の自信がうかがえた。

「それにしても、あと三月というのは待ち遠しいな。ずいぶんあいだがあいているようだが、なにか理由でも」

「お千香ちゃんの祖母が去年の十月に亡くなってるんですよ。それで、喪が明けるのを待つことになりまして」

しばらく無言で半九郎たちは歩き続けた。

道が町屋にはさまれたせまい路地にかかった。半九郎は注意深く路地をのぞきこみ、浪人らしい侍がこちらへせかせかと歩いてきているのを見て取って、うしろの庄吉を少し路地から距離をあけて通らせた。

庄吉に続いて手代も同じようにしたのだが、いきなり、あっ、と声をあげた。

半九郎が振り向いたときには尻餅《しりもち》をつくように道に座りこんでいた。

「どうした」

半九郎はいったが、瞳は手代を怖い目で見おろしている浪人者にすでに向いている。

歳は三十前後か。月代をそっていない髪は豊かで、顔は順光に負けないくらい大きい。半九郎より背は低いが、庄吉や手代よりははるかに高く、両肩の筋骨はよく鍛えられているようで、こぶのように盛りあがっている。

「この無礼者っ」

浪人は手代を怒鳴りつけた。手代はあわてて立ちあがった。

「いえ、でもぶつかってきたのは……」

「なんだ、わしがぶつかったとでもいうのか」

「あ、いえ、そういうわけでは」

手代は深々と頭を下げた。

「ちょっと待った」

庄吉を下がらせておいてから、半九郎はあいだに入った。

「なんだ、おぬしは」

浪人はぎろりと目を光らせた。

「こちらに雇われている者だ」

半九郎は庄吉を指し示した。

「雇われている？　ふん、用心棒か」

浪人は見くだす目をした。

「この人は手代さんだ。この通り謝っているんだ、許してやってくれんか」

浪人は傲然《ごうぜん》と胸をそらした。

「町人ごときにぶつかられて、それで黙って通りすぎろというのか」

「俺は手代さんがぶつかったとは思っておらんが、もしぶつかられたとしたら、それはそれで侍として問題があるんじゃないか」

「なんだと」

　半九郎は腕組みをして、浪人を冷ややかに見た。

「どうせ金が目当てなんだろ。金がほしいのなら、そう正直にいったほうがまだ格好いいぜ」

　浪人は顔を真っ赤にした。

「侮辱するつもりか」

「侮辱？　そんな気はこれっぽっちもない。本当のことをいったまでだ」

　浪人は刀に手をかけた。

「死にたいのか」

「陳腐な台詞《せりふ》だな。抜く度胸もないくせに」

「きさま、斬るっ」

　叫びざま、抜き打ちに斬りかかってきた。体重がよく乗ったいかにも重そうな斬撃で、半九郎が考えていた以上の鋭さを秘めている。

　すかさず抜刀した半九郎は十分な余裕を持って刀を弾きあげた。

　刀を大きく打ち払われてたたらを踏むようにうしろに下がった浪人はさらに顔を赤くした。馬のように首を振って息を大きく入れると、猪《いのしし》のように突進してきた。

食らったら体ごと宙に持ちあげられかねない猛烈な突きだったが、半九郎は身をひらいてかわし、右足をちょんと突きだした。足を引っかけられた浪人はあっけなく地面を転がり、道の反対側にある天水桶《てんすいおけ》に頭から突っこんでいった。派手な音を立てて天水桶は木《こ》っ端《ぱ》微《み》塵《じん》に割れ、浪人は地面にうつぶせたまま、ぴくりともしない。

「死んじまったんですかね」

手代がこわごわときく。

「なに、のびているだけさ。これに懲りて、難癖つけて金をねだろうなどという気はしばらく起こすまい」

ほとほと感心したという顔の庄吉が半九郎を仰ぎ見ている。

「里村さま、お強いですねえ」

「雇われている身だからな。せめて代金分の仕事はせんと」

「正直申せば、一日二朱というのは弾みすぎでは、という気持ちがありました。でも今のお手並みを拝見しまして、誤りだったことを思い知らされましたよ」

庄吉の顔には、これまでと打って変わって敬意が色濃く刻まれている。

これで仕事がやりやすくなったな、と半九郎はほっと息を一つ洩らした。

八

古賀四郎兵衛《こがしろべえ》は一人、木刀を振っている。場所は厩《うまや》の裏手に当たるちょっとした空き地で、まわりは木立が茂って人の気配を感ずることは滅多にない。江戸に出てきて一人になりたいとき、よく来るところだ。

目の前に思い描いているのは、ずっと追っている男。

あのとき殺せなかったことは、強い悔いとして残っている。

あの浪人さえ邪魔だてしなければ。四郎兵衛はぎりと唇を嚙《か》んだ。

いや、そうではない。確かに遣えたが、あの浪人を斬《き》るのは無理なことではなかった。あの妙な剣は気になったが、それほど鋭さはなく、あのまま一対一でやれていれば自分の勝ちで終わっていたのは疑いない。

問題は、むしろ与力《よりき》としてつけられた五名だった。腕のことではない。無事国に帰らせてやりたいという気持ちが四郎兵衛のなかで強すぎて、やつを討つことに集中できないのだ。

やつのために命を捨てるなど、決してあってはならないことなのだ。

四郎兵衛は渾身《こんしん》の力をこめて、木刀を袈裟《けさ》に振った。目の前の男が真っ二つになって視野から消えていった。

九

翌朝、半九郎は泊まり部屋として提供された三畳間を六つ前に出て、庭の井戸で洗顔をした。

朝のはやい店の者と挨拶《あいさつ》をかわし、台所で白い飯にたくあんに梅干し、大根菜の味噌汁《みそしる》という朝食を食べさせてもらった。

台所働きの下女に、粗末なものでしょうと笑いながらいわれたが、半九郎にしてみれば自分で支度しない分、ありがたくて仕方がなかった。しかも決して粗末などではない。

半九郎が、こんなうまい飯は最近久しく食していないことを告げると、おそよというまだ十七歳の下女はうれしそうにほほえんだ。

「里村さまはお一人なんですか」

「そうだ」

「けっこう男前だから、もてるんでしょう」

半九郎は、へへ、と笑った。

「男前か。滅多にいわれんが、悪い響きじゃないな。でも、もてた覚えはまるでないな」

「好きな人くらいはいるんでしょ?」

「いるぞ。幼なじみだ」

「幼なじみか、うらやましいな」

「おそよちゃんにだっているんだろう?」

おそよは悲しげに視線を落とした。

「七年前の大火でほとんどみんな……」

「や、これはすまんことをいった」

おそよは目をあげた。

「いいんですよ。その人は許嫁《いいなずけ》なんですか」

「俺はそのつもりでいるが、女心はよくわからん」

実際のところ半九郎が奈津を抱いたのは、ただの一度きりだ。そのあとは昨日のように半九郎が控えめに、あるいはあからさまに誘おうと応じてはくれない。押し倒すことも思わないでもなかったが、奈津の身に起きたことを考えると、さすがにそれはできない。

長屋に来て掃除をしてくれたり、食事をつくってくれるのは以前と同様で、半九郎を見つめる瞳《ひとみ》も昔からのものだから、半九郎への気持ちが変わっていないのはわかるし、半九郎に対して別れを決心したようなよそよそしさがあるわけでもない。半九郎に接する態度は、幼い頃とまったく同じだ。

おそよはにこにこ笑っている。

「里村さまは、どう見ても女心がわかるという感じじゃないですもんね」

「じゃあ、これから毎朝おそよちゃんに女心を教えてもらうとするか」

湯飲みを手にのんびりしていると、庄吉が血相を変えて台所に飛びこんできた。

「里村さま、たいへんです」

ちょうど茶を喉《のど》にくぐらせようとしていた半九郎はむせて噴きだしそうになった。

「なんだ、どうした」

おそよがあわてて手ぬぐいを持ってきてくれ、半九郎は口をぬぐった。

庄吉はどもり気味になにかいった。

半九郎は庄吉を座らせ、おそよに頼んで水を一杯もらい、それを飲ませて気持ちを落ち着かせた。

「まことか、それは」

動転するのも無理はない、と半九郎はきき終えて思った。

庄吉の口から吐かれたのは、お千香が行方知れずになったという知らせだった。

「いつから戻っていないんだ」

奈津がかどわかされたときのことを半九郎は思いだした。

「どうやら昨日のようです」

「お千香さんが、一晩家をあけることはこれまでなかったのだな」

「一度もなかったことなので、菱田屋さん、心当たりを残らず捜しまわっているのだと思います」

もっともな話だった。

「お千香ちゃんを捜しだしたいのですが」

庄吉はいてもたってもいられない心持ちでいる。同じ経験があるだけに、その気持ちは半九郎には痛いほどにわかった。

「里村さま、一緒に来てくださいますか」

「もちろんだ」

二人は涼しい風が白い波とともに吹き抜けてゆく大川を渡り、本所松倉町にある菱田屋に駆けつけた。半九郎にとって、前に来たのはいつなのか思いだせないほどなじみの薄い町だ。

二町ばかり東を流れる横川の向こうは小梅村だから、辺鄙《へんぴ》な場所という像をなんとなく思い描いていたのだが、家々が建てこむ町はけっこう大きく、人通りもかなりのものだ。

店は十左衛門のいう通りこぢんまりとしたものだったが、あるじが一代で築いたとは思えない風格めいたものがすでに感じられ、店はひらいていないとはいえ、相当はやっていることが実感できた。

商家の住居になっている裏のほうにまわった。庄吉に続いて格子戸を抜け、店の者に導かれるままに座敷へあがった。

小間物《こまもの》屋に入るのはこれがはじめてだ。小間物といえば、と脩五郎が思いだされた。今頃、奉行所《ぶぎょうしょ》で取り調べを受けているのだろう。まさか責めにかけられているようなことはないと思うが、心配だった。

しかし、今の半九郎にできることはない。無実であるなら、さほどときを置くことなく出てこられるにちがいない。今はそれを信じるしかなかった。

二人は、猫の額のようなせまい庭を目の前にした奥座敷に案内された。

店のなかは静かで平静を保っている様子だが、やはりどこかただならない雰囲気が冷ややかな風のようにめぐっているのを半九郎は察した。

それは横で正座をしている庄吉も同じらしく、物などろくに置かれていない座敷を繁《しげ》く見まわしたりして、どこか落ち着きがない。

待つほどもなく主人の富蔵がやってきた。

「庄吉さん、忙しいのによく来てくれましたな」

畳に正座をし、両手をきっちりとそろえる。

「いや、お千香ちゃん以上に大事なことは手前にはないですよ」

庄吉が真摯《しんし》にいって、半九郎を迷子などの人捜しを生業《なりわい》としている者として、富蔵に紹介した。さすがに三月後に義父となる男に、本当のことをいうわけにはいかない。

「人捜しをもっぱらに……」

富蔵は、半九郎を興味深げに見つめた。

半九郎も一代で店をかまえた男をやんわりと見返した。

小柄だが、筋骨がしっかりした体つきで、いかにも労苦をいとわないといった様子がたくましい両肩からにじみ出ている。顔は、目がまん丸なのが特徴だ。澄んだ瞳をしていて、鼻も鼻筋が通って高い。精悍《せいかん》な顔つきをした、なかなかいい男だ。

「これでも実績はあるんだ。この前も、同じように許嫁がいなくなった浪人者の依頼を受けて、見事その許嫁を取り戻した」

半九郎は控えめに胸を張った。

「その許嫁は、なにが理由でいなくなったんです」

富蔵に問われ、半九郎は一瞬躊躇《ちゅうちょ》した。

「かどわかされたんだ、色好みの武家に」

富蔵はぎょっとして腰を浮かしかけたが、それ以上に庄吉がぎくりとした。

「まさかお千香ちゃんも……」

「いや、そのおなごの場合はかなりこみ入った次第があってな、お千香さんとはおそらく事情がちがう」

庄吉はそのこみ入った次第というのをききたげな目をしたが、今はそういうときではないことに気づいて、富蔵に顔を向けた。

「お役人には届けたんですか」

「町役人を通じて届けたし、出入りの岡《おか》っ引《ぴき》にも話を」

それから富蔵は、お千香がいなくなった状況を語ってきかせた。

昨日の昼のこと、九つをすぎてまだ四半刻《しはんとき》もたっていないとき、お千香は友達に会うといって端女《はしため》のおはるを連れ、出かけたのだ。

おはるによると、お千香は確かに同い年の友人のおやすと会い、呉服屋ばかり五、六軒をまわったという。なにも買うことはなく、ただひやかすだけだった。

その後、七つ前におやすと別れ、家へ戻る途中、お千香とおはるは一軒の茶店に立ち寄ってお茶を飲み、串団子《くしだんご》を一皿食べた。

その後、その茶店でお千香は厠《かわや》を借り、続いて厠に入ったおはるが出てきたとき、お千香はいなくなっていたのだ。

「里村さまはどう思われます」

話を終えた富蔵が、丸い目を細めるようにしてきく。

「その茶店には人をやったのか」

「手前が昨日の夕方、行きました。店の者は、厠を借りたことまでは覚えていたのですが、そこから先のことはまったく。それも仕方がない気がします。なにしろ繁盛している店ですから」

半九郎は少し考えた。

「お千香さんは誰か知り合いと会ったというわけではなさそうだな」

「そういうことでしたら、おはるに黙って姿を消すことはないでしょう」

「お千香さんが姿を消す前、おはるさんが怪しい人影を見ているようなことは？」

半九郎の頭をよぎったのは、庄吉とお千香が知り合うきっかけになった怪しい者につけられている、というくだりだった。

「それでしたら、じかに話をきいていただいたほうがよろしいでしょう」

富蔵はすっくと立ちあがり、座敷を出ていった。

戻ってきたときには二十歳前後と思える娘をともなっていた。

十

おはるから話をきいて菱田屋をあとにした二人は、まずお千香が姿を消した茶店に行った。

茶店は日本橋北の新大坂町にある朝日稲荷《いなり》の境内にあり、富蔵のいう通りはやっていた。江戸でも屈指の繁華街で、稲荷前の人通りは切れることがなく、相変わらずの暑さに渇きを覚えた人たちが次々にやってくる。

店は、前垂れをつけた娘二人で客の応対をしている。

これでは、と半九郎は忙しく立ち働く二人を見て、思った。店の者がお千香に関し、ほとんど覚えがないというのも無理はない。

そうはいっても確かめることなく立ち去るわけにはいかないので、長床几《ながしょうぎ》に腰をおろした半九郎は、注文した茶と団子を持ってきた娘をつかまえて、お千香のことをきいた。

昨日の夕刻、お千香たちの相手をしたのはこの娘だったが、やはりなに一つとして得るものはなかった。予期していた通りだから半九郎には落胆はなかったが、庄吉は腹立たしげだ。

茶店を出た半九郎たちは、庄吉が知っている限りのお千香の友人、知人のもとを次々に訪れた。

しかし、そのいずれも菱田屋の使いがすでにまわってきていて、手がかりとなりそうなものを提供してくれる者は一人としていなかった。

島浦屋を出たのが五つ前、今はもう八つになろうとしている。

夏の陽射《ひざ》しは容赦なく江戸の町を焼き、どちらを向いても陽炎《かげろう》がぼうと立ちのぼって、視界はぼやけたようになっている。

まったく釜《かま》で煮られているようだな、と半九郎は思った。空のどこにも蹴散《けち》らされたように雲一つ見当たらない。

この暑さを避けてか、人通りはいつもより少ない。歩いている者の誰もが汗みどろで、ときおり眉《まゆ》をひそめて迷惑そうに空を見あげるが、すぐにあきらめたように目を地面に落とし、暑さからできるだけはやく逃れるためにより足早に歩きはじめる。

庄吉は次はどこへ行こうか思案しているようで、往来のまんなかで立ちどまっている。太陽はじりじりと頭を熱しているが、暑さが入りこむ隙間《すきま》などないらしく、なにも感じていない顔だ。

その間半九郎は、お千香の供をつとめたおはるとのやりとりを思い起こした。

おはるは色はやや黒いが、切れ長の目をしたなかなかの美人だった。

「お千香さんが庄吉さんとはじめて出会ったとき、供についていたのはおぬしだな。そのとき怪しい人影を見たそうだが、詳しく話してくれんか」

「いえ、でも、あれはお嬢さんが急にうしろを見て怖がっただけなのです。それで私が庄吉さんに声を」

「おぬしは見てないのか。お千香さんは、その怪しい影についてどういうふうに」

「ただ一言、誰かつけてる人が、と」

半九郎は庄吉を一瞥《いちべつ》してから、目をおはるに戻した。

「庄吉さんの前にお千香さんには縁談が持ちこまれていたそうだが、その男をおぬしは？」

「存じています。店のなかでけっこうな噂《うわさ》になりましたから。でも、その人は今回の件には関係ないと思います」

「ほう、どうしてだ」

「つい十日ほど前、祝言《しゅうげん》をあげたばかりですから」

「ずいぶん詳しいんだな」

「こちらと同じく小間物を扱う商家の若旦那《わかだんな》ですので。店としてはずっと小さいんですけれど」

それが断った理由か、と半九郎は思った。

「おぬし、お千香さんが他出するとき必ず供に？」

「必ずということはないですが……」

そうか、と半九郎はいった。

「庄吉さんを前にききにくいんだが、お千香さんに男はいなかったのか」

おはるは大仰《おおぎょう》と思えるほど大きくかぶりを振った。

「お嬢さんに、男の人など一人としておりませんでした。これは、庄吉さんに遠慮しているわけでは決してございません。あれだけきれいなお人ですから、いい寄ろうと考えた人はいくらでもいたでしょうけど、お嬢さんは寄せつけなかったんです」

里村さま、と庄吉に呼びかけられて回想はそこで打ちきられた。

「お千香ちゃんはもしかすると……」

言葉を途切れさせ、下を向いた。

なにをいいたいのか半九郎にはわからなかったが、問い返すことなく黙って待った。

決意したように庄吉は顔をあげた。

「手前のことがいやになって姿を消したんじゃないんですかね」

「そんなことはないよ、庄吉さん」

半九郎は即座に告げた。

「お千香さんにとって、庄吉さんは運命の人なんだろ。そんな人をいやになるわけがないじゃないか」

そういってほしいのがわかったから、半九郎は素直にいってあげた。

案の定、庄吉は表情をゆるめたが、すぐに憂いを顔全体にたたえた。

「庄吉さん、腹は減ってないか」

庄吉は、なぜこんなときに、という目をした。

「人というのは腹が空《す》いていると悪いほう、悪いほうへと考えるものだ」

庄吉は腹に手を当てた。

「空いているとは思いませんが、なるほど、ぺっちゃんこですね」

二人は上野にいた。岩代屋に連れてゆこうか、と半九郎は考えたが、こんなとき奈津と仲むつまじいところを見せるのもどうかという気がして、少し歩いて目についた鰻屋《うなぎ》を選んだ。

はちまきをした親父《おやじ》が店先にだした台の上で、うちわを盛んに動かしている。香ばしい匂《にお》いが鼻をくすぐる。

店といってもたいして奥行きがあるわけでなく、掘っ建て小屋に日光よけのすだれを立てかけた程度のものでしかないが、一見した限りでは親父の腕は確かで、その証《あかし》に店は混んでいる。

あいたばかりの長床几に腰かけ、鰻飯を注文する。しばらく待たされたが、小女《こおんな》が持ってきた丼《どんぶり》を受け取るや、半九郎はがっついた。庄吉にはもっともらしいことをいったが、実は自分の腹が減っていたのだ。

三分の二ほどを食べてから、庄吉がほとんど箸《はし》をつけていないことに気づいた。

「こういう店ははじめてかい」

「まあ、そうですね」

庄吉は腰が定まらないというようにやや落ち着かなげにまわりを見渡している。

「店は格じゃないぜ。見なよ、みんなうまそうに食ってるだろ」

「いや、あの、そうじゃないんです」

「お千香さんのことが頭から離れんか。忘れろとはいわんが、今は精をつけることに専念したほうがいい。食わなきゃ、いずれぶっ倒れるだけだぞ」

半九郎は自らの経験から、いった。

最後の言葉がきいたようで、庄吉は深くうなずくと鰻に箸をつけた。

最初はいいとこのお嬢さんのようにちびちび食べているだけだったが、やがて仕事を終えたばかりの日傭取《ひようと》りのようにがつがつと食いはじめた。

底についた米粒をきれいに箸で取り去って、庄吉は丼を置いた。

「いやあ、うまいですね。病みつきになりそうですよ」

「元気が出てきたようだな」

「きっとお千香ちゃんが見つかる気がしてきましたよ」

しかし、その後もお千香捜しに進展は見られなかった。

ふだんより長く感じられたその日も太陽はいつものように暮れてゆき、半九郎と庄吉は足を引きずるようにして暗い道を島浦屋に戻った。

十一

翌日も庄吉は朝はやく店を出た。

半九郎は庄吉のうしろをさほど距離をあけることなく、瞳を光らせてついてゆく。

庄吉は赤い目をしている。昨夜、ほとんど眠っていないのは明らかで、今日もこれから暑くなるのを保証する真っ青な空が頭上に広がるなか、体がもつか半九郎は心配だった。

橋本町から道を東に取り、両国橋《りようごく》を通って大川沿いを南にくだる。

竪川《たて》にかかる一ッ目橋、小名木《おなぎ》川を渡す万年橋、仙台堀の上之橋を次々に渡って、深川中川町までやってきた。深川中川町は名が示す通り川に囲まれた町で、町のぐるりを水路がめぐっているような感を受ける。

庄吉が足をとめたのは、一軒の町屋の前だった。そこはお千香の琴の師匠の家だ。

お千香の知り合いのなかで、お千香と親しいといえる最後の一人である。

こぎれいな家だが、琴の師匠という以上のなまめかしさが半九郎には感じられた。平屋だが、家はけっこうな広さを誇っていて、部屋数は四つはあるものと思われた。

師匠はお紀久《きく》といい、道々庄吉が話してくれたところによると、僧侶《そうりょ》に囲われているらしい。家から漂ってくるなまめかしさは、そのあたりからきているのかもしれない。

お紀久はもとはそれなりの旗本《はたもと》の一人娘だったようだが、婿を取る前に父が罪を得て遠島になった、という話を庄吉は語った。当然のことながら、家は改易になった。

それが今から十年前のことで、父は配流先で五、六年前に没したという。

庄吉は生垣に設けられている枝折戸《しおりど》を入り、障子越しになかへ声をかけた。

それに応じて五十すぎの男が障子をあけ、外をのぞき見るようにした。庄吉を認めると、沓脱《くつぬぎ》の草履を履いて外に出てきた。

「なんでございましょう」

体は小さいが、ばねがあるという感じがしていかにも身ごなしが軽そうだ。

半九郎はこの前侍たちから助けだした男を思いだしたが、むろん別人だった。どうやらまだ旗本として家が健在の頃から仕えているようだな、とその物腰から判断した。

庄吉は名乗り、お紀久が在宅しているかたずねた。

「いらっしゃいますが、どのようなご用件でしょう」

眉をひそめ気味にいう。

かなり急《せ》いているはずだが庄吉はその気持ちを面にだすことなく、商人らしくていねいに来意を説明した。

しばらくお待ちください、と男は家のなかに姿を消した。

南の空に、いつの間にか入道雲が沸き立っている。その巨大な雲がときおり光を帯び、そのあと遠雷がゆっくりと耳に届く。

徐々に江戸に近づいてくる雷が三つほど音を鳴り響かせた頃、男が戻ってきた。

「お会いになるそうです。どうぞこちらへ」

半九郎たちは奥の庭に面した八畳間に導かれた。

その座敷には女が先におり、半九郎たちを見ると、畳に手をついた。

お紀久は三十近いとのことだが、半九郎には二十三、四にしか見えなかった。かなりの美形で、目鼻立ちがはっきりしており、黒目が特に大きい。薄い唇にはさまれた口は小さく、声はとてもか細いのでは、と思えた。

「庄吉さん、でしたね。どうぞ座布団をおつかいください。里村さまもどうぞ」

予期していたのとはちがったが、しっとりと湿りを帯びた声は、どこか上等の琴の響きに通ずるものがあるような気がした。

庄吉は挨拶もそこそこに、お千香のことを切りだした。

お紀久はもちろん、菱田屋からお千香の失踪《しっそう》を知らされてはいたが、そこまでだった。

「ごめんなさい」

深々と頭を下げる。

「それ以上のことはなにも知らないのです。お千香さんのお稽古《けいこ》は三日前にあったきりで、次はあさっての予定なんです。ここ二日会っていないものですから私にはなにも」

お紀久は、ただひたすらかわいい弟子を心配する風情だ。

「お千香ちゃんが行きそうな場所を知りませんか」

庄吉が必死の表情できく。

「どこでもかまいません。小耳にはさんだ程度でもいいんです」

「さあ。……お千香さん、いつもほとんど寄り道することなく家へ帰っていたようですし」

半九郎は下男が持ってきてくれた茶を喫しながら、庭をちらりと見た。

多くの草木が繁っている庭の右手には古ぼけた土蔵があり、土蔵の向こう側はどうやら川が流れているようだ。ときおり舟が通りすぎるらしく、きしむような櫓《ろ》の音がかすかにきこえてくる。

半九郎は湯飲みを置いた。

「琴の仲間で、誰かお千香さんと仲のよかった人はいないか」

質問を捜して下を向いた庄吉に代わってただした。

お紀久は首を傾けた。

「そうですねえ。親しかった人というと、おくにさんだと思います」

半九郎はおくにの住まいをきき、町名と道筋を頭に叩《たた》きこんだ。次の問いを発する。

「ここ最近、お千香さんに変わった様子はなかったか」

「いえ、そういうのは別に。むしろ」

お紀久は言葉をとめて、庄吉を見た。

「縁談がととのって、浮き浮きしているというか、祝言を心待ちにしている様子がありありでした」

庄吉の顔には、やはり自分のせいではなかったのだというほっとした感情があらわれたが、ではそれならどうして、という暗澹《あんたん》たる思いがすぐさま取って代わった。

「お千香さんが、誰かにつけられているとか見張られているとか、そのようなことを口にしたことは？」

お紀久は考えこんだ。やがて、ゆっくりと顔をあげた。

「いえ、そういうのは一度も……。里村さまは、お千香さんはかどわかされたと？」

「自ら姿を消す理由が見つからん以上、そう考えるしかない気もしている」

十二

「おかしいな、確かこのあたりなんだが」

半九郎はつぶやいた。二人は深川相川町に来ている。

深川一帯は大小の川と堀割とで海とつながっているようなものだから、満潮のときは特に潮が香る。ここ相川町は目の前を大川が流れていて、しかも河口がすぐそばのせいもあって潮の香りは体にまとわりつくような一段と濃いものになっている。海に近い分、暑熱もさまされるのか、南から吹き渡る風には新緑の季節のようなさわやかさがある。ただ、ひとたび家の建てこむ裏路地に入った途端に風はさえぎられ、べたつくような蒸し暑さに一気に包みこまれる。

このあたりの家や橋の土台には石垣がつかわれているが、流れのない堀割に浸《つ》かっている石垣には藻がびっしりとつき、そこから生臭さが立ちのぼっていた。

不意に視線を感じ、はっと半九郎は振り返った。

誰もいない。ただ真夏の光に焼かれる道が白っぽく続いているだけだ。

「どうかされましたか」

「ああ、いや、なんでもない。暑さにぼうとしたようだ」

汗をかきかきあたりを歩きまわり、三人の人にきいて、おくにの家をようやく捜し当てた。

大川沿いに建つ一軒家だった。ぐるりを板塀がめぐって、どことなく料理屋のような風情を醸しだしている。

半九郎たちは塀沿いに進み、塀が切れて生垣になった場所にやってきた。

さわやかな風が通りはじめたそこからは、日を照り返す大川の雄大な流れが見渡された。

対岸に建つ宏壮《こうそう》な武家屋敷は、越前《えちぜん》福井松平家の中屋敷だろう。

向こう岸は大川の中州を埋め立ててできた霊岸島で、右手の堀割に沿って酒問屋の蔵がずらりと建ち並んでいる。霊岸島は上方《かみがた》からやってくる酒のほぼすべてが集められる場所だけあって、半九郎のようなあまり酒が飲めない者はそこにいるだけで酔ってしまいかねない濃厚な甘さに常におおわれている。

半九郎はおくにの家に目を戻した。

生垣越しに見える障子戸はひらいていて、そこからこざっぱりした座敷が見えた。文机《ふづくえ》が部屋のまんなかに、かなり大きな箪笥《たんす》が壁際に置かれている。

枝折戸をあけて庭に入った庄吉が、ごめんくださいと声をかけると、奥の間に通ずる襖《ふすま》があき、女が出てきた。

座敷を進んできて濡縁《ぬれえん》の上に立ち、じっとこちらを見た。目が悪いのか、まぶたをやや細めている。

「あの、おくにさんでしょうか」

庄吉が問うと、女は、そうですけど、と怪訝《けげん》そうにうなずいた。

「突然にお邪魔しまして、まことに申しわけございません」

庄吉は如才なくいい、来意を告げた。

あまりの驚きにおくには目をみはった。

「本当ですか」

「では、まだ知らせは来ていないのですね」

庄吉が半九郎を見た。その顔は、もしや新しいことがきけるかもしれないという期待に輝いている。

しかし、と半九郎は内心の思いが面に出ないようにつとめて、思った。お千香の行方知れずを知らなかったということは、おくには今回の騒動の外にいるという証だ。なにも得られない公算のほうが強い気がした。

二人は座敷にあげられた。

おくにはここに一人で住んでいるようだ。少なくともほかの者の気配は感じ取れない。

おくにはつやつやとした桃色の肌を持つ、ふくよかな女だ。首から肩のなだらかな曲線が特になまめかしく、歳《とし》は二十二ときいているが、それよりか幾分上に見える。

「それにしても本当ですか」

二人に手ばやく茶をいれ、向かいに正座をしていう。

「お千香ちゃんが行きそうなところに心当たりはないですか」

庄吉が問うとおくには首を振った。

半九郎は少し目をそらした。そんな仕草にも色っぽさが漂う女だった。

「私が一緒に行ったことがあるのは、お師匠さんの家近くにある茶店だけですから」

「お千香ちゃんにここ最近、なにか変わったことはありませんでしたか」

返ってきたのは、お紀久と同じ答えだった。

いかにも落胆した様子の庄吉が、なにかあるかとばかりに半九郎を見つめた。

それ以上引きだせるものがないのは明らかだった。半九郎は小さく顎《あご》を振ってみせた。

「里村さま、次はどこへ行けばいいんでしょうか」

行き場をなくした庄吉が、往来のまんなかで途方に暮れたように問う。

「それなんだが」

半九郎が告げると、庄吉は意外そうにした。

「でもおはるちゃんの話ですと、十日前に祝言をあげたばかりってことでしたが」

「お千香さんをあきらめるため別の女を迎えたものの、しかしどうしようもなく未練が募り、といったことは十分に考えられるぞ」

「なるほど……」

「結局なにも関係なかった、ということに落ち着くかもしれんが、一つずつ潰《つぶ》してゆくことは決して無駄ではない」

まず菱田屋に行って、縁談を申しこんでいたのがどこの誰かきかなければならない。

「ところで、おくにさんはなにをやってる人なんですかね」

川風に吹かれながら庄吉がきく。

「おそらくお紀久さんと同じだろう」

半九郎はおくににも、秋葉屋与左衛門《よざえもん》に囲われているおしまと同じ雰囲気を嗅《か》ぎ取っていた。

「なるほど。だから、あれだけの家に一人で住んでいられるのか」

もうとうに見えなくなっている家のほうを庄吉は振り返った。

「どんな人が世話してるんですかね」

「どうだろうかな。富裕な商家のあるじといったところではないのか」

半九郎は頬《ほお》を滑り落ちてゆく汗を、手の甲でぬぐった。

「でもどうした。ずいぶん興味をそそられたようだが」

懐からだした手ぬぐいを額に当てていた庄吉は、あわてて手を振った。

「いや、おくにさんをどうこうなんて気はこれっぽっちもないですよ。いや、あの人、どことなくお千香ちゃんに似てるように感じたものですから」

「ほう、どこが」

「お千香ちゃんはあんなに色っぽくはないんですが、全体の物腰というんですかね、それが似通ってるように……」

ふむ、と半九郎は思った。となると、お千香という娘は、もう男を知っているのかもしれない。おくにのあの艶《つや》っぽさは、男を相手にしているうちに自然に生まれ、にじみ出てきたものだろう。お千香の相手は庄吉だろうか。それとも前の許嫁か。

左側を流れる大川の川面《かわも》には無数の舟が浮かび、この暑さを逃れるためか多くの人たちが乗りこんでいる。

舟客のほとんどが武家や商人で占められているが、なかには近所の者たちが誘い合って集まったものらしい一団もいた。数名の長屋の女房が一緒になって笑うけたたましい声が風に乗って、驚くほど近くにきこえる。

その者たち以外にも、男女二人きりで乗りこんでいる舟が何艘《なんそう》か目についた。道を行きかう者のなかにも、うら若い男女の姿はけっこう多い。橋の上でも同じような歳の頃の男女がたたずんで、なんとはなしに流れを眺めている。

いずれも、この世には自分たちしか存在しないとでもいうような仲むつまじさだが、そのうちの一組が半九郎たちが通りすぎる際、ひそやかな笑い声をあげた。

「いちゃつきやがって」

庄吉が吐き捨てるようにいう。

「くそっ、こんなことなら」

悔しそうに拳《こぶし》を手のひらに叩きつけた。

「どうした」

「ああ、いえ、なんでもありません」

半九郎にはどういうことか見当がついていた。奈津がさらわれたとき、正直いえば、同じ気持ちを抱いたからだ。

半九郎が察したのをさとったようで、庄吉は歩を進めつつうなずいた。

「ええ、手前はまだお千香ちゃんを抱いてないんですよ」

一度二人で会ったとき、出合茶屋《であいぢゃや》に誘ったが、お千香は、祝言までは清いままでいたいといったという。

「こんなことになるんなら、あのとき物わかりのいい男なんて演じるんじゃなかった……」

「そういうことをいうものじゃないよ、庄吉さん」

半九郎はすぐさまたしなめた。

「お千香さんは戻ってくる。どんなことがあっても必ず取り戻すという信念さえ失わなければ、きっとお千香さんをその手に抱ける日が来るよ」

「すみません」

庄吉は頭を下げた。すっとあげた顔には、探るような色が浮かんでいた。

「里村さまはいかがです。想《おも》い人はいらっしゃるのですか」

半九郎がどう答えようか考えたとき、庄吉はさらに続けた。

「色好みの武家にかどわかされた女のことですが、妙に説得力がありましたね。あの話は、もしや里村さまご自身のことでは？」

「ああ、その通りだ」

半九郎はあっさり肯定した。ごまかすのはやめておいたほうがいい、と判断した。ここはなにが起き、そしてどういうふうに取り戻すに至ったか正直に告げたほうが、庄吉のためになるはずだった。

「今から話すことは他言せず、腹にしまっておいてほしいんだが」

そう前置きをしてから、語った。

「そんなことがあったのですか」

きき終えた庄吉は思いだす目をしたあと、合点《がてん》がいったように首を縦に動かした。

「そういえば、取り潰しになった西国《さいごく》のお大名《だいみよう》がいらっしゃいましたねえ。……あれはそういうことがあったからですか」

庄吉は敬意のこもった瞳で半九郎を見た。

「しかし、よく取り戻せましたね。しかもほとんど単身だったのでしょう？」

「単身といえば単身だが、むろんいろんな人の手を借りたよ」

脳裏を、沼里《ぬまざと》で世話になった鈴《りん》や天秀《てんしゅう》、津村又左衛門《つむらまたざえもん》の顔がよぎっていった。

「一人では取り戻すことはとてもできなかったろう。でも信念がなかったら、やり遂げられなかったのもまた事実だな」

十三

石田屋は北本所表町にあった。大川から一町ほど東へ入った通り沿いにあり、店の向かいは上野伊勢崎《いせさき》で二万石《ごく》を領する酒井家中屋敷の黒塀が無表情に続いている。人通りは繁くあり、店はけっこう繁盛している。

「庄吉さん、このあたりで待っててくれ。ここの若旦那がお千香さんの行方知れずに関係していなくても、横取りも同然の男が来たと知ったら、いい顔はせんだろうから」

「手前は横取りなんて」

「おぬしがそう思ってなくても、向こうがどう考えているかはわからん」

半九郎は、大きくあけ放たれた間口を入った。

「いらっしゃいませ」

若い男が寄ってきた。庄吉より二つ上という歳の頃からして、この男がお千香に縁談を申しこんでいたという嘉助《かすけ》かもしれない。

紅や白粉《おしろい》、かんざし、櫛《くし》、元結《もとゆい》、さらには爪楊枝《つまようじ》など、まさにこまごまとした物が並べられている。淫具《いんぐ》も売っているという話をきいたことがあるが、店先にはさすがにだされてはいない。

「なにかご入り用ですか」

揉《も》み手をして、きく。

「かんざしがほしいと思ってな」

男はにこやかに笑った。

「ご新造《しんぞう》さまへ？」

「いや、俺はまだ独り身だ」

「これは失礼を申しあげました」

「別にかまわん。当たらずとも遠からずだ。許嫁へ買ってやろうと思ってな」

「さようでございますか。きっとお喜びになると思いますよ」

男は如才なくいってその場を離れ、三本の玉かんざしを手に戻ってきた。

「これらなどいかがでしょう」

半九郎はそのうちの一本を引き寄せられるように手に取った。藍《あい》色の玉に三つの鞠《まり》の絵が描かれているその繊細な細工に見入る。

「すばらしい出来ですが、お値段はお手頃なものになっております」

半九郎は値段をきこうとして、ふと奥のほうに目をとめた。

ちょうど若い女が土間におりたところだった。男になにか用があるようだが、半九郎との話が終わるのを待つ風情だ。まだ二十歳に届いていないだろう。頬がふっくらとした器量よしで、黒目がくっきりと輝きを放っているのがいかにもしっかり者という感じを抱かせる。

「女房か」

半九郎は顎をしゃくった。

「つい十日前、祝言をあげたばかりでして」

嘉助とはっきりした男の顔には喜びがあふれている。

「なるほど、だから初々《ういうい》しいのだな。それと、おぬしがどことなく眠たそうな理由もわかったよ」

えっ、と嘉助は声をあげた。半九郎は笑ってかんざしを返した。

「冗談だ。また来る」

店を出た半九郎が西を目指して歩きはじめると、すぐに庄吉が寄ってきた。

半九郎はなかでのやりとりを話した。

「そうでございますか。石田屋さんは関係なさそうですか……」

刻限は九つをとうにまわっていた。さすがに半九郎も行き場をなくしている。

「いったん戻るか。店に帰れば、いい知らせが届いているかもしれん」

二人でしばらく歩いたときだった。半九郎は大川沿いの道を、こちらにやってくる黒羽織に気づいた。

向こうも半九郎に気づき、足早に近づいてきた。うしろを中間《ちゅうげん》が続いている。

「里村さん。奇遇ですね、こんなところでお会いするなんて」

稲葉七十郎と名乗った同心《どうしん》は、にこやかな笑みを両の頰に浮かべている。

「脩五郎をとらえたそうだな」

半九郎は相手の笑いにつき合う気はなかった。下手《へた》に気を許すと、つけこまれかねない鋭さをこの同心は持っている。

「とらえたのはそれがしではありませんよ」

あっさりといった。

「お弓の身辺を洗っていた同僚です。家の者は娘が誰とつき合っていたか知らなかったようですが、友人を当たったらあっけなく脩五郎の名が出てきたそうです」

「奉行所では脩五郎が犯人と？」

「これで一件落着と考えている者が多いのは事実です」

「あんたはどうなんだ」

「脩五郎とじかに話をしてないものですからなんともいえませんが、里村さんを含め脩五郎の知り合いに会った感触からは、これで一件落着と考えていいものか、という気はしています」

その言葉は半九郎を大いに元気づけた。

庄吉が一歩踏みだした。なにかいいかけて、やめた。

「ところで、菱田屋の娘の一件を？」

半九郎は庄吉に代わってたずねた。

「行方知れずになったことはきいてます」

「お千香ちゃんの失踪はもしや……」

庄吉がためらいがちに口にした。

「おぬしは島浦屋の跡取りだな」

同心は半九郎に目を移し、合点した顔をした。

「なるほど、そういうことか」

それから庄吉に向かってうなずいてみせた。

「確かに考えられないことはない。これまで殺された娘は二人がその場で、二人がかどわかされたのち死骸《しがい》で見つかっている」

もしお千香の失踪がこれまで四人の娘を殺した者の犯行とするなら、脩五郎は無実ということになる。しかし、それは庄吉を前にいえることではない。

「あんた、この刻限はいつもこのあたりをまわっているのか」

同心はよく光る目で半九郎を見た。

「まあ、そうです」

十四

稲葉七十郎と別れた二人は昼飯をとることもなく、島浦屋に帰ってきた。

半九郎たちは台所近くの庭の井戸へ行き、下帯姿になって水を浴びた。

半九郎と同じようにすっきりとした顔つきの庄吉だったが、目の下あたりに隈《くま》のような陰が見えている。かたく目をつむったあと、まぶたを揉んでふうと息をついた。

「里村さま、一眠りしたいのですが、よろしいですか」

「なにかあったらすぐ起こす。ゆっくりと体を休めてくれ」

半九郎はあるじの十左衛門に会った。

「一刻ほど外に出てきたいのだが」

どういう用向きか、十左衛門に教えた。

「わかりました。でも、できるだけはやくお戻りください。目を覚ましたとき里村さまがいらっしゃらなかったら、きっと心細がりましょうから」

半九郎は大川を渡り、本所までやってきた。

まださほどときがたっているわけではないから、このあたりにいるはずなのだが、同心はなかなか見つからなかった。

くそ、だまされたかな、と半九郎が毒づいたとき、手招く者がいることに気づいた。

そこは北本所番場町の自身番《じしんばん》で、畳に腰かけ湯飲みを手にしているのはまぎれもなく稲葉七十郎だった。忠実な顔をした中間がかたわらに立っている。

「ちょっとおそかったですね」

のしのしと近づいた半九郎に同心がいった。

「二人の許嫁のことですね？」

「話してもらえるのか」

「そのつもりで待っていました。用心棒として二人の死の詳細を知っておくべきとそれがしも思いますから」

湯飲みを置き、同心は立ちあがった。

「歩きながら話しますよ」

うしろを振り向き、番場町の家主らしい男に、うまかったよ、と笑顔で礼をいった。

「二人の許嫁は、首吊《くび》りと水死だそうだな」

歩きはじめてすぐ半九郎は口をひらいた。

「両方とも不審な影はなかったときいているが？」

「そうですね。両方とも、殺しという確証はつかめませんでした。特に二人目はこちらも徹底して調べましたが、お千香には男の影などどこにも見えなかったですね」

「二人の名を教えてくれるか」

「一人は惣兵衛《そうべえ》、もう一人は収太郎《しゅうたろう》と。二人とも商家の跡取りです」

「自殺したのは？」

「惣兵衛です。でも惣兵衛には自殺する理由など、一つも見当たらなかったんです。お千香を嫁にできるうれしさを友人たちに吹聴《ふいちょう》していたくらいでしたから」

「惣兵衛はどこで自殺を」

「自分の部屋です。日当たりのいい離れの四畳半で、自殺にはそぐわないような明るい部屋だったんですが、鴨居《かもい》に帯をくくりつけて。朝、起きてこないことを不審に思った家人が見つけました」

「収太郎のほうは？」

「深川山本町の堀割です。相掛自分橋のたもとに浮いてました」

深川山本町がどのあたりか、半九郎にはよくわからない。

「木場《きば》が多いところですが、そこは西側がなだらかな土手になっているんですよ。その晩飲んでいた収太郎が深川東平野町にある家に帰る途中、道から足を滑らせて堀割にはまった、ということに落ち着いたのですが」

そのときのことを思いだす瞳をして同心は続けた。

「収太郎にしたって泳ぎは得意でして、いくら酔っていたとはいえ、水死っていうのはどうにも腑《ふ》に落ちない感はありました。しかも、収太郎が酔っぱらっていたというのも当推量にすぎず、その晩収太郎が飲んでいた店というのは、結局見つからなかったのです」

「それなのに探索は打ちきられたのか」

同心はわずかに苦い顔をした。

「殺しであるという明確な証拠もなかったですし、実際、酔って堀割や川に落ちて死んでしまう者が跡を絶たぬのは事実ですからね」

それは確かだ。二年前の春、半九郎の長屋の住人も同じ形で死んでいる。

あのとき半九郎は仕事を終えたばかりで、朝の五つすぎに重い足を引きずるようにして長屋に帰ってきたのだ。

長屋は大騒ぎになっていた。死骸はすでに運びこまれていて、まだ健在だった父が皆にいろいろと指示をしていた。

死んだのは兼松《かねまつ》といい、歳は三十一、腕のいい挽物師《ひきものし》だった。職人に多い大の酒好きで、仕事を八つすぎに終わらせては飲み屋に直行し、夜まで飲み続けるという暮らしを長く続けていた。

両親をはやくに亡くしていた上、独り者だったから女房、子供を残して、などという悲惨な事態は避けられたが、それでも長屋の者たちの嘆き、悲しみぶりは尋常ではなかった。

あの一件以降、半九郎は酒がさらに飲めなくなった気がしている。

「二人がうらみを買っていたようなことは？」

「それも出てきませんでした。二人とも温和な男で、声を荒らげるようなこともほとんどなかったようです。さまざまな者にききましたが、誰もが同じ答えでしたね」

「二人はどういう経緯《けいい》でお千香との縁談がまとまったのかな」

「惣兵衛はどうやら一目惚れで、人を介して申し入れたようです。収太郎のほうは父親同士がもともと知り合いで、なにかの宴席で一緒になったときそういう話になって、縁談が進んでいったみたいですね」

半九郎はほかにきいておくべきことはないか、考えた。

「おぬしは、今回のお千香の失踪、どういうふうに考えているんだ。本当のところを教えてくれ」

「それがしの考えですか」

同心は歩きつつ空を見あげた。

見事なまでに真っ青に晴れあがっていて、その突き抜けるような青さのなか、太陽は自らの力を誇示するかのように真っ白に輝いている。光を放つのになんのだし惜しみもしていない、その傲岸《ごうがん》ともいえる強さが頭にくる。

「いや、暑いですな」

同心は懐から手ぬぐいをだし、顔や首筋の汗を拭《ふ》いた。

「いったところでどうしようもないのに、どうしても口をついてしまいますね」

半九郎は、はやいところ質問に答えろといいたいのを我慢し、おあずけを命じられた犬のようにじっと黙っている。

「そんなににらまないでください。お千香のことでしたね」

同心は顎に手を当て、考えに沈んだ。

「自ら姿を消したようにしか思えない、というのが正直なところですね。人通りの多い場所で、誰もかどわかされたところを見ていないのですから。茶店で厠を借りたというのも、はなから端女をまくための手立てだったように思われます」

「やはり縁談に嫌気がさしてかな」

「どうでしょうか。そのあたりお千香の気持ちはわかりませんが、考えられぬことではないですね」

半九郎は同心にまっすぐ瞳を向けた。

「なにか別の理由に思い当たっている顔だな」

「まさか」

同心は真顔で手を振った。

「なにか理由があってのことだとは思いますが、それがなんであるかになど思い当たっていませんよ。そこまでめぐりのいい頭だったら、もうとっくにお千香の居どころを突きとめています」

同心のことだから本音を告げているのかはわからないが、少なくとももっともないい分には思えた。

「長いことすまなかった」

半九郎は心から礼をいった。

「またなにか知りたいことがあったら、いつでも声をかけてください。話せる限りのことはお話ししますよ」

十五

半九郎が七つすぎに戻ったとき、庄吉は軽い食事をとっていた。膳《ぜん》に載せられているのは、ご飯に漬け物、味噌汁だけだ。

「里村さまをうらみますよ」

漬け物を歯切れよく咀嚼《そしゃく》しながら、笑顔でいう。

「これまではこれが当たり前だったのに、今は鰻飯が食べたくて仕方ないですから」

すっかりくつろいだ様子で茶を喫する庄吉からは、疲れがすべて取り払われていた。

七つ半頃、丁稚《でっち》が部屋にやってきた。新八《しんぱち》といって歳はまだ十三、四だろうが、これも教育のなせる技なのか、大人びた話しぶりをする。

「互介《ごすけ》さんがお見えです」

「通してくれ」

半九郎は庄吉を見た。

「幼なじみです。心配いりません」

庄吉は立ちあがり、部屋の外に出た。半九郎も敷居際に立った。

いかにも慣れた顔で、若い男が廊下を近づいてきた。

「知らせはきいた。大丈夫か」

女に騒がれそうな男前だが、どこか崩れた感のある男だった。

「ああ、ありがとう。この通りだ」

庄吉は力こぶをつくってみせた。それから半九郎を紹介した。

互介は如才なく会釈をしてみせたが、眉間《みけん》に深いしわを寄せている。

「用心棒？　命でも狙《ねら》われてるのか」

「そこまで大袈裟《おおげさ》なことじゃない。まあ、いろいろあるんだ」

どうやら庄吉は、お千香の二人の許嫁のことは話していないようだ。

「今日は？　元気づけに来てくれたのか」

「それぐらいしか俺にできることはないからな」

「顔を見せてくれただけでもうれしいよ」

庄吉は気づいたように互介をいざなった。

「入ってくれ。今、茶を持ってこさせる」

二人は座敷のまんなかで、向き合ってあぐらをかいた。

半九郎も座り、襖のそばの壁に背中を預けた。

「しかし許嫁はどうしていなくなった」

互介がきく。

「さっぱりわからん。なにもなければいいが、とそればかり案じている」

「ちょっといいか。話がある」

互介が声を低める。

「なんだ、珍しいな。そんな真剣な顔して」

庄吉の軽口を無視した互介は、敷居際の半九郎を気にするそぶりをした。

「この人なら、なにを話しても大丈夫だぞ」

互介はいや駄目だ、というように無言で首を振ってみせた。

「そうか。仕方ないな」

庄吉はすまなそうに見た。

「しばらく二人きりにしてもらえますか」

半九郎が廊下に出ると、互介が鼻先で障子を閉めた。

廊下に立って半九郎は耳を澄ませたが、互介らしいつぶやきがかすかにきこえてくるだけでなにを話しているのかわからなかった。

半九郎は台所に行き、互介が何者なのか、おそよにたずねた。

「筒井屋さんの跡取りですよ。今は若旦那と同じで、商売を覚えてる最中ですけど」

「筒井屋も油問屋か」

「いえ、仏具屋さんです。神田佐柄木《さえき》町にあるんですけど、かなり繁盛してるって話ですよ」

「佐柄木町か。けっこう離れているな。それなのに幼なじみか」

「五年前、筒井屋さんがこの町から越してったらしいですよ。なんでも、向こうのほうがお武家相手に商売がやりやすいという理由らしいですけど」

確かに神田佐柄木町なら、武家屋敷が密集している駿河台《するがだい》はすぐそばだ。

「互介さんの歳は？」

「若旦那と同じときいてます」

「嫁さんは？」

おそよはくすっと笑った。

「まだです。あの人じゃあ、一人にしぼれないんじゃないですか」

また脩五郎のことが思いだされた。

「そんなにもてるんじゃあ、あまり商売に身は入らないんじゃないのか」

「それなりに仕事はできるという話はきいたことありますよ」

「ここにはよく顔を？」

「最近はそうでもなかったですねえ。顔を見るのは久しぶりです」

おそよが体を傾けるようにして、半九郎の背後に目をやった。

「あ、お帰りのようですよ」

半九郎は廊下を戻った。

「ああ、里村さま、失礼をいたしました」

庄吉が頭を下げる。

「話はもう?」

「ええ、終わりました」

「じゃあ庄吉、これでな」

互介がかたい表情で右手をあげた。

「ああ、わざわざ来てくれてありがとう。おかげで元気が出てきた」

庄吉は笑顔を見せている。だがその笑みはぎこちなく、妙にこわばっている。

「話というのはなんだったのかな」

店の外まで互介を見送りに出た庄吉が部屋に落ち着いたのを見計らって、半九郎はたずねた。

「いや、たいしたことじゃないですよ」

庄吉はいったが、片頬がややひきつった。

「お千香さんのことでは?」

庄吉は目をみはったが、すぐに笑いだした。

「互介がお千香ちゃんの行方知れずに関係している、と考えてらっしゃるんですか。そんなこと、あり得ないですよ」

半九郎は疑わしげな眼差《まなざ》しを向けた。

「そんなことあり得ないですよっ」

庄吉は似つかわしくない大声でもう一度いった。これでその話は打ち切りといわんばかりに、横を向く。

しばらく居心地の悪い沈黙が続いた。

ふっと庄吉が半九郎に顔を向けた。笑っている。さっきまで泣いていた赤子が見せるような笑みだ。

「申しわけございませんでした。声を荒らげたりして」

「俺も気持ちを考えず、すまなかった」

「では、これで仲直りということでよろしいですね」

「もちろんだ」

「よかったですよ。これから先、長いこと里村さまにはお世話にならなければならないのに、角つき合わせるような関係は避けたかったですから」

庄吉は悲しそうにつけ加えた。

「もっともそれは、お千香ちゃんが見つかればの話ですけどね」

「きっと見つかるよ」

「そうですね」

庄吉は、よっこらしょと立ちあがった。

「ちょっと厠へ行ってきます」

半九郎も続こうとした。

「ああ、いいですよ。外には出ませんから」

「俺もしたいんだ」

厠は中庭の右手にある。

先に庄吉が入り、次に半九郎が用を足した。

戸をあけて出てきたとき、庄吉の姿はなかった。

部屋に戻ったのだろう、と半九郎は思ったが、いやな予感に背を押されるように急ぎ足で廊下を渡った。

案の定、部屋に庄吉はいなかった。ねっとりした汗が背中を流れてゆく。

店のほうに行き、庄吉が来ていないか、奉公人にきいた。誰も若旦那の姿を見ていなかった。

自らの迂闊《うかつ》さを半九郎は呪《のろ》った。お千香はともかく、庄吉が自らの意志で姿を消したのはまちがいない。

表では誰も見ていないことから、裏から外に出たと判断して半九郎は台所のほうへ向かおうとした。

「里村さま」

うしろから声がかかった。

振り向くと、顔色をなくした十左衛門が廊下に立っていた。

「せがれがいなくなったとのことですが」

半九郎は手短に説明した。

「すまん。俺のしくじりだ。必ず見つけだす。信じて待っていてくれ」

十六

なにが庄吉にこんなことをさせたのか。半九郎は往来を足音荒く歩きながら思った。

崖《がけ》を転がり落ちる大石の勢いで道を行く半九郎に、撥《は》ね飛ばされたように次々と町人たちが道をあける。

なんだよあのお侍、との声がいくつか耳に入ったが、気にしている場合ではない。

あの互介という男、と半九郎は顔を思いだした。あの男前が訪ねてきたあと、庄吉はおかしくなったのだ。

となると、庄吉の失踪にはあの互介がまちがいなく関係している。庄吉は、なにか吹きこまれたにちがいない。

まさか庄吉が三人目の犠牲者になるようなことは……。

焦りに似たものが背筋を這《は》いのぼってくる。これで庄吉に万が一のことがあったら、廃業だな、と思った。和尚《おしょう》にも顔が立たない。

いや、そんなことはどうでもよかった。今はどんなことをしてでも庄吉を見つけださなければならない。

半九郎は空を見た。相変わらず雲一つないが、太陽はようやくわずかながらも光を弱めつつある。

町には夕方の気配が漂い、木々の陰、商家の軒下、せまい小路の奥にはいつの間にか闇《やみ》が忍び寄り、居座ろうとしていた。

筒井屋は、なかなかはやっていた。さまざまな仏具が店先から奥のほうまで並べられている。

数名の客が仏具の前で、奉公人らしい男たちと話しこみ、あるいは説明を受けていた。

半九郎は店先に立った。手代《てだい》らしい男が控えめに寄ってきた。

「なにかご入り用でしょうか」

手代は、半九郎の風体を見定める目をしている。

「若旦那に会いたい」

「どのようなご用でしょう」

「ききたいことがある」

「はあ、どのようなことをでしょう」

さすがに半九郎はじれた。

「いいから会わせろ。島浦屋で会った用心棒といえば、わかる」

「はあ、用心棒でございますか」

はじめて目にするというようにじろじろ見つめてきた。

「とっとと取り次げ。のろのろしてると叩《たた》っ斬るぞ」

さすがに刀に手を置くような真似《まね》はしなかったが、声には本気をにじませた。

近くにいた三十すぎと思える男の客が驚き、身をかたくして半九郎を盗み見た。

「は、はい、しばらくお待ちください」

手代はあわてて奥へ走り去った。

素直に会うかな、と半九郎は危ぶんだ。会うつもりがないなら押し入ってやるまでだ、と心に決めた。

さっきの客がまだうかがうように見ている。うっとうしいので半九郎はやくざ者のようににらみつけた。男はびくりとして、半九郎に背中を向けた。

手代が駆け戻ってきた。

「お会いになるそうです。どうぞこちらへ」

半九郎は導かれるまま客間らしい座敷に入った。東側が庭に面している座敷は障子があけ放たれていて、緑鮮やかな木々や草花が風に揺れている。

半九郎は厚い座布団に腰をおろした。

手代が出ていったあとの襖に人の気配が立った。目をやると、失礼いたしますという女の声が届いた。

女中だった。盆に茶を載せている。

女中が去って襖が閉じられた瞬間、半九郎は茶請けの黄粉《きなこ》餅《もち》を口に放《ほう》り入れ、ぬるめにいれてある茶をがぶりとやった。歩いてばかりいたので、腹が減っている。

「失礼いたします」

半九郎は口についた黄粉を手でぬぐった。

襖があき、男が入ってきた。

「誰だい、あんた」

思わずならず者のような口調になった。

男は五十近いだろう。一目見て上質とわかる着物に身を包んでおり、物腰にはゆったりとした落ち着きと人に威圧感を与えないやわらかな威厳がある。

「どうやらあるじのようだな」

「善左衛門《ぜんざえもん》と申します」

対座するや頭を下げたが、目だけは鋭く光らせて油断なく半九郎を見ている。

「せがれはどうした」

「暑さにあたったようで、臥《ふ》せております」

「そりゃいかんな。部屋はどこだ。見舞おう」

「いえ、けっこうでございます」

善左衛門は、立ちあがろうとする半九郎をあわてて手で押さえる仕草をした。

半九郎は座り直し、顔を突きだした。

「せがれは会いたくないといったか。それで父ちゃんのお出ましかい。ずいぶん甘やかしてるんだな。跡取りを甘やかすと、ろくなことにならないぜ。あんた、いかにも苦労を重ねてきているようだが、そんな例、これまで腐るほど見てきてるだろ」

「あの、どのようなご用件でございましょう」

怒り狂ったところで益がないのはわかっていたので、半九郎は辛抱強く説明した。

「庄吉さんが姿を消した？　それがせがれのせいと？」

善左衛門はいかにも心外といいたげだ。

「そこまではいっておらん。それを確かめるため話をききたいといっておる。今こうしているあいだにも、庄吉さんの身に危険が迫っているかもしれんのだ」

善左衛門はしばらく考えていた。やがてあげた顔には決意の色が見えていた。

「わかりました。しばらくお待ちください」

立ちあがり、襖をあけて出ていった。

庭の大木の枝葉を風が、二度ほど大きく騒がせたあと、襖の向こうに人の気配がした。

やっと来やがったか、と半九郎は思ったが、失礼いたします、といった声はまた善左衛門だった。

襖が音もなくひらかれた。善左衛門のうしろに隠れるように互介がいた。

「ほら、ぐずぐずしているんじゃない。まず挨拶しなきゃいかんだろう」

厳しい口調で善左衛門がいう。

「挨拶がすんだらさっさと入って、そこに座りなさい」

上目づかいに半九郎を見て、互介は渋々足を進めてきた。半九郎の向かいにややふてくされた表情であぐらをかく。

「ほら、ちゃんと正座をしないか」

善左衛門は互介が言葉にしたがうのを見てから、せがれの横に座った。

「里村さまのきかれることに、正直にお答えすればいいんだからな」

互介はうつむくようにして指をもてあそんでいる。

「ほら、ちゃんと背を伸ばして顔をあげないか」

さすがにかわいそうになった。

「あるじは遠慮してもらえんか」

やんわりといった。

「えっ、どうしてです」

「いや、父親がいてはしゃべりたいことの半分もしゃべれんだろう」

「せがれはそういう男ではございませんよ」

「その通りだろうが、やっぱり席を外してくれ。頼む」

善左衛門は、わかりました、といった。

「いつもあの調子か。同情するよ」

襖が閉じられ、廊下を行く足音がきこえなくなってから、半九郎は互介に笑いかけた。

「でも、親っていうのはいくつになっても子供が心配でならんらしい。親父さんの気持ちもわかってやることだな」

互介はうなずくこともせず、黙って畳を見ている。気づいたようにあぐらをかいた。

半九郎は立ち、庭側の障子をすべて閉めた。風が通らなくなった座敷は一気に暗さが増し、蒸し暑さに包まれた。

半九郎は座布団に腰をおろした。

「単刀直入にきくぞ。おまえさん、庄吉さんになにを吹きこんだ」

互介は下を向いたままだ。

「おい、きいているんだ。答えろ」

「なにも、ということはなかろう。おまえさんが帰った直後、庄吉さんは姿を消したんだからな」

「あんたにまとわりつかれるのがいやになったのさ」

「庄吉さんは俺を信頼していた。それはおまえさんもわかったはずだ」

「庄吉と話したのは、ただの世間話だよ」

「世間話なら、どんなことを話したかいえるだろう」

「じゃあ、いうよ。岡場所《おかばしょ》や飲み屋のことだ」

「許嫁が行方知れずのさなかにか」

「元気づけるには、これがいちばんと思ったんだ。庄吉も嫌いじゃないから」

半九郎は互介をにらみつけてから、あからさまな目をかたわらの刀に向けた。

「なんだ、抜くのか」

互介は体を引き気味にした。

「抜きたい気分になってきている」

「人を呼ぶぞ」

「呼ぶなら呼べ。その前におまえの首は刎《は》ね飛んでいるがな」

互介は畳をあとずさった。

「そんなことできるはずがない」

「試してみようか」

「帰れっ、帰ってくれよ」

叫びざま立ちあがろうとした。

半九郎は腕を伸ばし、肩をがっちりとつかんだ。

「そういうわけにはいかんのだ」

半九郎は静かにいったが、声にはすごみをきかせた。

「いいか、俺は用心棒稼業に命を懸けておる。もし庄吉さんが死骸で見つかったりしたら、俺はおまえを殺す。その覚悟があるのなら、かまわん、このまましらばっくれてろ」

互介は半九郎の腕の下でもがいている。

「庄吉さんはどこだ」

互介は黙りこんだままだ。

半九郎は片膝《かたひざ》を畳について、肩から手を離すや両手で襟を取り、互介の首をぐいと持ちあげた。互介がなにをするという目で見た。

半九郎は腕に力をこめて、襟を絞めはじめた。互介が目を大きくひらいた。その目がみるみる充血してゆく。

やめてくれとばかりに互介は首を横に振ろうとするが、半九郎ががっちり押さえているため思うように動かない。

互介の顎がかすかに上下した。半九郎は手綱をゆるめるように力を抜いた。

互介は半九郎の腕を振り払い、畳に尻をどすんと落とした。息を荒く吐き、そのあとは激しく咳《せ》きこんだ。息も絶え絶えに半九郎を見る。

「あんた、本気だったたな」

「ああ」

そんなことはなかった。どこまでやればいいか、その境は心得ている。

「でも、庄吉の居場所は本当に知らないんだ」

「まだ足りんようだな。やはりこれをつかわんと駄目か」

半九郎は刀を引き寄せた。

「待った、本当に知らないんだ」

半九郎は、互介が真実をいっているか見極めようとした。互介はあと少しで泣きだしそうな子供のような表情だ。

「いいだろう。庄吉さんになにを吹きこんだ」

「いったら殺されるかも」

「殺される？　誰に」

互介はこわごわとかぶりを振った。

「どのみち同じことだぞ。庄吉さんに万が一があったらな」

互介はあきらめたように息をついた。

「俺が話したことはいわないでくれるかい」

「約束しよう」

互介はぽつりぽつりと語った。

きき終えた半九郎は立ちあがり、刀を腰に差した。

五介がうつろな瞳で見あげている。

「もし庄吉が死んだら、本当に俺を？」

半九郎は冷たい一瞥をぶつけた。

「生きていることを今は祈ることだ」

外に出た。夕闇の名残《なごり》がわずかに感じられるだけで、江戸にはすっかり夜がおりてきていた。先ほどまで吹いていた風もおさまって、今は潮の香りが混じる蒸し暑さが町を包みこもうとしている。

空にはいつの間にか雲が一杯に押し寄せてきていた。それほど厚い雲ではないようで、月があるところはそこだけにじんだような黄色に染められている。

十七

道を北へ向かう。

行き筋の町は至るところから灯《あか》りが洩《も》れこぼれて、足許《あしもと》に注意を向ける必要がないほど明るい。提灯《ちょうちん》の用意のない半九郎にとって、この明るさはありがたかった。

神田川にかかる昌平《しょうへい》橋を渡る。昌平坂をのぼり、昌平坂学問所の塀が切れたところを右に曲がって竹町河岸通りを西へ進んだ。

旗本《はたもと》屋敷に突き当たったところを再び右へ折れる。右手は本郷元町で町屋がびっしりと軒を並べ、左手は旗本屋敷が続いている。

やがて左側に寺が見えてきた。互介の話が本当なら興正寺《こうしょう》という寺だ。

興正寺の手前に小路が口をあけている。半九郎は躊躇《ちゅうちょ》することなくその道を入ったが、さすがに小路は暗く、入口近くにたたずんで目が慣れるのを待った。

南側は旗本屋敷の塀、北側は興正寺の塀にはさまれており、小路に人影はまるでない。

なるほどうまいところを見つけるものだな、と半九郎は感じ入った。それから慎重に足音を殺して歩きはじめた。

半町ほど進むと、五段ばかりの階段を持つ山門に行き当たった。

山門は、近づく者すべてをこばむようにがっちりと閉じられている。

半九郎は闇《やみ》のなか、扁額《へんがく》に目を凝らした。清念寺という文字が読み取れた。

博打《ばくち》にはまって負けがこんでいた互介には賭場《とば》にかなりの借金があった。その賭場の者から、文を庄吉に持ってゆくようにいわれたのだ。それで借金が減るわけではないが、逆らうことなど互介にできるわけがなかった。

文の中身は知らない、と互介はいった。庄吉も博打にはまっていたのか半九郎はきいたが、庄吉はまじめ一方の男でそんなことはない、と互介は答えた。

その賭場がひらかれているのが、ここ清念寺だった。

階段をあがり、山門にそっと耳をつけた。

武家屋敷のようにひっそりとして人の声はきこえてこないが、目を閉じ息を殺していると、人が動くことで発するさまざまな気配をとらえることができた。

どうやらかなりの人数がいるようだ。互介がいうには開帳は五つとのことだから、賭場をひらく側の者たちということだろう。

このなかに庄吉はいるのだろうか。

それにしても、と半九郎は思った。博打をやらない庄吉がなぜ賭場の者の文を読んで姿を消したのか。

（さて、これからどうするか）

道々、いい手立てはないかと考えつつ歩いてきたが、たいしてうまい方法は思い浮かばなかった。

試しにくぐり戸を押してみた。やはりびくともしない。

いったん階段をおり、小路を戻った。もとの道に出て、興正寺の塀に沿って北へ歩き、山門の前にやってきた。

向かいの町屋はほとんどが戸を閉めているが、そのなかに、明々《あかあか》と提灯を灯《とも》らせている一膳飯屋《いちぜんめしや》を見つけた。

腹が減っている。考えてみれば、昼飯も食っていない。腹に入れたのは黄粉《きなこ》餅《もち》三つだけだ。

長床几《ながしょうぎ》が五つ出ていて、うち四つが埋まっている。

半九郎はあいている一つに腰かけ、飯と冷や奴《やっこ》、納豆汁を頼んだ。

注文を受けた小女《こおんな》が奥へ去るのを見送って、どうすればいいかもう一度考えた。

正面から訪ねていっても、なかに入れてはくれないだろう。ならば忍びこむかと思ったが、目当ての男をどうすれば捜しだせるか。

しばらく考え続けて、一つ考えがまとまった。

あまりいい考えとも思えなかったが、俺のおつむではこんなものだろう、と妥協したとき、小女が注文の品を持ってきた。

刻限は、六つ半を四半刻《しはんとき》ほどすぎた頃と思われた。

まだ一膳飯屋の長床几にいておかわりの茶を喫しているが、食事を終えてだいぶたち、胃の腑《ふ》も落ち着いてきている。

よし行くか、と心中でつぶやいて半九郎は立ちあがった。代を払い、再び小路を目指した。

(互介のいう通りなら、もう人が出ているはずなんだが)

小路の入口にそれとわかるごろつきが五人ばかりたむろして、道行く人に無遠慮な視線をぶつけている。

(なるほど、あれなら知らん者が近づくようなことはないな)

半九郎は懐手をし、ぶらぶらと歩を進めた。小路の前で立ちどまり、男たちを見つめる。

「なにかご用ですかい」

半九郎を胡散《うさん》げに見ながら、若い男がずいと踏みだしてきた。

背は半九郎より三寸は低いが、それを補ってあまりある広くてがっちりとした肩をしている。

それにしても、ずいぶん人相が悪い男だ。薄い唇とそいだような頬《ほお》が男の酷薄さを物語っている。歳《とし》は半九郎と似たようなものだろうが、目に獣のような凄《すご》みがあり、やくざ者としてかなりの経験を積んできているのが知れた。

それでも、男には珍しい真っ白な肌をしているのが暗さのなかでもわかり、半九郎は微笑した。

「おぬし、女郎みたいな肌をしているな」

男の瞳《ひとみ》が狂犬の凶暴さを帯びた。他の四人も、おっ、という目で半九郎を見た。

「おっと、気にしてることをいっちまったか。すまんな。俺はどうも思ったことを腹にしまっておけんたちでな」

「兄貴、どうします。たたんじまいますか」

「やれっていうんなら、やりますぜ」

うしろから男たちがささやきかける。

男は怒りを嚙《か》み殺したようで、平静な顔を装って首を振った。

「似つかわしくねえってこいつらにもよくからかわれるんですが、生まれつきなものなんで、こればっかりはどうしようもねえんですよ。お侍、用がねえんだったら、さっさと通りすぎてもらえませんかね」

「おぬし、この場の仕切をまかされているようだが、出世の理由はやっぱり親分にその肌をかわいがられたからか」

男の顔が朱に染まった。他の男たちもはっと息を飲んだ。

なめた口ききやがって、と小さく吐き捨てるようにいった男は、半九郎に飛びかかってきた。がしっと半九郎の襟をつかむ。

「手伝え」

他の者にいって、半九郎を小路の奥に引きずりこんだ。半九郎はなすがままにされていた。

やがて半九郎は、自分と同じくらいの長身だが肉は倍近くもついている大男に羽交い締めにされた。

男が目の前に立ち、半九郎を見据えた。

「二度となめた口、きけねえようにしてやる。覚悟しやがれっ」

半九郎の腹に拳《こぶし》を叩《たた》きこもうとした。

半九郎は肘《ひじ》で大男のみぞおちを突きあげるや、男の拳を右足で蹴《け》りあげた。

大男の力がゆるんだところを腕をつかんでねじりあげ、だらしなく悲鳴をあげるところを首筋に手刀を打ち据えた。

大男からは力が抜け、土俵に転がされた力士のように地面に横倒しになった。図体がでかくて重い分、衝撃も大きかったようで、だらしなく気絶してしまった。

「てめえ、やりやがったな」

声のほうに振り向くと、闇に白く光る物がいくつか見えた。匕首《あいくち》を油断なくかまえる男たちの格好は決まっており、それなりに場数を踏んできているのが知れた。

最初の男が無言で突っこんできた。刀を帯びている半九郎に対し、なんの怖《おそ》れも抱いていない。

半九郎は身をひらいて避け、男の腕をがっちりとつかむや、男の体を引き寄せるようにしておいてから、頬を殴りつけた。

男は痰《たん》がつまったような声をだしたが、腕を振り払うと匕首をまっすぐ伸ばしてきた。匕首は半九郎の心の臓を正確に狙《ねら》っていたが、半九郎は身を低くしてよけるや、男の懐にもぐりこんだ。がら空きの腹が目の前に広がっている。

どす、という鈍い音が響いたあと、男は腹を押さえて、地面に膝《ひざ》をついた。

半九郎は、ここは容赦なさを見せておいたほうがいいだろう、と判断し、上体を起こしかけた男の脇腹を思いきり蹴りつけた。

男はうめき声とともに地面に顔から倒れ伏した。

「て、てめえ」

残りの三人が襲いかかってきた。

半九郎は三つの匕首を続けざまにかわすや、肘と拳、足をつかって三人をあっという間に叩きのめした。

二人は興正寺の土塀に背を預けて座りこみ、もう一人は塀際でうつぶせに伸びている。

半九郎は最初の男に歩み寄った。

息は取り戻しつつあり、立ちあがろうとしていた。半九郎を見る目に力があり、手には匕首を握っている。一撃を加えようとひそかに狙っていた。

半九郎は、無造作に抜いた刀を軽く動かした。鉄同士が触れ合う音がし、男の腕から匕首が消えた。

　半九郎は刀をおさめた。男は、一瞬で重みの失《う》せた自分の手を呆然《ぼうぜん》と見つめている。

　半九郎が近づくと、男はおびえの色を見せてあとずさった。背中が塀に当たる。

「おい、おまえ、名はなんていうんだ」

　男は横を向き、なにかつぶやいた。名を口にしたのか、それともあらがったのか。

「きこえんぞ。もっとでかい声でいえ」

　今度ははっきりと告げた。

「平三郎《へいざぶろう》か。そりゃまた、なりに似んやさしげな名だな」

　おい平さんよ、と半九郎は呼びかけた。

「おまえさんに仙之助《せんのすけ》という男を紹介してもらいたいんだ。なかにいるんだろ?」

　平三郎はなにもいわない。それが答えになっていた。

　半九郎は平三郎をうながし、清念寺の山門につながる階段をのぼった。

　平三郎がくぐり戸を叩き、なかに声をかけた。

「椎田屋《しいだや》の綾野《あやの》さんがおいでになりました」

　半九郎は神経をとぎすまし、向こう側の気配を探った。

　十名近い人数がいる。どことなく殺気立っているのが感じられ、ひそやかにかわされているらしい声のやりとりがきこえてきた。

「平三郎、綾野さんにはちょっと待ってもらってくれ。まだ支度ができてねえんだ」

　向こう側から声が届いた。

「いえ、仙之助兄貴にご用とのことなんですが」

「仙之助に？　そうか、わかった……今、呼びに行かせた。入ってもらってくれ」

くぐり戸があいた。

半九郎は刀を帯から抜き取って鯉口《こいぐち》を切り、左手でかざすように持った。先に平三郎に行かせ、その姿勢でくぐり戸に身を滑りこませる。

境内《けいだい》に足をつけた瞬間、濃い殺気に包まれた。

くぐり戸が閉じられ、横から男が飛びこんできた。闇に光る匕首。

半九郎はあわてることなく、鞘《さや》で撥《は》ねあげた。

男はひるまず匕首を突きだしてきた。半九郎はかわしざま、鞘で顔面を殴りつけた。視野から一瞬にして男が消える。

野郎っ、てめえ、という声が充満し、次々に男たちが身を丸くして突っこんできた。

半九郎は無言で鞘を振るい続けた。

気がつくと、まわりは静かになっていた。男たちは苦しげなうめき声を洩らして、地べたや石畳に這《は》いつくばっている。

そのなかに平三郎を見つけた。半九郎は歩み寄り、起きあがらせようとした。

平三郎はいきなり右手を突きだしてきた。どさくさに紛れて手に入れたらしい匕首を握っていた。

半九郎はさすがに頭に血がのぼり、腕に力が入った。鞘は真剣の鋭さで平三郎の顎《あご》をとらえた。

がつ、という音とともに平三郎は顔をのけぞらせ、うしろ向きに石畳の上へ頭から倒れていった。ぴくりとも身動きしない。

半九郎は手近の男を起きあがらせた。

「おい、仙之助はどこだ」

男は頬をさすりつつ、まわりを見渡した。そばに倒れている男を指さす。

最初からここにいた男だ。椎田屋の綾野というのが不審者がやってきた場合の符丁になっているのだろう。

半九郎は近づき、膝を折った。

「おまえさんが仙之助か」

襟をつかみ、顔を持ちあげた。

仙之助は、糸を貼《は》りつけたように細い目を持つ三十男だった。すさんだ暮らしの色が肌にあらわれているようで、こちらは平三郎とはちがって血色の悪い顔をしている。

仙之助は赤子のように首をぐらぐらさせた。はっと気がついて、目を無理にひらくようにした。

「おい、庄吉さん宛《あ》てに互介に文を託したそうだな」

「てめえ、何者だ」

「島浦屋の若旦那《わかだんな》の用心棒をつとめている者だ。おまえさんからの文を読んだ庄吉さんがいなくなっちまったんだ。それで、用心棒としては大あわてで捜しているというわけだ」

「へまをしたもんだ」

「その通りだ。だから、その分必死になっている」

半九郎は手近の匕首を拾いあげた。

「庄吉さんはどこにいる」

「知らねえ」

「文の中身は?」

「知らねえ」

「とぼけるなら、少々手荒なことをするがいいか」

半九郎は声に凄みをにじませ、匕首を目の前でちらつかせた。

仙之助の目がわずかに泳ぐ。

「脅しじゃないぞ。もう一度いう。庄吉はどこにいる。文の中身は?」

「両方とも知らねえ」

半九郎は腕を動かした。

ぴっと音がして、仙之助が鼻を押さえた。見る間に血がしみだして、指を黒く染めてゆく。

「やりやがったな」

「脅しじゃない、といった。次は鼻の穴じゃすまんぞ。文の中身は?」

「本当に知らねえんだ」

仙之助はわめいた。半九郎はまた匕首を振った。

仙之助は手を右の耳に当てた。そのせいで鼻から血がぽたぽたと垂れた。

「本当に知らねえんだ。俺は命じられただけなんだ」

「命じられた？　誰に」

はっと仙之助は口をつぐんだ。

「どうやらおまえさんの上の者だな。となると、親分か」

仙之助はなにも答えない。歯を食いしばっている。

「次は目がいいか」

「そうだ、その通りだよ。親分にいわれたんだ」

やけを起こしたようにいった。

「なら親分から話をきこう。親分はどこにいる。ここか」

仙之助は首を振った。

十八

「ここですよ」

仙之助がすねたようにいう。

半九郎が足をとめたのは、一軒の町屋の前だった。

町としては牛込築地片町になる。清念寺から、早足で四半刻ばかりかかっている。

ずいぶん田舎《いなか》に来たというのが印象で、あと二町ほど西へ行けば、確か中里村のはずだ。

半九郎は生垣のあいだにある格子戸を入り、庭に立った。背中を突いて仙之助を雨戸の前に押しだし、顎を小さく振る。

　仙之助はどんどんと雨戸を叩いた。

「親分、仙之助です。あけてください」

　しばらくして雨戸があき、五十すぎと思える男が顔をだした。

「なんだ、どうした」

　そのとき雲が切れ、光が庭に斜めに射《さ》しこんできた。

　月明かりに照らされた親分の顔を見て、半九郎は目をみはった。

　さすがに子分どもをまとめる親分だけに、さらに凶悪そうな人相をしている。

　特に獲物に狙いを定めた鷹《たか》のような目には、この男ににらみつけられたらすくんだように身動きがとれなくなるのでは、と思わせる迫力がある。顔はしわがずいぶん深く、鬢《びん》のあたりには白髪も多いが、歳を感じさせない精気を全身から放っている。

「もめごとさ」

　半九郎がいうと、じろと瞳を動かし、半九郎を刺すように見た。

「どなたですかな」

　声だけはやんわりときく。

「椎田屋の綾野だ」

　この符丁の意味を仙之助からききだしたが、いわれてみれば単純で、ただ、あやしい、という言葉から来ているだけだった。

「おまえさんが安造《やすぞう》か」

「綾野さまは本名をなんと」

半九郎は堂々と名乗った。

「里村さま……」

これまで会っているか考えている顔つきだが、初対面であることははなからわかっているはずだ。

半九郎はここまでやってきた経緯《けいい》を語った。

「仙之助に、庄吉さん宛ての文を互介に届けさせるように命じたそうだな」

「なんのことです」

「とぼけるな」

「とぼけてなんかいやしませんよ。あっしが互介の馬鹿に文をその庄吉さんとやらに届けさせた。いったい誰がそんなでたらめを」

「この男さ」

仙之助は身を縮めるようにした。

安造は、血のあとが生々しい仙之助を見て、表情を険しくした。

「ずいぶん手荒な真似《まね》を」

「必要だったんだ。そこまでやらんとこの男、口をあかんから」

安造は声もなく笑った。

「仙之助をかばってくださり、お礼を申しますよ。気に入りましたよ、里村さま。あがりませんか。酒くらいだします」

「おまえさんに気に入られたところでうれしくはないし、酒も飲めんが、あがらせてもらうのは悪くないな。庭先ではどうも落ち着かん」

半九郎は座敷に入り、腰をおろした。

向かいに安造が正座をすると、隅にうずくまっていた猫が一つ鳴いて起きあがり、そろそろと歩いて安造の膝にあがった。

安造は喉《のど》を指でさすってやっている。

その指づかいが妙に淫靡《いんび》な感じがして、半九郎はわずかに視線をそらした。

襖《ふすま》の向こうから声が届き、二十歳前後と思える若い女が入ってきて、半九郎の前に茶を置いた。切れ長の目と高い鼻を持つ女で、なかなかの器量よしだ。

女はすぐに下がっていった。

「どうぞ、お召しあがりください」

「妾《めかけ》か」

「ええ。こういう稼業をしてますと、女房は置けないものですから」

いつ最期を迎えるか知れたものではないだけに、決まった女を持たないというのがやくざ者のしきたりとなっている。

「情が移るのを怖れてのことらしいが、おまえさんたちに情なんてあるのか」

「里村さまはまだお独りですか。ずいぶんうらやましそうにされてましたが」

相手の調子に巻きこまれそうな感じがした。

「文のことを答えてもらおう」

「なんのことかわかりませんな」

安造はふてぶてしくしらを切った。

半九郎はすらりと刀を抜き、安造の首に当てた。

「刎ね飛ばすぞ」

安造は顔色一つ変えない。

「やれるのですかな」

半九郎は刀身に殺気をこめた。

安造は無表情に半九郎を見返しているが、猫がびくりとして起きあがり、膝から逃げていった。隅に戻り、震える体を丸めて半九郎のほうを細い目で見ている。

「かわいそうにおびえてしまっている」

安造は刀など目に入らぬ顔でいい、半九郎に瞳を当てた。

「どうされます。首を刎ねますか。それとも、仙之助と同じ目に遭わせますかな」

半九郎は刀をおろし、鞘におさめた。鼻や耳を切ったところで、この男はなにもいわない。刀に殺気をこめたとき、半九郎は本気でこの男を斬るつもりでいた。それは安造にもまちがいなく伝わったはずだ。

しかしこの男は眉一つ動かさなかった。子分たちとは一段も二段もちがうところにこの男は位置している。半九郎など計り知れない修羅場をくぐり抜けてきていることが知れた。

刀もきかないのであれば半九郎に手立てはないも同然だったが、ここで引き下がるわけにはいかない。

「庄吉の居場所を教えてもらおう」

「先ほどからその名をだされますが、その庄吉さんというのを手前は存じあげないのですよ」

「もし庄吉が死骸《しがい》で見つかったら、すべての責はおぬしが負うことになるぞ」

半九郎は強い調子でいったが、安造は動じない。

「奉行所《ぶぎょうしょ》に知り合いの同心《どうしん》がいる。おぬしのことを教えることになるが、いいか」

安造は薄笑いを浮かべた。

「どうぞご勝手に。しかし里村さま」

「なんだ」

「かどわかされたのならともかく、その庄吉さんは自ら姿を消したのでしょう。里村さまがつとめを果たそうとされるのはご立派ですが、大の大人が自分の意志でしようとしていることまで責任を感ずるというのは、正直どうかと思いますよ」

半九郎はあきらめた。なにか言葉をぶつけたかったが、それも負け犬の遠吠《とおぼ》えのような気がして、なにもいわずに立ちあがると、障子をあけた。

草履を履き、庭に出た。

縁側のそばで控えていた仙之助が敵のような目でにらんでいる。半九郎が冷たく見返すと、狼狽《ろうばい》したように顔をうつむけた。

格子戸をくぐり抜けた半九郎は道を歩きはじめた。

足をとめ、安造の家を振り返る。

屋根の影が、月の明るい空を幕に黒々と映っている。

安造の背後を調べればきっとなにか出てくるのだろうが、しかしあまりにときがない。そうこうしているうちに庄吉は殺されてしまうかもしれない。いや、今だって息をしているか知れたものではないのだ。

どうしようもない焦燥感と、いいようにあしらわれた無力感が背を這いのぼってくる。半九郎は唇を嚙《か》み締めて足を運びはじめた。

「里村さま」

不意に横合いから声をかけられ、半九郎は身がまえた。

町屋の軒下から一人の男がふらりと姿をあらわした。月光にさらされたその顔に、見覚えがある。

「おぬしは」

男は深く頭を下げた。

「あの折りはお助けいただいたのにお礼も申さず、失礼いたしました」

祥沢寺からの帰り、武家屋敷の塀を背に六名の侍に囲まれていた五十男だ。

「いや、そんなことはどうでもいいが、おぬし、このあたりに住んでいるのか」

「いえ、住まいは別のところですよ」

「だったら、なぜこんなところに」

「失礼とは存じましたが、つけさせていただきました」

そういえば、と半九郎は冷静に思い起こした。お千香の琴仲間であるおくにの家を捜し当てようとしていたとき、誰かに見られているような視線を感じたが、あれはこの男だったのだろうか。

半九郎は瞳をきつくした。

「なぜつける」

「いえ、里村さまになにかしようと企《たくら》んでいるわけでは」

「ちょっと待った」

半九郎はさえぎった。

「さっきから気安く呼んでいるが、俺の名はどこで知った」

男は小腰をかがめた。

「助けていただいたあと、恩人の名も知らぬというわけにはまいりませんので……」

「調べたのか」

胸のあたりを不快な汗が流れてゆく。半九郎はそれを振り払うように歩きだした。

うしろを男がついてくる。

「手前は市郎左衛門《いちろうざえもん》と申します。どうぞ、お見知り置きを」

半九郎は振り返り、市郎左衛門と名乗った男を肩越しに見た。

「どうしてあとをつけた」

「恩返しをしたかったからで」

「俺が今関《かか》わっていることに、おぬしが役立つとでもいうのか」

「自信はございますよ」

半九郎の早足におくれることなく足を運ぶ市郎左衛門には、自らの力をかたく信じている色が濃く浮かんでいる。

「里村さまは、島浦屋の若旦那がどこにいるかお調べになっているんでございますよね？」

さすがに半九郎は歩をとめた。

「長いことくっついていれば、そのぐらいのことはわかりますよ」

どのくらいのあいだつけられていたのか。市郎左衛門の存在に、まるで気づかなかった迂闊《うかつ》さを半九郎は恥じた。

それでも庄吉の行方が知れるかもしれないことに、一筋の光明を見る思いがした。

「どこにいるか知っているのか」

「あるいは、という場所に心当たりはございますよ」

「どこだ」

市郎左衛門は口にした。

「まちがいないのか」

「確証はございませんが、おそらく」

「おぬし、どうしてそんなことを」

ふふ、と市郎左衛門は唇から押しだすような笑いを洩らした。

「今はよろしいでしょう。そのことはいずれ機会があったときに」

半九郎は了承した。

「なぜ安造は今回の件にからんできた。これは話せるだろう」

「十年前の改易に、安造は無関係ではないんです。その旗本屋敷で賭場をひらいてたことがばれ、そして当主が遠島になったことに負い目を感じているのですよ。自分はのうのうと生き延び、今も賭場をひらけているのですから」

あの安造にそんな義理がたさがあるとは意外だったが、ああいう男は逆に一度心を許した者にはとことん義理を尽くすのかもしれなかった。

「恩に着る」

半九郎は道を急ごうとした。

「深川中川町まで歩いていかれるのですか」

むろんそのつもりでいる。

「歩くよりはるかにはやい手立てがあるのをお忘れではないですか」

十九

安造の家から東へ行くと、旗本屋敷ばかり建ち並ぶ牛込の武家町に入る。その人けのほとんど感じられない町を抜けると、江戸川に突き当たる。

安造の家からおよそ八町ほどの距離になるが、そこには橋が架かっている。竜慶橋《りゅうけい》とい い、牛込と小石川《こいしかわ》を結ぶ橋の一つだ。

その橋のたもとの土手近くに猪牙船《ちょきぶね》がつながれ、船頭がキセルをふかしているのか、赤い光が艫《とも》で蛍のように濃くなったり淡くなったりを繰り返している。

橋の向こうに辻番所《つじばんしょ》が置かれていて、そこにつめている者が半九郎たちに用心深い目を向けているのが感じ取れた。

半九郎は、まんなかに乗るように勧める市郎左衛門を先に乗らせた。市郎左衛門は丸腰だが、用心に越したことはない。

「なぜここまでしてくれる」

まだ木戸が閉まる刻限ではないが、深川なら歩くより舟のほうがずっと便利がいい。

「ですから恩返しで」

市郎左衛門が合図をすると、行灯《あんどん》に火を入れた船頭は立ちあがった。ほっかむりをした顔は濃い陰になっていて見えないが、歳は五十すぎのように感じられた。

やがて舟はすいと動きだした。江戸川の流れをとらえて南へくだってゆく。

川風が気持ちいい。ようやく昼の暑熱も冷めてきたようで、土手に植わっている木々も枝を騒がせることなく静かに風に吹かれている。

月が一条の光の筋を川面《かわも》につくりあげており、それが舟のもたらす波につぶされることなくまっすぐ伸びている。その流れのなか、まだ眠りにつかない魚がときおり跳ねる。

「しかしおぬし何者だ」

目を市郎左衛門に戻して、いった。

「ただの町人ですよ」

「なぜ襲われた」

「この前、申した通りですよ」

「だから、なぜあの侍たちはおぬしの口を封じる必要があるのだ」

「ご勘弁を。それを申しましたら、里村さままで危うくなってしまいますから」

船頭は半九郎たちの話に興味を持っている様子はない。ただひたすら棹《さお》を突き動かしている。市郎左衛門の仲間なのか、それとも客の話などきこえない耳を持っているのか。

舟は船河原橋《ふなかわら》をくぐった。江戸川はここで神田川にぶつかる。

船頭は腕達者のようで、器用に棹を操ってなめらかに神田川の流れに舟を乗せた。

舟は東へ向かいはじめた。右側は江戸城を守る巨大な土塁になっている。土塁の向こうは、元飯田町《もといいだ》を除いてほとんどすべて武家屋敷といっていい。

「おぬし、言葉は江戸のものだな。江戸暮らしが長いのか」

「生まれも育ちも江戸です。江戸のことはよく知っておりますよ」

「江戸者なのか。しかし、あの侍たちの領内を逃げだしてきたのだろう」

「逃げてなどおりませんよ。あれは手前を討つための方便にすぎません」

さすがに神田川だけあって、夜が深まりつつある刻限なのに、行きから舟は数多い。

ちょうど行きすぎた屋根船があげた波に舟が揺れた。

「おぬし、なにか見たのか」

「そのあたりはご想像におまかせします」

接ぎ穂を失って半九郎は黙りこんだ。ゆっくりと流れてゆく風景を眺め続ける。

やがて大川に出た。一見すると波もなく静かだが、さすがに大河だけあって流れは力強く、練達の船頭をもってしても、流れに乗る際、舟は大きく揺れた。

それでも一度流れに乗ってしまえば、まさに滑るように川面をくだりはじめた。

河口から吹きあげてくる川風はむしろ涼しいくらいで、半九郎は襟元をかき合わせた。

行きかう舟は神田川の比ではない。涼みに来た人が多く出ているようで、船名が書かれた提灯を高く連ねた屋形船《やかたぶね》からは、飲めや歌えの大騒ぎがきこえてくる。そういう屋形船を目当てに、物売り船もあたりを走りまわっている。

船頭はなんの躊躇も迷いも見せることなく、深川中川町へつながる堀割に舟を入れた。

舟は、潮の匂《にお》いとどぶ臭さが混じる暗い堀割をしばらく進んだ。

まもなく、見覚えのある光景が飛びこんできた。

舟は、波に揺れる一艘《そう》の猪牙船がつながれている河岸《かし》につけられた。

半九郎は船縁《ふなべり》を蹴り、すばやく河岸に立った。くるりと振り返って、市郎左衛門を見る。

「礼をいう。まさか、ここでもついてくるような真似はせんだろうな」

市郎左衛門は快活に笑った。声のない笑いが夜に吸いこまれてゆく。

「ご安心ください。手前は歳ですから、もう眠くてたまりません。ここで失礼させていただきますよ」

半九郎はかたく腕組みをし、その場を離れようとしなかった。

市郎左衛門は苦笑した。

「信用がないですな。まあ、それも仕方ないでしょうが」

やっとくれ、と船頭に声をかけた。

舟は河岸を離れ、堀割を進みはじめた。

半九郎は、棹を動かす船頭の姿が闇に溶けこむまでじっと見送った。

二十

ずいぶん暗くなったと思ったら、いつの間にか空に綿の切れ端のような雲がいくつか出てきており、月はその雲の一つにちょうど隠れたところだった。

刻限は、もう五つ半をすぎたろうか。

半九郎はここまでやってきたものの、市郎左衛門の言葉を信じていいものか迷っている。

目の前に三角の黒い輪郭を見せているのは、お紀久の家の屋根だ。

乗りこむべきかと考えたが、家はひっそりとし、人けは感じられない。おそらくもう寝ているものと思われた。

お紀久の風貌《ふうぼう》を思い起こす。たおやかな感じのする女で、庄吉になにか危害を加えようとするようにはまるで見えない。

しかし、もし市郎左衛門が正しいのなら、お紀久が安造をつかって庄吉を呼びだしたことになる。

それはなぜか。

深く息を吸い吐ききった瞬間、腹を決めた。ここまで来て、なにもせずに帰るわけにはいかない。

生垣のほうにまわりこみ、枝折戸《しおりど》をあけた。庭に足を進ませ、がっちりと閉じられている雨戸を叩く。

やがて人の気配が湧《わ》き起こり、どなたですか、と男の声がきいた。

半九郎は名乗り、続けた。

「お紀久さんに会いたい」

雨戸が細くひらき、下男が顔をのぞかせた。

「あるじはただいま出かけておりますが」

こんな刻限に、と半九郎は思った。

「どこへ行ったのかな」

「それは申しあげるわけには……」

「人にいえぬようなところか」

下男が目を光らせた。

「今夜、戻ってくるのか」

「さあ、わかりません。都合によるでしょうから」

「お紀久さんはいつ出かけたんだ」

「今日の昼すぎです」

半九郎は少し間を置いた。

「島浦屋の若旦那が来ておらんか」

「若旦那というと、お侍と一緒に見えた方ですか。いいえ」

そうか、といって半九郎は、下男の肩越しになにげない視線を送った。

下男は半九郎の目に気づいたが、邪魔をするようなことはなかった。

もっとも、なかは暗く、なにも見えるような状態ではない。

「若旦那がどうかされたんですか」

半九郎は説明した。

「姿が見えなくなっているのですか。それは心配ですねえ」

その言葉は白々しくきこえた。

「あがらせてもらっていいか」

「なぜです」

「若旦那がいないか確かめたい」

下男は眉《まゆ》を寄せ、しばらく考えていた。

「どうぞ」

雨戸を大きくひらいた。

半九郎は沓脱《くつぬぎ》で草履を脱ぎ、縁側からなかに入った。よく片づいている家のなかを一通り見てまわる。

昼間はほとんど感じなかったが、夜の家はどこもかしこもお紀久の匂いなのか、濃厚な女の香りに満ちていて、半九郎はむせ返るような思いにとらわれた。

庄吉はいなかった。そしてお紀久も。

「すまなかったな、疑ったりして」

半九郎は軽く頭を下げた。

「どうぞお顔をおあげください。お疑いが晴れて、手前もうれしいですよ」

下男はにこやかに笑っている。

半九郎は草履を履くや枝折戸を出て、お紀久の家をあとにした。道を行く半九郎に下男が目を当てているが、やがて雨戸が閉じられる音がすると同時に視線は消えた。

（市郎左衛門の言は的を射ているのかもしれんな）

庄吉はおらず、お紀久も他出しているようだったが、疑いはむしろ濃くなった。

夜も深まろうとする刻限に半九郎のようなほとんど面識もない者が来てあがらせてくれといったとき、拒絶するのが当たり前なのに、下男は許した。

（これはきっと）

うしろ暗いことがあるからにちがいない。

半九郎はさっき舟がつけられた河岸の近くまで戻った。

（これからどうするか）

ここで一晩明かし、明るくなってからあらためて訪ねるか。

だが、さっきから蚊がぶんぶん飛びまわっていて、もう何ヶ所か刺されている。

ここは一度引きあげたほうがよさそうだ。

昼間出かけたきり、島浦屋にはなんの連絡も入れていない。

庄吉だけでなく、半九郎も心配の種になっているかもしれない。どういう状況なのか、十左衛門としても知りたくてならないだろう。

二十一

さすがにあくびが出る。

島浦屋で寝たのは二刻ほどにすぎず、ふだん長屋ではたっぷりと四刻は睡眠をとってい

る半九郎にとって、いくら仕事で慣れているとはいえ、少しきついものがある。

さすがに一ヶ月も仕事から離れていたので、勘を取り戻すにはまだ至っていない。

そんなのは理由にならんぞ、と半九郎は頬をぴしゃりと張った。ついでに左手の甲も叩いた。

赤黒いしみができている。日がのぼって四半刻ほどたつのに、まだ蚊がいるのだ。

半九郎は、お紀久の家近くの小路に身をひそませている。

お紀久の家までほんの十間《けん》ほどにすぎず、枝折戸がよく見える。

小路の両側は町屋の壁になっていて人通りはほとんどなく、目の前の道を行く人も今のところまばらで、顔だけをわずかにのぞかせている半九郎を怪しむ者はいない。

お紀久の家は昨夜と同じで静かだが、一つちがうところはもう雨戸があけられていることだ。日の出前にやってきた半九郎がこの小路に身を滑りこませた直後、あの下男がいかにも手慣れた様子で繰ったのだ。

それからあの下男も顔を見せない。

半九郎は顔の左側が焼けるのを感じた。目をやると、太陽が軒の低い家々の向こうにあ

がったところだった。

日はすでに猛《たけ》り狂っており、猛烈な熱を地上にぶつけてきている。まるで江戸の町すべてを灼熱《しゃくねつ》地獄に追いこむ、とでもいいたげな光の放ち方だ。

半九郎は、生け垣越しに端のほうが見えている障子に瞳を凝らした。

人の気配はまったく感じられない。

行ってみるかという衝動に駆られたが、しかし昨夜と同じ結果が待っているだけだろう。

それからさらに四半刻ほど小路に立ち続けたが、さすがに日が高くなるにつれ目の前の道を行く人が多くなってきて、そこにいるのもつらくなってきた。

半九郎は小路を出て、人に混じって歩きはじめた。

お紀久の東隣の家を訪ねた。出てきたのは三十すぎの女房だった。

昨日の昼お紀久が出かけるところを見たかきいたが、見てませんねえとのことだった。

それから立て続けに五軒の近所の家をまわったが、誰もお紀久が外出したところを見ていない。

深川中川町の自身番にも行った。自身番は町を出るとき必ず通る場所に置いてあり、そこにつめている大家の目をごまかすことはまずできない。

大家は五十すぎのふくよかな男で、半九郎が世話になっている大家の徳兵衛《とくべえ》と似通った雰囲気を持っていた。この大家も、お紀久の外出を見ていなかった。

「お紀久さん、出かけるときは必ず声をかけてくれますしねえ。一人で出かけることも滅多になくて、だいたい九蔵《きゅうぞう》さんがついていますから」

九蔵というのは、あの下男のことだろう。

大家は、奥で書き物をしている書役《しょやく》にも確かめてくれた。書役の返事も大家と同じものだった。

お紀久はやはり家にいるのでは、という疑いは半九郎のなかで急速に強まった。

「大家さん、頼みがあるんだが」

さすがに大家は驚いたが、すぐに力強く請け合ってくれた。

大家の小者《こもの》らしい若者が勢いよく道を駆けだしてゆくのを見送って、半九郎はきびすを返した。

お紀久の家の前までやってきた。枝折戸を入り、なかに声をかけた。

障子をあけた九蔵は、半九郎を見て眉をひそめた。

「お紀久さんに会いたい」

「まだ戻っておりませんが」

「そりゃおかしいな」

半九郎は、近所の者たちの話を伝えた。

九蔵は平然としている。

「誰も気がつかなかったことは十分に考えられるはずですが。それに、昨夜、この家には誰もいないことを確かめたはずです」

「あがらせてもらうぞ」

「ちょっとお待ちください」

九蔵は立ちふさがった。

「なんだ、今日は入れてもらえんのか」

「ご覧になったところで昨日と同じです」

「それはどうかな」

半九郎は草履を脱ぐことなく縁側にあがった。九蔵を押しのける。

「なにをするのです」

「庄吉がいないか確かめるだけだ」

半九郎は、押しとどめようとする九蔵の腕を払った。

「人を呼びますよ」

「勝手にしろ」

半九郎は、庭に面している座敷を目指した。

座敷の障子をひらき、庭におりた。草木が大気を冷やすのか庭には涼しさが残っている。

九蔵は執拗《しつよう》に追ってくる。半九郎の前にまわりこみ、手を大きく広げて行く手をさえぎるようにした。

「お帰りにならないなら、こちらにも考えがあります」

半九郎は無視して、横を通りすぎようとした。九蔵がむしゃぶりついてくるのをがっちりと受けとめ、横に投げ捨てた。

ごろりと地面を転がりながらも、すぐに立ちあがった九蔵は無念そうに半九郎を見た。だっと駆けだし、花を踏みにじるようにして家のほうに戻ってゆく。

半九郎は土蔵の前に立った。

扉には頑丈そうな錠前がついているが、鍵《かぎ》が差しこまれており、錠前は解かれている。

扉に手をかけ、ひらこうとした。

背後に風の揺らめきを感じた。その風は、半九郎の刀が最も届きにくい左斜めうしろから近づいてこようとしていた。

半九郎が感づいたのを察したかのように急激にふくらんだ風は、一気に邪悪な力を持った剣気へと変化した。

半九郎は本能が命ずるまま刀を抜き、頭上に迫ってきた刀を体をひるがえしざま撥ねあげた。がきん、と鉄の打ち合う音がして、火花が降りかかってきた。

刀をかまえた九蔵がいた。

意外な遣い手だが、敵でないのははっきりしている。もし自分を殺せるだけの腕前なら、最初の一撃でしとめられたはずだ。

「庄吉はこのなかだな」

九蔵は答えず、さらに斬りかかってきた。

鋭い袈裟《けさ》斬りだが、半九郎は首を傾けるだけでかわし、すいと歩を進ませた。

その一瞬の動きで、九蔵は半九郎を見失ったようだ。

九蔵の瞳が半九郎をとらえた瞬間、半九郎はがら空きの脇腹に刀を打ちこんだ。腕にしびれるような鈍い手応《てごた》えが残った。

九蔵は刀を投げ捨てるや、両手を腹に当てた。我慢がきかなくなったように倒れこみ、体をよじって苦しがった。

「心配するな。峰打ちだ」

刀をおさめた半九郎は、力をこめて扉をあけた。

なかは暗い。入口に立って、目が慣れるのを待った。

刀の鯉口《こいぐち》を切って、足を進ませた。湿っぽさとかび臭さが入り混じるじっとりとした重みが体を包む。

なかは思った以上に広い。楽に十畳ほどの広さがある。天井も高い。だが誰もいない。

右手奥に中二階に行ける階段がある。半九郎は見あげた。

人の気配がかすかにしている。階段をのぼるにつれ、昨夜嗅《か》いだ女の匂いが漂いはじめているのを感じた。

のぼりきった半九郎は床に足を置いた。かすかに床がきしんだ。女の匂いはさらに濃厚なものになっている。

薄暗いなかに庄吉がいた。夜具が敷かれているその上に横たわっているが、裸だった。下帯すらつけていない。

庄吉に寄り添うようにお千香と思える若い娘もいた。こちらは半襦袢《はんジュバン》だけの姿で、思わずため息が出るほどなまめかしい。

これはいったいなんだ、と半九郎は混乱した。これでは、許嫁《いいなずけ》同士の逢《あ》い引きの場でしかない。

「庄吉さん」

呼びかけたが、返事はない。

庄吉はぐったりとして、まるで息をしていないようだ。お千香のほうも動こうとしない。

半九郎は慎重に近づいた。

庄吉たちが横たわる夜具のそばに、武家が用いそうな立派な箪笥《たんす》が二棹置いてある。

半九郎は夜具の上に膝《ひざ》をつき、庄吉に触れた。あたたかい。左胸にさわってみた。手のひらに確実に鼓動は伝わってきた。

半九郎はほっとした。

それにしても、と思った。今回の件はやはり若い男女の酔狂でしかなかったのか。

だがそんなことだったら、九蔵が斬りかかってくるはずがない。

考えるのはあとだった。まず庄吉を連れださなければ。

「庄吉さん、起きろ」

半九郎は体を揺すった。

そのときだった。殺気を感じた。

箪笥の上からふわりとなにかが覆いかぶさってくる気配。

半九郎は身を投げだすようにして避け、すばやく立ちあがると、体を返した。

抜き身の小太刀《こだち》を握る女が立っている。

昨日見たお紀久とは人がちがっていた。目をつりあげ、口をひん曲げるようにしている。

まるで悪鬼の形相だ。こちらも半襦袢を身につけているだけで、したたるように熟れた体の線がくっきりと見えている。

「これはなんの真似だ」

裸の庄吉を手で示した。

「殺す前に楽しませてあげただけよ」

「なぜ庄吉を殺す。いや、答えんでもいい。お千香はおまえの女で、どんなことがあろうと別れる気はないのだな。だからこれまでの二人と同様、庄吉の始末を思い立ったのだな」

半九郎はにらみつけた。

「仲を裂かれるのがそんなにいやか。これからもお千香の縁談がまとまるたびに許嫁を殺してゆくのか」

お紀久はにっと笑った。

「当たり前でしょ」

「庄吉は眠っているだけか」

「そうよ。ちょっとした薬でね。お千香ちゃんもそう。飲むと、あっちのほうがすごくよくなるの」

媚薬《びやく》まがいのそういった薬が市中に出まわっているという話は、半九郎も耳にしたことがある。

お紀久は侍のように腰を落とし、身がまえた。蛇のような目で半九郎を見つめる。

「若旦那と一緒に死んでもらうわ」

「殺したあとどうする気だ。ここに死骸を置いておくわけにはいくまい」

「あんたが心配することじゃないわ」

お紀久は庄吉をひらりと飛び越え、小太刀を上段から振りおろしてきた。

女と思えないほどの身軽さだが、半九郎には十分な余裕があった。

小太刀を左に動いてよけ、手刀をお紀久の右の鎖骨に叩きこんだ。

しかし空を切った。身を低くしたお紀久は小太刀を逆胴に振った。半九郎は一歩下がることでよけ、脇差を抜いた。

さらに踏みこんでくるお紀久の小太刀を撥ね返し、脇差《わきざし》の峰を返しざまびしりと小手を打った。

小太刀がこぼれるように夜具の上に落ちた。

一瞬骨が砕けるほどの痛みに呆然としたがお紀久はすぐに立ち直り、躍りかかってきた。

半九郎は左手でお紀久の頬を張った。はっと気づいた。女に手をあげたのはこれがはじめてだった。

お紀久はひるむことなく飛びかかってきて、半九郎の首に手をかけようとしている。

半九郎は伸びてくる腕をねじりあげようとして、お紀久の瞳が微妙に動くのを見た。

横で影がすばやく起きあがり、小太刀をつかむや半九郎に突っこんできた。

お千香だった。

半九郎はお紀久を突き飛ばし、突きだされた小太刀を脇差で叩き落とした。

小太刀が手から離れ、お千香は前のめりに庄吉の上に倒れかけたが、さっと小太刀を拾いあげて横に振った。さすがに武術の覚えはないらしく、体がややふらついている。

楽々と避けた半九郎はお千香の腕を取るや小太刀を奪い取り、横に放った。いやいやをするように逃れようとするお千香に、当て身を食らわせる。

お千香は骨が抜けたようにぐにゃりとなった。

お千香を床に寝かせ、上体を起こそうとしたとき、半九郎は息がつまった。背後から指が喉にかかっている。お紀久だ。女とは思えない力を誇っている。

半九郎は右手の脇差を見た。これをつかえば殺すのは簡単だが、それはしたくなかった。

脇差を投げ捨て、両手でお紀久の腕をつかんだ。指はなかなかはずれなかったが、半九郎の力のほうがまさった。

むしり取るようにして腕を持ちあげ、それから手加減なしの投げを打った。

お紀久は左側の壁のほうへ転がってゆき、柱に頭をぶつけた。

うっとうめきを洩らしたのち、首をだらりと落として動かなくなった。

半襦袢がはだけて、胸から下腹まで見えているが、見とれる気持ちなど微塵《みじん》もない。そこに横たわっているのは女ではなく、化け物でしかない。

急に喉が通り、半九郎は咳きこんだ。だがたいしたことはなく、すぐにふつうの呼吸に戻った。

脇差を拾いあげたとき、半九郎は背中にまたも気配を嗅いだ。

九蔵かと思ったが、気配が発せられているのはお紀久がひそんでいた簞笥の上だった。

脇差を手にした半九郎が振り返ると同時に、鳥が飛び立つように影が舞いあがった。

影は真っ向から半九郎に突っこんできた。半九郎の心の臓に、獲物を狙う鷹の勢いで伸びてきたのは匕首だ。

半九郎は脇差で匕首を払った。匕首は鉄の臭いを残して横へ飛んでいった。

それにかまうことなく影は半九郎に激しくぶつかり、抱きついてきた。その拍子に脇差がどこかへ飛んでいった。

影は半九郎をうしろに押し倒そうとしている。半九郎は足を踏ん張ってかろうじて踏みとどまり、顔をのぞきこんだ。

おくにだった。庄吉が、お千香と似た物腰であることをいっていたことを思いだした。

「おぬしもお紀久の女なのか」

おくにの家を訪ねていったとき、なかなかわからなかったのも道理だ。お紀久にいい加減な道を教えられたのだ。そのあいだに九蔵がおくにに、半九郎たちが訪ねてゆくことを伝えたのだろう。

あのとき感じた視線は市郎左衛門ではなく、九蔵のものだったのだ。

「お紀久さん、お紀久さん」

おくにが連呼した。

「はやく起きて。今なら殺せるわ」

その声に応《こた》えるようにお紀久がぱちりと目をあけた。

その目がなにかを捜すようにせわしく動き、一間ほど離れたところに転がっている小太刀でとまった。

瞳を光らせたお紀久はよろけながらも小太刀に向かって歩きはじめた。

半九郎は手の甲でおくにの顔を張った。ばしっと鋭い音がしたが、おくには熊《くま》の魂でも入ったかのような強力《ごうりき》で半九郎にしがみついている。

半九郎は二度、三度と頰を張ったが、おくには離れようとしない。

お紀久が小太刀を手にした。頭を一つ振ってしゃんとし、一気に駆け寄ってきた。

不意に割りこんできた黒い影が、お紀久の腕になにかを振りおろした。

びしり、という音とともにお紀久が悲鳴をあげ、小太刀を床に落とした。

黒い影はお紀久の肩をがっちりとつかむや足を払って横倒しにし、自らの体を重しにするように上から押さえつけた。

すぐに別の影が寄ってきて、お紀久に縄をかけた。

半九郎も黒い影にならって、驚きに力をゆるめたおくにの足を蹴るように払い、床に倒れこませた。

すると、また別の影がやってきて、おくにを縄で縛りあげた。

「大丈夫ですか、里村さん」

立ちあがった影が声をかけてきた。あの稲葉という同心だ。

「連絡をいただいて駆けつけましたが、なんとか間に合ったようですね」

お千香も縄を打たれたのを見て、同心は十手《じって》を懐にしまい入れた。

「助かったよ」

半九郎がほっと息をついたそばから、お紀久、お千香、おくにの三人が荒々しく引っ立てられてゆく。

三人とも女とは思えないふてぶてしさで、奉行所の小者が背中を押すのに、いちいち逆らっている。

お紀久はわざわざ半九郎に近づいてきて、後生祟《たた》りそうなうらみのこもった瞳でにらみつけてから、狂ったような笑い声をあげて通りすぎていった。

「どうぞ」

同心が脇差を差しだした。半九郎は礼をいって受け取り、鞘におさめた。

それにしても、あと味がひじょうに悪かった。いくら女といえども、あの三人が死罪になるのははっきりしている。

庄吉が目覚めた。

「大丈夫か」

庄吉はただ呆然としている。なにが起きたのかわかっていない。

半九郎は、枕元《まくらもと》に置いてある庄吉の着物をかけてやった。

一枚の紙がはらりと舞った。夜具の上に落ちたそれを半九郎は手にした。

庄吉宛ての文で、お千香からのものだった。

「二度あることは三度ある、と申します。もしあなたに万が一のことがあったらと思うと怖くて怖くて、逃げだしてしまいました。きっと私には、なにかが取り憑《つ》いているのです。でも、もし、俺がその取り憑いたものを追い払ってやる、そして俺がおまえを必ず幸せにしてやる、という強い気持ちがおありなら、是非ここまでいらしてください。今、私はお紀久師匠のお世話になっています。ただし、このことは誰にも知られることなく、必ずお一人でいらっしゃってください」

こんな内容だった。

たいした中身がある文ではないが、運命の人と信じている女にこういうふうにいわれたら、きっと自分だってふらふらとやってきてしまうのでは、という気がした。

庄吉が奉行所の小者につき添われて立ちあがった。まだ朦朧《もうろう》としているようで、目はうつろなままだ。

もっとも、呆然としているのは半九郎も同じだった。

なにしろ、三ヶ月と思われた仕事がたった三日で終わってしまったのだから。

二十二

半九郎は祥沢寺に行き、顛末《てんまつ》を順光に語った。

「話がちがってすまなかったな」

順光は謝った。

「半九郎、島浦屋から労銀はもらったか」

「いえ、庄吉さんを助けた足でこちらまで来ましたから」

「そうか。けっこうな礼金を取れるようにするから楽しみにしていろ」

その言葉はほんのわずかだが、半九郎の心を慰めた。

祥沢寺を出た半九郎は、父に見られたら怒鳴りつけられかねないとぼとぼとした歩調で長屋に向かった。

刻限は昼の九つをすぎたばかりと思われたが、空腹は感じていない。胸が一杯で、蕎麦《そば》切《き》りすらも喉を通りそうになかった。

歩きながら空を見あげた。さすがにこの刻限の太陽は強烈で、誰もがうつむき加減に足を運んでいる。

もっとも、人通りはこの暑さを避けてかずいぶん少なく、その数少ない人も軒下や木々の陰を選んで歩いている。

父は夏がとにかく好きで、真っ青な空に入道雲が湧き立っているのをよく飽かずに眺めていたし、夕立がやってくると、わざわざ外に出て雨粒を思いきり浴びるくらいのことを平気でした。

夏は、謹厳といえた父のひょうきんぶりを唯一見られた時季だった。

そういえば一度だけ、と思いだした。父と激しく対立したことがあったが、あれも夏のできごとだった。

長屋に着いた。戸がひらいている。

奈津が来ていた。どうやら掃除に来てくれたらしかったが、友達も一緒だった。

「あら、帰ってきちゃったの」

奈津は困った顔をしている。

「当たり前だ。俺の家だ」

半九郎は畳にあぐらをかいた。

「こちらはお駒《こま》ちゃん。よろしくね」

　奈津が紹介すると、お駒は三つ指をつくようなていねいさで頭を下げた。

　半九郎も名乗り、お駒という奈津より二つ、三つ下と思える娘を眺めた。

　透き通るような白い肌をしていて、盛夏なのに日焼け一つしていない。もっとも、この肌で日焼けしたら真っ赤になるだけだろうから、かなり気をつかっているのだろう。

　どんぐりのような目にまん丸な鼻をしているが、不器量ではなく、真っ黒な瞳の輝きが聡明《そうめい》さを醸しだしていて、むしろ美形に見える。まだ一言も話してはいないが、話し方も物怖《ものお》じせず、はきはきとしていそうだ。

　ただ、その生来の明るさが今は物思いらしい暗さに隠されてしまっている。

「ずいぶん疲れた顔ね」

　奈津がいった。

　それが自分に向けられた言葉であると理解するのに、少しときがかかった。

「本当に疲れたんだ」

　半九郎は一部始終を話した。

「そう、それはたいへんだったわね」

　奈津は同情の色を浮かべた。

「でも、結局はその庄吉さんを見つけだして、助けだしたのよね。本来の仕事じゃないのに、すごいわ」

　奈津にたたえられて、半九郎は疲れが少しは抜けた気がした。

「ところで今日は？　店はどうした」

「ちょっと抜けさせてもらったの。このお駒ちゃんのことよ」

半九郎は、黙りこくって座っている娘に目をやった。

「あなたが三月も空けるというから、そのあいだ、お駒ちゃんをここに住まわせてもらおうと思ってたの」

「ここに？」

「お駒ちゃんはね、脩五郎さんの許嫁なの」

なに、と半九郎はあらためて娘の顔を見つめた。

目の前に体を小さくするように正座しているこの娘が、脩五郎をお弓と別れる決意をさせるに至った娘なのだ。

半九郎にまじまじと見つめられて、お駒は居心地が悪そうにもじもじした。

「ほら、そんなに見ないの」

半九郎は奈津に瞳を向けた。

「お駒ちゃんがどういう人かはわかったが、それがどうしてここに住むことにつながる」

「お駒ちゃんは、ある釣り道具屋の娘さんなんだけど、つい昨日、お父さんと大喧嘩《おおげんか》しちゃったのよ」

理由は考えるまでもなかった。

「脩五郎のことだな」

「ええ、お父さんに脩五郎さんのことを、あれは人殺しだからとっととあきらめろといわれたんだけど、お駒ちゃんは脩五郎さんの無実を信じているの」

「それで家を飛びだしたというわけか。昨夜は奈津のところに？」

奈津はうなずいた。

「気持ちはわからんでもないな。いくら家族とはいえ、気持ちが通じん者と一緒にいるのは苦痛でしかないだろうからな」

半九郎はむずかしい顔をした。

「しかし、もうここには住めんな。奈津がいいというのなら、俺はかまわんが」

「私がいいっていっても、お駒ちゃんがいいわけないでしょ」

「あの、私、帰ります」

お駒がはじめて言葉を発し、深くこうべを垂れた。

「これ以上、ご迷惑おかけするわけにはいかないですから」

半九郎の胸に哀れみが湧いた。

「いっそ脩五郎のところに住んだらどうだ。今は当然のことながら空き家だ」

「そうか、その手があったわね」

「無実ならすぐ帰ってくるだろうから長くは住めんが、だがそのことはむしろ喜ぶべきことだからな」

奈津がほっと安堵《あんど》の息をついた。

「これでお駒ちゃんのことは決まりね。ところで」

奈津が半九郎に向き直った。笑顔は消え、真剣な表情だ。

「真犯人は見つかりそう？」

「わからんが、精一杯やってみるつもりだ」

「私も手伝うわ」

奈津が決意をあらわにいった。

「一人より二人のほうがいいでしょ」

「駄目だ」

半九郎はきっぱりと拒絶した。

「どうしてよ」

「危ない目に遭うかもしれんのだぞ。女はひっこんでろ、なんていう気はない。今日、とことんその強さを味わわせられたからな。だが奈津は駄目だ。おまえにもし万が一があったら、俺は……」

これからどうすればいいか途方に暮れちまう、という言葉は飲みこんだ。だが、一生の目的を失ってしまうのではないか。そんな気がする。

半九郎はひらめくものがあった。

「奈津、どうだ、俺を雇わんか」

「え、どういう意味」

「真犯人捜しに俺を雇え、といっているんだ。むろん俺の本職は用心棒だが、雇っているということなら奈津も割りきれるだろう。どうだ」

奈津はしばらく考えていた。

「そうね、いい考えかもしれないわね。あなたも張りが出るだろうし、私もそうそうお店を休むわけにいかないし。いいわ。雇うわ。お代はいくら」

「そうだな……」

「私がだします」

お駒が声をあげた。

「駄目よ、お駒ちゃん」

奈津が制した。

「この人、人の弱みに平気でつけこむから、お駒ちゃんがそんなことといったら足許《あしもと》見て吹っかけてくるわよ」

「おいおい、誰が人の弱みにつけこむんだ」

「だから私がじかにかけ合って、値切ったほうがいいのよ」

奈津は半九郎を見て、にっこりと笑った。

「で、いくらなの」

半九郎はお駒を脩五郎の店《たな》に落ち着かせ、長屋の女房たちを呼んで、事情を説明した。

女房たちは口々に同情の意を示した。脩五郎さんが帰ってきたらそんな父親の家なんて帰らないで一緒に暮らしはじめちゃえばいいのよ、という者までいた。

「ところで里村の旦那はどうなのよ」

半九郎の横にいる奈津に、女房たちは興味津々といった目を当てている。

「いつになったらなっちゃん、お嫁さんにしてあげるのよ」

「そうよ、男ならはっきりしなさいよ」

それは奈津にきいてくれ、といいたかったが、半九郎は口のなかでごにょごにょいってごまかした。

「え、なんていったの」

「きこえなかったわよ、里村の旦那」

半九郎は、岩代屋に帰るという奈津をうながしてさっさと路地を出た。この分ならお駒のことは大丈夫だろう、と安心している。

こうなるとお駒のためにも真犯人捜しが問題になってくるが、なんの当てがあるわけではないとはいえ、なんとかなるのでは、という気持ちに半九郎はなっていた。金にはほとんどならなかったが、やはり庄吉を無事救いだした昂揚《こうよう》感が自信を持たせていた。

「暑いわね。いっても仕方ないけど」

奈津が手をかざして空を見あげた。

「暑いのは苦手じゃなかったよな」

「うん、好きよ」

実際、奈津はそんなに汗もかいておらず、涼しげな顔をしている。

「ねえ、本当に夕餉《ゆうげ》の支度五回でいいの？　そんなのじゃ、いつもと変わらない気がするけど」

「奈津から金は取れんからな。まあ、いいところじゃないか」

上野の広小路《ひろこうじ》に入ってしばらくしたとき、ふと視線を感じた。

また市郎左衛門か、と半九郎は目を向けたが、市郎左衛門はおろかこちらを見ているような者を見つけることはできなかった。

勘ちがいだったかな、と半九郎は首をひねった。

「どうかした」

「いや、誰かに見られていたような気がしたんだが」

奈津が眉を曇らせた。

「いや、なんでもなかろう。あまり寝てないから、神経が高ぶっているのさ」

岩代屋はてんてこ舞いだった。

店主の悟兵衛は、あわてて走り寄った奈津を見て、母親にめぐり会えた迷子のような顔をした。

二十三

「なっちゃん、どこ行ってたんだい。そのきれいな顔見たくて、暑さに負けず通ってるっていうのによ」

「なっちゃんがいねえと、ここの飯も味気なくてなあ」

長床几に座っている客たちが次々にいう。

「一緒に歩いてたお侍が許嫁かい」

奈津は前垂れをつけるや注文を受け、できあがった品物を運びはじめた。

「うらやましいなあ、なっちゃんを嫁にできるなんて」

「おめえは嫁にできるのがうらやましいんじゃなくて、嫁にしてからできることがうらやましいんだろ」

「同じことじゃねえか。嫁にできりゃ、できるんだからよ」

「へっ、本音が出やがった」

そういった男が奈津を見あげた。

「なっちゃん、なんか浮かねえ顔してんな。なにか気にさわることいっちまったかな」

「そんなことないわ」

奈津はにっこりと笑った。奈津の心を重くさせていたのは、半九郎とのことだ。このままではいつになったら一緒になれるのか、と思う。

半九郎の三畳一間の長屋で暮らしてもいいのだが、奈津には足が不自由な父親がいる。半九郎なら、いえば今の四畳半一間の長屋に来てくれるだろうが、そうするときっと父が若い二人に気兼ねするにちがいない。自分のことを邪魔者と思うに決まっているのだ。

三人で一緒に暮らすなら、もう少し大きな一軒家を借りることしか手立てはないだろうが、自分の稼ぎと父の竹編細工の手間、そして半九郎の用心棒代で、果たしてまかなえるものだろうか。

それに、もし子供ができたら。

この店を少なくとも二月か三月は休まなければならないだろうし、これだけの忙しさだからほかの子が入り、奈津が戻ったときには居場所がなくなっている、ということも考えなければならない。

他の一膳飯屋で働くのは簡単だろうが、奈津としてはできるなら、気心の知れたこの店でずっと働いていたかった。

奈津があれから一度も半九郎に肌を許さないのは、子供ができることの怖さもあった。それと、ただ会えばずるずると抱かれるだけの関係というのもいやだった。

あとは飽きられて捨てられる。

半九郎がそんな男ではないのはわかりすぎるほどわかっているが、けじめだけはつけておきたかった。

でも子供ができてしまえば逆に楽なのかな、とも思う。そうなればもう一緒になるしかない。逃げ道はなくなるのだ。あとは勢いでなるようになってしまう気もする。

奈津は吐息をついた。今は目の前の仕事に集中することだった。

あいた皿を手ばやく片づけて、新しく入ってきた職人ふうの男の注文を受ける。そのとき不意に気にかかるものが心に戻ってきた。さっき半九郎が誰かの目を感じたというものだ。

奈津も誰かに見られているような感じを覚えていたのだ。それが誰かはもちろんわからないが、二人して感じたというのは尋常ではない。

いやなことが起きる前触れでなければいいけど、と奈津は真夏の太陽に真っ白に焼かれている目の前の通りに瞳を向けた。

半九郎は、道を西へ戻る形で汗をかきかき歩いている。

奈津は、送らなくてもいいといったのだが、一緒にいるときはどんなに遠まわりになろうと必ず送ってゆくようにしている。

奈津と話せたことがいい気分転換になったか、腹が減っていた。

どうせなら岩代屋で食べたほうがよかったが、あそこだと奈津がおごるというのが見えていたので、遠慮しておいたのだ。多いとはいえない稼ぎからさらにさっぴかれることを思うと、胸が痛む。

道は湯島天神裏門坂通に入った。目についた蕎麦屋の暖簾《のれん》をくぐる。

混んでおり、冷や酒と一緒に蕎麦切りを楽しんでいる年配の客の姿が目立つ。

座敷の奥のほうにあいている場所を見つけ、ざるを二枚注文した。

茶を喫しながら蕎麦切りを待っていると、また父のことが脳裏によみがえってきた。

父と激しく対立したあの日、仲直りをした父が連れていってくれたのが近間庵だった。

二人して向き合って蕎麦切りをすすったのが、ついこないだのことのように思える。

いくら怒っても、一度納得さえすればあとにひくことは決してない人だった。

あのとき父が怒ったのは、半九郎も用心棒になる、という意志を告げたからだ。

今となればなぜ父が反対したかわかるが、あのときの半九郎にはさっぱり理解できなかった。むしろ、同じ稼業に進むことを喜んでくれるはず、との思いがあった。だから、こちらもつい言葉が荒くなってしまったのだ。

あれはもう五年前のことだ。

蕎麦切りがやってきた。半九郎はもう何日もなにも腹に入れていなかったような食べ方をした。近くの年寄りが目を丸くしている。

近間庵ほどではないが、そこそこの味で半九郎は満足して代を置いた。

蕎麦屋を出て、さらに西へ向かう。目指しているのは湯島切通《きりどおし》町にある根生院《こんしょう》という寺だ。根生院は御府内八十八ヶ所の第三十五番目の札所《ふだしょ》だ。

半九郎は先ほどお駒に、脩五郎がお弓についてなにかいったことがなかったか、きいている。

ふつうに考えれば脩五郎でなくても別の女のことなど口にするはずがなかったが、お駒はたいして考えることなく、すっと顔をあげたのだ。

「あれがお弓さんのことだったのか、はっきりとはわからないんですが」

一度ひどく酔っぱらった脩五郎がお駒を誰かとまちがえて、次のようなことをいったことがあるという。

「おまえ、もう帰れよ。あの信心深いおっかさんが待ってるぜ。でもなあ、いくら信心深いっていっても湯島の札所近くに引っ越さずともいいと思うがな……」

湯島の御府内八十八ヶ所の寺院というと、あと半九郎が知っている限りでは、湯島植木町にある第二十八番目の札所の霊雲寺、第三十二番目の札所で湯島四丁目に建つ円満寺くらいだが、娘が殺された家ということで当たれば、さほど手数をかけることなくお弓の家は捜しだせるものと思えた。

結局、お弓の家は湯島四丁目にあった。たいした手間がかかることはないと踏んでいたのはしょせん素人の浅はかさで、ときは無情にすぎて、刻限はすでに七つをまわっていた。

お弓の家は通り沿いの一軒家だった。目の前の通りをはさんで円満寺の山門が見え、東側には越前大野四万石の土井家の中屋敷が建っている。

小路を入り、生垣がある南側にまわった。格子戸をあけて訪《おとな》いを入れると、すぐに四十半ばと思える女が障子をひらいた。

喪服である白の装束をまとっている。女としてはかなり大柄で、骨柄がお弓に似ていた。年相応のしわが顔や首に刻まれているが、若い頃、相当男たちに騒がれたであろうことを想像するのはそんなにむずかしいことではない。

半九郎は縁側のすぐ近くまで進んで、名乗った。

女は、見知らぬ浪人をわずかに警戒する目で見ている。

「お弓さんの母御かな。いや、お弓さんが亡くなったときいてな、せめてお線香の一つでもあげさせていただこうと思ってまいったのだが」

途端に用心の色は消えた。

「そうですか。ありがとうございます。どうぞ、おあがりください」

なかへ半九郎を導いた母親は、かつと申します、といって深く頭を下げた。

霊前に正座をした半九郎は、お香典です、と途中買い求めた五合の米を渡した。ごていねいにどうも、とおかつは受け取った。

半九郎は線香をあげ、手を合わせた。

「それにしても突然だった」

母親に向き直って、いった。おかつは目頭を押さえている。

「はい、もう悲しくて悲しくて。せっかく女手一つで苦労して育ててきて、死んじまうなんて……犯人がつかまったのが唯一の慰めですよ」

「えっ、もう犯人はつかまったのか」

半九郎は大袈裟《おおげさ》に驚いてみせた。

「なんだ、この手でとらえてやろうと思っていたのに」

「ご存じではなかったんですか」

おかつは目尻をぬぐった。

「脩五郎という男ですよ。なんでも、本郷の菊坂のほうの裏店《うらだな》に住んでいる男で、小間物《こまもの》の行商をしてるらしいんですが」

おかつの顔に、憎らしくてたまらない、という表情が浮かんだ。

「女癖の悪い男で、そんな男とめぐり会っちまったのが娘の寿命だったということになるんでしょうけど、できるなら私が殺してやりたいほどです。はやいとこ獄門台に送ってほしいですよ」

半九郎はぽんと手を打ち、思いだした顔をつくった。

「そういわれてみれば、きいた覚えがあるな。でも、脩五郎は無実では、という噂《うわさ》もそういえば耳にしたぞ」

「まさか」

おかつは顔をゆがめた。

「あの男は女の敵ですよ。あの男が殺したに決まってます。そんな噂、誰が流したんですか」

半九郎は首を振った。

「ところで、おかつさん。亡くなる前、お弓さんの身になにか変わったことはなかったかな」

「といわれますと？」

「もしその脩五郎が無実という噂が正しかった場合、ほかに犯人がいることになるんだが、お弓さん、脩五郎以外の男につけられたり、悪さをされかけたというようなことを話していなかったか」

「いえ、そんなことは一言も」

おかつはあっさりと否定した。

「ふだんと変わりなかったですよ。少し沈んでいたのは、脩五郎に別れの気配を感じていたからでは、と思うんですけど」

「確か、水茶屋《みずぢゃや》につとめていたんだよな。あれだけの器量だ、お弓さん目当ての客はけっこういただろうに」

おかつは挑むような目をした。その目つきは娘とそっくりだ。

「確かにいるような話はききましたが、あの子はうまくいなしていました。身持ちはすごくかたかったですから。そのあたりは私譲りだと思います」

おかつは瞳をなごませた。

「でもいい寄ってくるようなお客もみんないい人で、つけまわしたりなにか悪さを仕掛けるような人はいなかったはずです。でも、なぜそんなことをおききになるんです」

「いや、もし脩五郎以外の者に殺されたのだとしたら、お弓さんも無念でならんだろう。俺が真犯人をとらえるのさ」

おかつは不審そうな眼差《まなざ》しをつくった。

「娘とどういう知り合いだったんです」

これについては、必ずきかれるのは見えていたから道々考えてあった。

「知り合ったのは、ほんの二月ほど前にすぎんのだ。本郷植木町のほうでならず者にからまれているのを助けたんだ」

おかつは、そんな話はきいたことがないというように半九郎の口許《くちもと》を見つめている。

「いや、そのときはそれきりだったんだが、その後、ばったりとこの近くで会ってな。それで住まいはこのあたりか、などという話になったんだ」

「里村の旦那もこの近くにお住まいですか」

「近いといえば近いな。本郷の」

あとはごにょごにょと口をにごした。

えっ、とおかつは身をのりだしかけたが、それを制するように半九郎は咳払《せきばら》いをし、おかつさんと呼びかけた。

「お弓さんの働いていた店はどこだったかな」

「娘からきいてないんですか」

「いや、きいたんだが、ど忘れしてしまったんだ。なにしろ貧乏浪人、水茶屋は前を通りすぎるだけでしかない」

気持ちのなかにまた不審の火がくすぶりはじめたようで、おかつは半九郎の心を見透かすようにまっすぐ見つめてきた。

それでも、店の名と場所をいえないほどの疑いが湧いたわけではなかったらしく、すらすらと口にした。

二十四

半九郎は暑さだけではない汗をかいている。

ああいういかにも勝ち気な中年女は、できるなら避けて暮らしたいほど苦手だ。

ようやく涼しい風が吹きはじめた町は人通りが増え、通りに縁台をだしうちわで涼みはじめた人の姿も多くなっている。

太陽は西の彼方《かなた》にあって、まだ十分すぎるほどまぶしいが、それでも長く伸びる影に真昼の濃さはなく、軒端やせまい路地、蔵の陰などに夕闇《ゆうやみ》のはしりというべき暗みがぽつりぽつりとできはじめていた。

水茶屋は花島《はなしま》といった。湯島天神門前町にあり、半九郎がお弓と知り合った場所として口にした湯島植木町はすぐ近くだ。これでつとめ先を忘れたというのでは、おかつが不審がるのも至極当然だ。

門前町といってもここは湯島天神の裏側に当たるが、それでも道行く人は多く、店ははやっていた。

水茶屋といってもいろいろあって、酒や料理を売りにしているところもあるし、また、二階屋の奥で春をひさぐ女を置いているところも少なくないが、ここ花島は質素なつくりでほとんど茶店といってよく、売り物もお茶と団子が中心のようだ。

赤い前垂れをつけた娘が一人で客の応対をしていた。

二十歳前くらいの娘で、笑顔を見せると桃色のふくよかな頰《ほお》にえくぼができ、並びのいい真っ白な歯が輝くようにこぼれる。鳶《とび》色のくりっとした瞳《ひとみ》にはなんともいえない愛くるしさがあり、すらりとした立ち姿にはまだ成熟しきっていないすこやかな色香が感じられた。

店ではまだお弓の代わりは見つけていないようで、娘は半九郎なら目をまわしそうな忙しさのなか、てきぱきと動きまわっている。その生気に満ちた姿は若さにあふれていて、見ていて気持ちがいい。

どうやら看板娘らしく、この娘を目当てに長居をしている客も多いように感じられた。

道を行ったり来たりして、ようやくあいた長床几《ながしょうぎ》の端に半九郎は腰をおろした。

小腹がすいていたので、団子を一皿と茶を頼んだ。

なかなか娘に話しかける機会はめぐってこなかったが、日暮れが間近に迫り客足も衰えを見せてきたところをとらえて茶のおかわりを頼むことで、どうにかきっかけをつくることができた。

「お待ちどおさまです」

おかわりを置き、にっこりと笑顔を見せてきびすを返そうとするところに声をかけた。

「お弓さんは気の毒だったね」

娘はくるりと振り向いた。

「お弓ちゃんのお知り合いですか」

半九郎は、お弓と知り合ったつくり話をこの娘にもした。おかつとはちがい、少し胸が痛んだ。

「へえ、そんなことがあったんですか。初耳です」

娘は好意の目で半九郎を見ている。

もっとも、それは客に対する当然の眼差《まなざ》しにすぎず、自分だけが特別でないことを半九郎は理解している。

「犯人らしい男がつかまったのを?」

「ええ、ききました。脩五郎さんですね」

脩五郎という名を口にした途端、娘の目に同情の色があらわれた気がした。

「脩五郎を知っているのか」

「お客さんも?」

「ああ。同じ長屋に住んでいる」

いっても大丈夫のような気がして、思いきって告げた。

「えっ、そうなんですか」

さすがに娘は驚きを見せた。店の奥で団子を焼いている四十半ばと思える店主も、えっという顔をあげた。

半九郎はうなずき、名乗った。

娘は失礼しました、といってすぐに名乗り返した。

「でも、おえいちゃんはなんで脩五郎を」

「行商でここまでよく来てましたし、お弓ちゃんとおつき合いしてましたから商売抜きでやってきたことも何度かありましたから」

「脩五郎がお弓さんと知り合ったのは、行商か」

「はじめて来たのはお客さんとしてだったんですが、そのときお弓ちゃんが品物を見せてもらったのがきっかけだったと思います。お弓ちゃんがお客さんに自分から話しかけるなんて滅多になかったんですよ。よっぽど脩五郎さんのことが……」

一目惚《ひとめぼ》れだったのか、と半九郎は茶を喫し、喉《のど》を湿した。

「おえいちゃんは、脩五郎が犯人と思うかい」

「わからないというのが本音です」

少しうつむくようにして考えをまとめている風情だったが、やがて顔をあげた。

「脩五郎さんが人殺しができるような人じゃないのもわかりますし、でもそんなことをとてもしそうにない人が平気で人を殺してしまう世の中だから、正直どうなのかなという思いもあります」

その通りだな、と半九郎は思った。

「里村さまはどうなんです」

「俺は脩五郎の無実を信じている」

おえいは、力強く断言した半九郎を聡明《そうめい》そうな瞳で見つめた。

「脩五郎さんの無実を晴らそうとしてらっしゃるんですか」

「うん、そのつもりで動いている」

半九郎は湯飲みを長床几に置いた。

「殺される前、お弓さん、なにかいってなかったかな。変な男につけまわされているとか、怪しい気配を感じたりしていたとか」

「いえ、そんなことはなにも。いつもと変わったところはこれといって……」

おえいはまわりを気にするそぶりをした。

二人で話しこんでいるのをおもしろくなさそうに見ている顔がいくつもあるし、新たに入ってきたばかりの三人連れが、注文を取りに来ないのかな、というようにおえいを見ている。

「最後に一つだけ」

半九郎はすばやく指を立てた。

「お弓さん目当ての客はけっこういただろうと思う。そのなかで、お弓さんが気味悪がっていたような男はいなかったかな」

さすがにおえいは困った顔をした。だが、その表情には心当たりがありそうに見えた。

「あと半刻《はんとき》ほどで終わりますから、湯島天神の鳥居のところで待っていてください」

ささやくようにいっておえいは三人の客のもとへ行った。

半九郎は代を払い、腰をあげた。

鳥居の前に立っていると、半刻もたたないうちに小走りにやってくる影があった。

もうすっかり日は落ちて、その影はにじむような薄暮のなか、宙を駆けるあやかしのように感じられ、半九郎は思わず刀に手を置きかけた。

しかし暮色を突き破るように走り寄ってきたのは紛れもなくおえいで、半九郎は体から力を抜いた。

「すまなかったな。無理をいって」

「いえ、いいんです」

だいぶ急いだようで、荒く息を吐いている。

このあたりがこの娘の気性のよさで、もし奈津という存在がなかったら、まちがいなく惚れてしまいそうだった。なぜあやかしになど感じたのか、不思議でならない。

「お弓ちゃん目当てのお客でしたね」

息を一つ大きく吐ききって、いった。

「さすがに気味悪がってはいませんでしたけど、迷惑がっている人は何人かいました」

おえいは控えめに半九郎を見た。

「里村さまは、そのうちの誰かがお弓ちゃんを、と思ってらっしゃるんですか」

「まだそこまでは考えてはいない。ただ、脩五郎が犯人でないと考えた場合、ほかの誰かを当たらなければならない。そういうことだ」

涼しい風があたりの梢《こずえ》をかきまわすように騒がしてゆく。半九郎は、夜の支配地がさらに増え、夜気が濃さを増したのを感じた。夜もようやく深まろうとするこの刻限に、娘をいつまでも引きとめておくわけにはいかない。家族も心配するだろう。

「客の名を教えてくれるかい」

半九郎はできるだけやさしくいった。

おえいは三人の名をあげ、住まいがどこかも話してくれた。

ただし、二人がどこに住んでいるかは知っていたが、残りの一人の住まいは知らなかった。

「それは誰だい」

「金兵衛さんです」

怪しいな、と半九郎は感じた。

「ところで、奉行所《ぶぎょうしょ》の者は訪ねてきたかい」

「ええ、お弓ちゃんが殺された次の日に南町のお役人が」

おえいの瞳にあこがれの光が射《さ》した。

もしやあの稲葉という同心《どうしん》ではないか、いやきっとまちがいないだろう、という確信が半九郎の胸の底におさまった。

「どんなことをきいていった」

「ほとんど里村さまと似たようなことです」

「じゃあ、お弓さん目当ての客のことも？」

「はい」

「口どめは？」

「されました」

「それなのに話してくれたのか」

ぺろっとかわいい舌をだしたが、すぐ真顔に戻った。

「でも、かまわないと思います。脩五郎さんが犯人でないなら気の毒でなりませんし、お弓ちゃんも真犯人がとらえられるのを望んでるでしょう。それに、奉行所では脩五郎さんを犯人と決めつけてるかもしれないじゃないですか。やっぱりほかの人が犯人であることを考えてもらわないと。私の言葉で、里村さまが少しでも真犯人に近づければ、それだけでうれしいですから」

ほとんど暗闇《くらやみ》といっていいなか、おえいの瞳はきらきらと輝いている。

思わず、いい子だな、と頭をなでてあげたい気分になった。本当は抱き締めたいくらいだったが、奈津の顔が脳裏にあらわれて、その思いは滝に打たれたようにどこかへ流れていった。

これかな、とおえいをあやかしに見立てた自分を思いだした。きっとおのれを惑わしかねない娘であることを本能が直感的にさとったのだ。

あとの二人のところへは、きっとあの同心が訪ねていっているにちがいない。そしてなにも出なかったから、昨日会ったとき、そのことについていわなかったのだろう。

「その金兵衛という男はどんな顔をしている。背格好は？」

これ以上引き伸ばすわけにはいかんな、と思いながらも質問を続けた。

おえいはなんの停滞もなく、なめらかに話した。

丸顔で背は小さいほう。どことなく気弱げな目をしていて、鼻は低い。話し方には、少し小ずるいところが感じられる。

「お弓さんが亡くなってから、その金兵衛という男は店に？」

「いえ、一度も」

「金兵衛は自分のことを話したことが？」

「そういうのはなかったですけど……」

それでも、なにかひっかかることがあるようでおえいは顎《あご》に人さし指を当て、考えこんだ。

「そういえば以前……」

顔をわずかにしかめ、記憶をたぐっている。

「なじみのお客さんと親しげに話をしていることがありました。店でばったり会ったようで、お互い懐かしげでしたね」

「そのなじみの名は？」

さすがに少しためらいを見せた。

「その人に迷惑をかけるような真似《まね》は決してしない」

おえいは決意をかためた顔を上下に振った。

「直助《なおすけ》さんといいます」

それからゆっくりとした口調で生業《なりわい》と住まいを語った。

「そのことも同心に？」

おえいはかぶりを振った。

「今思いだしたものですから。やっぱりお役人に申しあげたほうがいいでしょうか」

「いや、俺のほうから話しておくよ。脩五郎の件でいろいろきかれて知り合いになった同心がいる」

半九郎はまわりを見渡した。

いくら名所の湯島天神とはいえ、あたりの人けはさすがにまばらになりつつある。空には星が一杯だが、その光にどこか潤んだようなものが感じられるのは、あるいは雨が近いせいだろうか。月は東の低いところにあがったばかりで、だいだい色に霞《かすみ》がかかったような妙な色をしていた。

「すまなかったな。話は終わりだ。家はどこだい。送ってゆこう」

「いえ、けっこうです。すぐそこですから、一人で帰れます」

別に半九郎を警戒したわけではなく、本当の理由を告げているのがわかったから、半九郎も無理強いはしなかった。

「そうか。じゃあ、気をつけて帰ってくれ。ありがとう、助かった」

「里村さんもがんばってくださいね。きっと努力が報われることを信じています」

明るい声でいって頭を下げた娘の姿は、圧倒的な闇の波に飲まれてすぐに見えなくなった。

さて直助か、と半九郎は思った。

住まいは川向こうとのことだが、さすがに疲労が足をがっちりとつかんでいて、今から大川を渡ってゆくのはおっくうだった。

しかし、奈津に雇われている身である以上、ここは足を進めるしかない。

いつの間にか月からだいだい色が消え、その分、提灯《ちょうちん》が必要ないほどの明るさが付近を包んでいる。

空には雲はなく、先ほど感じた雨の気配は微塵《みじん》もない。これなら長屋に帰る頃も、月は十分な光で地上を照らし続けてくれるにちがいない。

吾妻橋《あづま》を渡り、大川沿いを五町ほど南にくだると、道は二またにわかれる。右側の道はそのまま大川に沿っている。

半九郎は左側をとった。

両側をしばらく武家屋敷が続くが、一町半ほど行くと右手に町屋があらわれる。その町は南本所外手町《そとで》で、入堀が大川に向かって掘られている脇の辻《つじ》を半九郎は右に折れた。

そこはすでに南本所石原町《いしはら》で、道をさらに東へ二町ばかり進んだところに大沢屋はあった。

湯島天神を発《た》って、およそ半刻ほどかかっている。刻限は五つ近くになっていた。

急ぎ足で来たから、かなり汗をかいている。喉が渇いていた。

店は閉まっていた。無理もない。こんな刻限まで瓦《かわら》問屋がやっているはずもなかった。

半九郎は、かたく閉じられた戸を叩《たた》いた。

何度か叩いているうちにようやくなかから応答があり、どなたさまですか、という男の声がきこえた。

二十五

翌朝はさすがに疲れが残っていて、予定していた刻限をかなり寝すごした。

庭側の障子にはあきれるほど強烈な陽射《ひざ》しが当たっていて、部屋のなかはむしむししている。蒸し風呂《ぶろ》に入っているかのような暑さがなかったら、もっと寝ていたかもしれない。

半九郎は、枕元《まくらもと》に無造作に投げてある手ぬぐいで体を拭《ふ》いたが、手ぬぐい自体いつ洗濯したかわからない臭《にお》い方で、その臭いが体に染みついたような気がした。

今から飯を炊く気は起こらず、外で腹ごしらえするか、と身支度を整えた。

土間におりて瓶《かめ》から一杯二杯と生ぬるい水をすくって飲んでから障子戸をあけ、路地に出た。

虎之助がいた。孫吉も一緒だ。二人は所在なげに路地のまんなかに立っている。

「なんだ、おまえら、暇そうだな」

「なんだい、半九郎のおっちゃんだって今起きたんだろ。とんでもないねぼすけだ」

虎之助が口をとがらす。

ぞ」

「昨日、帰るのがおそかったんだ。脩五郎の無実を晴らすために動きまわっていたんだぞ」

「鍛え方が足りないだけなんじゃないの」

いわれてみれば、と半九郎は思った。このところ剣をほとんど振っていない。

「それか歳《とし》のせいだな」

孫吉がしたり顔でいう。

「俺はまだ若いぞ。動きまわったくらいで疲れるものか。真犯人捜しに忙しくて、ろくに飯を食っていないからだ。おまえたちみたいに、腹が減ったからと親が用意してくれる身分じゃないからな」

「だったら、奈津ねえちゃん、はやくお嫁さんにもらえばいいんだよ」

孫吉がいい、虎之助も追い打ちをかけるようにきいてきた。

「そうだよ、なんでもらわないの。もらわないならおいらが取っちゃうよ」

「うるさい。大人にはいろいろあるんだ。餓鬼どもにはわからんことがな」

「旗色が悪くなると、すぐそうやって逃げるんだよな」

「頭の悪い大人がよくつかう手だよ」

「おまえら、覚えておけよ」

半九郎は人さし指を突きつけた。

「脩五郎が無事帰ってきたら、妙連寺《みょうれん》の屋根に乗っけてやるからな」

二人はあきれ顔をしている。

「まるで子供だね」

「体はでっかいけど、おつむの成長がまるでないから仕方ないよ」

半九郎は大きく息を吸った。

「てめえら、ぶん殴るぞ」

拳《こぶし》をかざして怒鳴ると、二人は猫のように路地の奥へ姿を消した。

まったく、とつぶやいて半九郎は、小間物《こまもの》と大書された店の障子戸を叩《たた》いた。

はい、と声がして戸がひらかれた。お駒が疲れた顔で立っている。

「すまなかったな。朝っぱらからうるさかったろう」

「とんでもない。仲のよさが伝わってきて、気持ちが癒されました」

「仲がいいか。餓鬼どもと似たようなおつむだからさ」

お駒はくすと笑ってくれた。

「眠れたかい」

「はい、ぐっすりと」

「それはよかった」

そんなわけがない。半九郎は、お駒の赤い目に気づかないふりをした。

「あの、里村さま。探索のお手伝いをさせていただけないでしょうか」

「気持ちはわかるが、俺一人のほうがいい。それに昨日もいったが、危ない目に遭うことだって考えておかねばならん」

半九郎は顎をなでた。

「しかし、そうか。閉じこもったままじゃ身も心もまいってしまうか。なにかしておらんとときもなかなかたたんし」

　半九郎は、路地の奥に立つ厠《かわや》のほうへ目を向けた。

「だったら、あの馬鹿餓鬼どもの相手をしてやってくれないか。あいつら、お駒ちゃんと仲よしになりたくて仕方ないんだが、かわいいおなごとなると意外に人見知りするんだ。奈津のときもそうだった」

　半九郎は厠のほうに大声を発した。

「おい、おまえら、そこにいるのはわかってるんだ。とっとと出てこい。話はつけたぞ」

　虎之助と孫吉が呼びかけに応じて厠の陰から出てきた。うしろを長屋のほかの子供たちもぞろぞろと続いている。

「こんなにいるのか」

　びっくりして半九郎はお駒を見た。

「大丈夫か、相手できるかい」

　お駒はにっこりと笑った。

「子供は大好きなんです。まかせてください」

　半九郎は、ではよろしくな、といって体をひるがえした。

　通りに出る。歩きながら、脩五郎はいい娘を見つけたものだな、と思った。

　道を行く人たちは、昼がやってくる前にやるべきことはすませてしまおうとばかりに早足で歩いている。

半九郎も人々に歩調を合わせた。歩きだして、すぐ噴きだしてきた額の汗を手でぬぐった。水を飲んだばかりなのに、もう喉の渇きを覚えている。

昨夜のことが思いだされた。

大沢屋《おおさわ》の主人である直助は、なんの前触れもなく訪れた半九郎にいやな顔一つすることなく会ってくれた。

そして、金兵衛が以前は大沢屋と同じ瓦問屋をやっていたこと、かなり羽振りのいい店だったがその店は三年ほど前に売って今は隠居をしていること、歳は五十ちょうどであること、身寄りといえる家族はいないことなどを話してくれた。

「金兵衛さんの人となりは?」

「見た目は気弱そうに見えますが、あれでどうしてどうして、なかなかしたたかな商人ですよ。商売に関しては芯《しん》のしっかりとした、腹の据わったお人ですよ」

「女のほうは?」

「はやくに女房を亡くしてます。でも女房が存命の頃から何人も若い女を妾《めかけ》にして、それなりにお盛んだったという話はきいています」

「今もかな」

「昔ほどというわけにはさすがにいかないかもしれないですが、一人や二人、囲っているんじゃないですかね。役に立たなくなる歳でもまだなし、うなるほどある金に物をいわせて、ということは十分に考えられるんじゃないでしょうか」

最後に金兵衛の住まいをきいた。

「もしかすると変えているかもしれません。でも、今も以前住んでいたところに住んでいるなら」

直助が教えてくれたのは、岩本町だった。金兵衛は古着屋のかたまっていることで知られる町に、一軒家をかまえていたという。

昨夜、大沢屋を出た足で行くことも半九郎は考えたが、さすがに棒のようになった足で神田川を越える気にはならなかった。

（岩本町へ行くには……）

どういう道筋を取ればいいかな、と半九郎は頭のなかに絵図を広げた。

このまま道を南にくだって、昨日訪れたおかつの家がある湯島四丁目を通り、昌平坂学問所の北側を通り抜けて神田川に出、火除広道《ひよけひろみち》を抜けて和泉《いずみ》橋を渡るのが最もはやいように思われた。

ただ、その道のりの半分も行かないところで知った顔に呼びとめられた。

「里村さん」

目の前に長身の同心が立っていた。うしろにいつもの中間《ちゅうげん》がつきしたがっている。

「ちょうどよかった。会いたいと思っていたんだ」

「こちらも長屋にうかがうところでした」

半九郎は眉《まゆ》をひそめた。

「なにか」

「おえいという娘をご存じですね？」

むろん、といいかけて言葉をとめた。背筋を冷たい汗が流れてゆく。

「昨夜、殺されました」

半九郎は横面を張られたような衝撃を受けた。

「犯人は?」

声が震えを帯びる。

「まだこれからです」

同心はじっと見つめてきた。

「昨日、花島に行きましたね。おえいといろいろ話をし、店が終わったあとも湯島天神前で話をしてましたね」

「おえいちゃんはどこで殺されたんだ」

「先に、それがしの問いに答えてください」

「確かにその通りだ」

「おえいは、家からほんの一町ほど手前の裏路地で殺されていました」

半九郎は身がまえるようにした。

「まさか俺《や》が殺ったと考えているのではなかろうな」

「自身番につめていた大家と書役《しょやく》が、逃げ去る男を見ています。昨夜は月があったとはいえ、顔ははっきりとは見えなかったようですが、明らかに歳の頃は五十前後と思われるそうで、しかも里村さんほどの長身ではありませんでした」

半九郎は少し考えた。

「しかし、それが誰かはわかっていない」

「そういうことです」

「おえいが五人目ということは？」

「それはないと思います」

同心はほぼ断言といえるいい方をした。

「おえいは刺し殺されていましたから」

言葉を切り、半九郎を見る。

「昨夜、おえいのところへ行ったのはお弓の話をききにですね。それはいいんですが、おえいと別れたのは何刻《なんどき》です」

「六つ半くらいではなかったかと思う」

「そのとき、おえいにおびえている様子は？」

「いや、そんなのはなにも」

「おえいと一緒にいて、なにか異常を感じたりしたことは？」

「いや、それも」

同心はすぐに言葉を発した。

「里村さんは、どうしてそれがしに会いたいと」

「金兵衛という男を調べているか」

「もちろんです」

「居場所は？」

「まだです」

半九郎は、昨日おえいと直助からきいた話を簡潔に語った。

話が終わるまでじっと耳を傾けていた同心は目を輝かせた。

「では、里村さんは金兵衛のもとへ出向こうとしていたのですね」

「むろん、その前におぬしに会うつもりでいたがな」

「ありがとうございます」

同心は感謝の意をあらわした。

「では、これから行ってみます」

「俺も連れてってくれんか」

半九郎の胸を締めつけているのは後悔だった。おえいの敵《かたき》は自ら討たねばならない。

「是非一緒に来てください」

半九郎の心を知ってか知らずか同心は気軽にいった。

まずいですよ、とばかりに中間が同心の袖《そで》を引く。同心は、かまわんよ、と一言だけ口にして道を歩きはじめた。

「その金兵衛という男がおえい殺しの犯人だと思うか」

半九郎は同心の背中に声をかけた。

同心は首を振り向かせた。

「まだなんともいえませんね。金兵衛という男はお弓にご執心だったのに、ここでおえいを殺す意味がわかりませんし」

ただ一つまちがいないことは、半九郎がおえいを長く引きとめたのが犯行のきっかけになったことだ。おえいを殺した男は、おえいが一人になる機会をずっと狙《ねら》っていたのではないか。

もしそうなら、おえいと話していたあのとき自分たちをどこからか凝視している目があったはずだが、まったく気がつかなかった。

「金兵衛がやっていた平田《ひらた》屋という瓦問屋を覚えているか。上方《かみがた》の瓦を中心に扱っていたそうだが」

胸の奥を流れる苦いものを嚙《か》み潰《つぶ》して、半九郎はきいた。

「そんな問屋があった覚えは確かにあります。でも、あまり印象に残ってはいないですね」

半九郎が頭に描いた通りの道筋をたどって、同心は岩本町の木戸の前までやってきた。

同心は声をかけて、自身番の畳に腰をかけた。なかにいた大家が、これは稲葉さま、と正座をし直した。

自身番のかたわらに立った半九郎は同心に目を向けつつ、指を解きほぐした。

「この町に金兵衛という者がいるか」

同心が大家にたずねた。

「はい、おります」

「出かけたか」

「いえ、今日は姿を見ておりませんので、家にいるものと」

「昨日はどうだ、出かけたか」

「はい、確か昼前に」

「帰ってきたのは？」

「夜の五つをまわっていたと」

「その姿に、なにか変わったところはなかったか」

大家は首をひねった。

「さあ、気がつきませんでした」

「金兵衛は一人暮らしか」

「いえ、身のまわりの世話をする女が」

これで下調べは十分とばかりに同心は立ちあがった。

「あの、稲葉さま。金兵衛さんがなにかやらかしたのですか」

五十半ばと思える大家は、肥えている大柄な体とは裏腹な小心さを面に一杯にだしている。

同心はやさしげな笑みを返した。

「やらかしたかどうかはまだわからん。とりあえず話をきいてからだな」

金兵衛の住まいは、直助がいった通り、五部屋は楽にあると思えるけっこうな一軒家だった。町屋が寄り添うように建つごちゃごちゃとした町並みのなかで、広々とした庭があたりとそぐわない色をどことなく醸しだしている。

「どれ、手前が訪《おとな》いましょう」

ここまで半九郎たちを案内してきた大家が申し出た。

「いや、いい」

同心が制し、中間に向かってうなずいてみせた。

中間が格子戸をあけ、なかに入った。同心が続く。

半九郎は大家とともに格子戸のところにとどまり、見守った。

「ごめんくださいまし」

中間が障子に向かって声をかける。

女の声が返ってきて、娘が顔を見せた。まだ十七、八くらいではないだろうか。しかし、その立ち姿にははっとするほどの色っぽさがあり、明らかに成熟した女の色香を漂わせていた。

同心の黒羽織に気づいて、女は切れ長の目をみはった。

「金兵衛さんはいるかい」

おびえさせないよう中間がやさしくいう。

「は、はい。少々お待ちください」

女は障子をひらいたままきびすを返し、座敷の奥の襖《ふすま》をあけると右手に向きを変え、視野から消えていった。

半九郎は薄暗い家のなかをじっとのぞきこみ、気配を探った。

なんとなくだが、どこかあわてているような物音がさざ波となって届いた。

横の大家を見る。なにも感じていない様子で、ただ家に目を向けているだけだ。

「裏だ、逃げだそうとしているぞ」

半九郎は同心に向かって叫び、だっと走りだした。その声に驚いた大家が突き飛ばされたように体をのけぞらせ、尻餅《しりもち》をつく。

家と家のあいだのせまい小路を抜け、半九郎は小さな庭になっている裏手に出た。

庭には背の低い竹垣がめぐらせてあり、まんなかに枝折戸《しおりど》が設けられている。

そこは家の北側に当たり、路地をはさんですぐそばに長屋の壁が迫っていることもあって日当たりは極端に悪く、湿ったような草の臭いと厠からの臭気が重なり合うように充満していた。

枝折戸がわずかに揺れている。

半九郎は地を蹴《け》り、路地を西へ駆けた。

商家の黒塀が続く突き当たりにぶつかると、すばやく両側を見た。建てこんだ家々を突っきるように路地が左右に走っている。

左側に、小脇に荷物を抱えているらしい背中が見えた。

半九郎は再び走りだした。

あっけないほど簡単に距離が縮まる。男は息も荒げによたよたと走っている。

「金兵衛っ」

追いついて、半九郎は肩に手をかけた。

途端に金兵衛は振り向き、鬼の形相で右手を叩きつけてきた。

匕首《あいくち》を握っている。半九郎には鋭さのかけらも感じられず、手の甲をつかって相手の腕を弾《はじ》きあげた。

びしっという音とともに宙を飛んだ匕首は、一回転して左側の町屋の壁に突き刺さった。

得物《えもの》を失った金兵衛は体をひるがえして再度逃げようとしたが、半九郎にうしろ襟をつかまれて、蛙《かえる》のように両手をばたつかせた。

その拍子に、抱えていた風呂敷包《ふろしきづつ》みが地面に落ちた。どしゃん、と金でもつまっているらしい重い音がした。

あっという顔で金兵衛は風呂敷包みを見たが、すぐに半九郎に懇願の目を向けてきた。

「見逃してください。お願いします。見逃してくれたら」

風呂敷包みを指さした。

「中身を全部差しあげますから」

「いらん」

半九郎はにべなく答えた。

「いくらあるかご存じないからそんなことおっしゃるんですよ」

「見損なうな。仮に千両あろうと俺はおまえを見逃したりはせん」

がっちりと襟をつかみ、逃げだそうとしたら一刀両断にする気がまえでいる。

その覚悟が伝わったか、金兵衛はあきらめたように身動きをとめた。

「おまえがおえいを殺したのか」

ぶすっと押し黙っている。

「否定はせんか。そうか、やはりおまえが殺ったんだな」

半九郎はおえいの面影を思い浮かべた。あんないい娘が殺された理不尽さに、猛烈な怒りがこみあげてきた。

気がつくと、金兵衛が横向きに倒れていた。頬を押さえ、恐怖の目で半九郎を見ている。やがて哀願の色を一杯にたたえた目から涙をあふれさせ、口をがくがくさせた。

「お願いします、助けてください、殺さないでください」

半九郎は刀を抜きかけていた。息を思いきり腹に入れ、なんとか気持ちを落ち着かせた。

同心と中間がやってきた。

「つかまえてくれましたか。ありがとうございます」

荒い呼吸を整えようとしている同心が照れたように礼をいう。

「どうも捕り物になると、下手を打つことが多いんですよ。な、一緒に来てもらってよかっただろ」

中間は苦笑いを浮かべた。

同心は真顔に戻った。

「清吉、縄を打ちな」

へい、と答えた中間は、がくりとうなだれている金兵衛にかたく縛《いまし》めをした。

同心は手にしていた十手《じって》を腰に差し、黒羽織でさりげなく外から見えないようにした。

それから風呂敷包みを拾いあげ、なかをひらいた。おっという顔をする。

「すごいな、こりゃ」

中身を見せられた半九郎も驚いた。

二十五両入りの包み金が二十はある。これなら、足がもつれるようなあの走り方もわかるというものだ。小判も五百両あれば、相当に重いはずだ。

そのとき、ようやく大家が姿を見せた。真っ赤な顔をして、こちらが心配になるほどぜいぜいと荒い息を吐いている。

「き、金兵衛さん、なんでこんなことに」

涙をこぼしかねない悲痛な調子でいった。

同心はごほんと空咳《からせき》を一つして、大家の注意を自分に向けさせた。

「覚蔵《かくぞう》さん、この男を大番屋《おおばんや》に連れてゆく。忙しいところをすまんが、一緒に頼む」

「はい、もちろんでございます。それも町役人のつとめですから」

腰を深く折る大家から目を転じて、同心は半九郎を見た。

「里村さん、どうもありがとうございました」

あらためて礼をいった。

「いや、そんなことはいいが、大番屋というと南茅場町《みなみかやば》へ?」

「ええ、そのつもりです」

「ききたいことがある。同道させてもらってもいいか」

半九郎は中間に笑いかけた。

「大番屋に入れろとまではいわんから、安心してくれ」

二十六

半九郎は長屋へ足を急がせている。はやくお駒ちゃんに知らせてあげんとな、と考えていた。

半九郎が稲葉という同心にききたかったのは、今も大番屋に留置されているはずの脩五郎のことだった。

同心は半九郎に耳打ちしてくれたのだ。

脩五郎は近々放免になります、と。

「本当か」

半九郎のほうは大声になり、同心は耳を押さえた。

「これは内密に願いたいのですが」

同心がさらに声を落として、いった。

「そりゃ本当か」

「ええ、本当です。そういう痕跡《こんせき》があるというんです」

同心は言葉を失った半九郎にうなずいてから、言葉を続けた。

「脩五郎のような女好きといわれる類《たぐい》の者たちは生きている女といたすのが好きであって、死人を陵辱するような真似《まね》はまずしないでしょうから」

「それはそうだろうが」

半九郎はようやく声をだした。

「だが、死んだ女にそういうことをしたというのがわかるものなのか」

「年を経た熟練の同心ですと、死骸《しがい》からそれぐらい楽に読み取ります。これまで、そういう例がなかったわけではないですしね。お弓の前に殺された三人も実は同じようにされていたんです」

うめくような声をあげたあと半九郎は、しかし、といって同心を見た。

「それだけでは脩五郎が無実であるという証《あかし》にはならんはずだが」

「まあ、そうですね。でも証拠が見つかったのですよ」

半九郎は同心の言葉を黙って待った。

「あの下駒込村の稲荷《いなり》で、お弓と脩五郎らしい男女がいい争っているらしいところを見た者がいるんです。同じ職場で働く石工の二人組なんですが、近くの岡場所《おかばしょ》からの帰りで、鳥居の前を通りかかったときちょうど男が大柄な女に思いきり頬を張られたそうなんです。男は泣きだして鳥居を飛びだし、女は、なんてだらしない男だい、と悪態をつき、わかったわよ、別れてやるわよ、といい放ったそうです」

お弓は別れを承諾したのだ。それなら、脩五郎が殺す理由はどこにもない。

「その石工の二人は駒込追分町の井端屋という飲み屋に入ったんですが、驚いたことにそこに頬を張られた男がいたんです。その二人組は男を慰めるつもりで話をきいてやり、一緒に酒を酌んだんです。もっとも、はなからその男にたからんがための親切だったようですが。その晩は片方が男を家に泊めてやり、翌朝一緒に家を出たそうです」

半九郎は力が抜けた。

「しかしよく調べてくれたな」

「そんなにほめられることではないんですよ」

同心は鬢《びん》をかいた。

「脩五郎は確かにそういう二人組の話をしており、こちらも捜してはいたんですが、でも脩五郎はその泊めてもらった家がどこだったかいえませんでしたし、偽り、出まかせでは、という感じはかなり濃かったんです」

同心は唇を湿らせた。

「脩五郎にとって運のいいことに、脩五郎という小間物の行商が女殺しでとらえられた噂《うわさ》をきいて、確かあの男はそういう名だったと二人組が奉行所に届け出てくれたんです。それで脩五郎の面を確かめさせたところ、まちがいないということに」

「脩五郎はいつ放免に？」

「今日の午後にでも」

「わかった。さっそく長屋の者に知らせる」

半九郎は礼をいって走りだそうとしたが、今しばらく、と呼びとめられた。

「お紀久、お千香、おくにの三人なんですが」

半九郎は眉を曇らせた。

「死罪が決まったのか」

「いえ、まだ取り調べの最中です」

同心は太い息を鼻から吐いた。

「三人は、二人の許嫁《いいなずけ》を殺したことを白状しました。二人ともあの土蔵のなかで殺されました。死骸は舟で運び、一人は自殺、もう一人は水死に見せかけたそうです」

「舟は、あの九蔵という下男か」

「その通りです」

「菱田屋はどうなっている」

実の娘が許嫁殺しにからんでいることがわかってしまった今、店は江戸市民の非難の目にさらされていることだろう。

「ずっと閉じたままです。奉公人は解雇されました。店はもう二度とひらくことはないでしょう」

同心はため息を洩《も》らし、空を見あげた。

「家族が死を選ばぬことだけを祈りますよ。それがしとしてもできる限りのことはしてやりたいのですが、なにができるものやら。こういう事件はまったくこたえますよ……」

半九郎は権兵衛店に戻ってきた。

脩五郎の店の戸を叩く。返事がない。

「お駒ちゃんなら子供と遊びに出てるよ」

おことだった。相変わらず猫を思わせる顔つきをしているが、行水でもしていたかのようなさっぱりとした表情だ。

夫の辰吉《たつきち》が腕のいい飾り職人なのに、いまだにこの三畳一間の長屋を抜けられないのは、このおことが派手につかいこんでいるから、という噂がある。もっとも逆に、いつか家を持つためにおことががっちりと貯《た》めこんでいるという噂もある。

「どこへ」

「多分、妙連寺じゃないの」

おことが不思議そうに見た。

「あれ、でもなんか里村の旦那《だんな》、うれしそうな顔してるわね」

「わかるか」

「当たり前でしょ。旦那はすぐ顔に出るんだから。……お駒ちゃんに用があるということは、ひょっとして脩五郎さん?」

半九郎は、脩五郎が今日にでも放免になることを話し、他の女房たちにも教えてくれるよう頼んだ。

「まかせといてよ」

おことは胸をどんと叩いた。

「今夜はお祝いだわね」

二十七

三畳の部屋では入りきらず、長屋の者たちは路地にいくつもの縁台をだし、その上に腰をおろして酒を酌みかわしている。

脩五郎の部屋はぎゅうぎゅうづめで、まんなかに脩五郎とお駒が並んで座っている。なかは人いきれと暑さで灼熱《しゃくねつ》地獄と化しているが、汗を一杯にかきながらも、みんなの顔は掛け値なしにうれしげだった。

こういうところが同じ長屋に住む者のいいところだな、と半九郎は思っている。日は暮れつつあり、知らせを受けて仕事からほとんどの者が戻ってきていた。

「みなさんには本当にご心配をおかけしました。里村の旦那をはじめとして、みなさんのお力添えで、こうして無事戻ってくることができました」

脩五郎が深々と頭を下げ、お駒がそれにならう。

「脩五郎さんもこれに懲りてお駒ちゃんをはやくお嫁さんにすることだね」

「そうよ、こんな気立てのいい娘、逃がしたら一生後悔するわよ」

脩五郎が照れくさそうにお駒を見る。お駒がうれしそうにほほえみ返す。

このままお駒は本当に居着くのではないか、と思えるような仲むつまじさで、半九郎はなんとなく見ていられなくなって、部屋を出た。その気持ちには、お弓の死という重い事実があったとはいってもなんの障害もなく一緒になれる二人への羨望《せんぼう》が含まれている。

半九郎は隅の縁台に落ち着いた。

「里村の旦那、飲んでますかい」

大徳利《おおどくり》を持った辰吉が近づいてきた。

「いや、俺はこれだ」

半九郎は茶の入った湯飲みを持ちあげた。

「一杯いかがです。せっかくの日ですよ」

「じゃあ、一杯だけもらうか」

半九郎は茶を干し、酒を受けた。そっと口をつける。

「やっぱり飲めませんか」

顔をしかめた半九郎に辰吉が笑いかける。

「ああ、俺には無理だな」

「それじゃあ俺が」

半九郎から湯飲みを取りあげ、一気に干した。ぷはあ、といかにもうまそうに息を吐く。

辰吉は半九郎に湯飲みを返して、他の者のところへふらふらと歩いていった。

代わって虎之助があらわれた。横に孫吉もいる。

「おいら、半九郎のおっちゃんに謝らなきゃならないことがあるんだ」

神妙な顔で虎之助がいった。孫吉も同じ表情をしている。

気づくと、女房たちもいつの間にかそばに寄ってきて半九郎を見つめている。

「なんだ、どうした。そんな真剣な顔を並べられるとちょっと怖いんだが」

半九郎は笑いかけたが、誰も笑い返してこなかった。

「ほら、脩五郎の兄ちゃんがつかまったとき、半九郎のおっちゃんのせいにしたでしょ」

「ああ。それが?」

虎之助がためらいがちに口をひらく。

「あれさ、わざと半九郎のおっちゃんを怒らせたんだよ」

「どうして」

いいながら半九郎は理解した。

「なるほどな。そうすれば俺が真犯人捜しに取りかかると考えて……」

「そう、おっちゃん根が単純だから」

「虎、なんてことというんだい」

虎之助の母親のおなみが叱《しか》る。

「脩五郎さんが無事戻ってこられたのも、里村の旦那のおかげじゃないか」

「いや、おなみさん、俺はなにもしてないよ」

「旦那、怒らないでくださいよ。この馬鹿、あたしがとっちめとくから」

「そんな必要はないよ。虎、おまえが考えたのか」

半九郎は穏やかな気分でたずねた。

「孫と一緒にね」

半九郎は拳に、はあと息を吹きかけた。

わっ、と二人は頭をかばう仕草をした。半九郎はかざした拳を自らの頭にごんと落とした。

「そんなことに気づかんなんて、俺は本当の馬鹿だな」

「確かに頭はよくないよね」

「よくないんじゃなくて悪いんだよ」

殴られないことにほっとした二人が口々にいった。

「なんだと」

半九郎がいうと同時にぱしんと音がし、見ると孫吉がほっぺたを押さえている。

「あんた、いい加減にしなさいよ」

腰に手を当て、孫吉の母親のおせきが我が子を見おろしている。

続いて虎之助がおなみにごつんとやられ、頭を押さえてしゃがみこんだ。

「おいおい、なにも本気で殴ることはないだろう。せっかくの日だ」

孫吉は泣きだし、虎之助もうずくまったままべそをかいている。

「里村の旦那、こんな馬鹿、いつでも遠慮せず殴っていいですよ。今度生意気な口きいたら、張り倒してけっこうですから」

おなみがいい、おせきがつけ加える。

「里村の旦那がやさしいからって、すぐつけあがるんですよ。おなみさんのいう通り、ばしばし殴りつけて、根性鍛え直してやってください」

「そういわれてもな」

「どうせ嘘泣《うそな》きなんだから、この子。あたしじゃもう全然きかないんですよ。ほら立ちな」

おなみが虎之助の襟をつかみ、ぐいと引きあげた。

虎之助は半九郎を見て、舌をだした。孫吉も笑っている。

そのときだった。半九郎は首筋に目を感じた。あたたかで穏やかな視線だ。

「奈津ねえちゃん、おそいよ」

虎之助が半九郎の背後に声をかけた。

「ごめんなさい、お店が混んでたの」

半九郎は立ちあがった。

「二人に会ってやれよ。まるでもう夫婦みたいで、当てられるけどな」

半九郎は奈津と一緒に脩五郎たちの前に行き、楽しく話をかわした。

長屋中、なんのために集まっているのかわからなくなるくらい盛りあがっていたが、路地のほうからこれまでとは雰囲気が明らかに異なるざわめきがきこえてきた。

「誰、この人」

「見たことない人ねえ」

ひそやかな声が届き、半九郎が振り返ると、戸口に若い娘が息を切らして立っていた。

部屋の者をかきわけるようにしてなかに入ってきて、お駒などまったく目に入っていない様子でいきなり脩五郎に抱きついた。

脩五郎がまずい、という顔で娘を必死に引きはがそうとしたが、徒労でしかなかった。

「つかまったってきいて何度も大番屋まで行ったのよ。そしたら今日放免されたって。びっくりして駆けつけたのよ」

娘は脩五郎の胸のなかで泣いている。

長屋の者たちは一人残らず押し黙ってしまい、しらけた沈黙のなか娘の泣き声だけが空虚に響いた。

「あんたがつかまったってきいておとっつあんは、あんなやつとは縁を切っちまえ、っていうし。でも、これで晴れて夫婦になれるわよね」

すっとお駒が立ちあがった。脩五郎が目をみはる。

ばしっ、と強烈な音。

「その娘さんを大事になさい」

いい捨てると、お駒はさっさと部屋を出ていった。

脩五郎は赤い頬をなでさすった。目から涙が出そうになっているが、娘はなにも気づかず、ただひたすら泣き続けている。

奈津がお駒のあとを追った。半九郎はため息とともに立ち、奈津についていった。

奈津はお駒に追いついたが、さすがにかけるべき言葉が見当たらないらしく、ただ肩を並べて歩いている。

半九郎は鬢をかき、あの馬鹿いったいなにやってやがんだ、と心のなかで毒づくのが精一杯だった。

二十八

空き地で木刀を振り続けていると、背後に人の気配が立った。

「古賀さん、やはりここでしたか」

五人のなかでは最も若い士で、年はまだ二十一にすぎない。

「どうした」

四郎兵衛は木刀をおろし、振り返った。

「熊谷《くまがい》さんから使いがありました。あの男らしい者を見かけた者が見つかったそうです」

「場所は？」

「湯島天神近くの路地とのことでした。まだそれだけで完全にはしぼりきれていないようですが、湯島天神近くに住んでいるのでは、とのことです」

「そうか。今日からそのあたりに重きを置いて捜してみよう」

四郎兵衛は顎をあげて、目の前の若者を見つめた。

「村田《むらた》、腹は大丈夫か」

あの浪人に突っかかっていって峰打ちでやられ、二日ほど寝床を離れられなかった。

「ええ、もう大丈夫です。申しわけありませんでした」

「謝る必要などない」

「いえ、しかしそれがしがあのときはやらなければ、古賀さんはあの浪人を、そしてあの男をしとめていたはずです」

「それがわかっていれば十分だ。さあ、湯島天神へ行ってやつを捜してこい」

村田は一礼するや体をひるがえした。

村田弥之助《やのすけ》にはすでに妻子がいる。女の子が去年の九月に生まれたばかりだ。

それなのに弥之助はまだ一度も子供の顔を見ていない。去年の八月に江戸に出てきたからだ。いくら遣い手といっても、上の者もそのあたりのことを考えてくれれば、と思うが、命《めい》をくだす者たちは下の者の事情など斟酌《しんしゃく》しない。

一刻もはやくやつの命を絶ち、弥之助たちを無事に帰国させてやらねばならない。

二十九

奈津を長屋に送り届けて、半九郎は帰路についた。

途中、右手の路地から出てきた商人に目をとめた。

「秋葉屋ではないか」

手代らしい供を一人つけた与左衛門は驚いたように歩をとめ、顔をあげた。

「これは里村さま、ご無沙汰《ぶさた》しております」

「うん、ずいぶん久しぶりだ。相変わらず血色がいいな。うらやましい限りだ」

島浦屋の十左衛門がいった通り、確かに前より少し太ったようだ。

「里村さまもお元気そうでなによりでございます」

「供は一人か。別段、命を狙われてはいないようだな」

「おかげさまで」

「島浦屋に俺を紹介してくれたそうだな。ありがとう。恩に着る」

「いえ、そんなことはよろしいのですが」

秘密を語るように与左衛門は声を落とした。

「島浦屋さんといえば、里村さま、おききになりましたか」

「なんだ、なにかあったのか」

「なにかあったどころじゃございませんよ。庄吉さん、自殺を図ったそうですよ」

半九郎は腰が抜けるほど驚いた。

「本当か」

「本当も本当でございます。今日の昼、自分の部屋で首をくくったらしいですよ。一命は取りとめたようですが、昏睡《こんすい》状態というんですか、予断を許さない状況のようです」

理由はわかりきっているが、それにしても、と半九郎はため息をついた。もしこのまま死なれたら、命を賭《と》して救いだしたのはいったいなんのためだったのか。

「おなごなどほかにいくらでもいますのに、若いときはそれがわからんのでしょうなあ」

半九郎に合わせたようにほうと息を吐いた与左衛門が慨嘆する。

俺はどうだろうか、と半九郎は目を閉じて考えた。もし奈津が死んでしまったら、あとを追うだろうか。

「これから、お見舞いにうかがうところでございますよ。ところで里村さま」

与左衛門が呼びかけてきた。

「今、仕事が入ってらっしゃいますか」

「いや、暇なものだ」

「それはちょうどようございました。お願いしたい仕事がございますので、明日にでもさっそく和尚《おしょう》へ頼むようにいたします」

ではこれにて失礼いたします、と一礼した与左衛門は夜の道を去っていった。

翌日の昼すぎ、半九郎は和尚に呼ばれた。

いつもの庫裡《くり》の座敷ではなく、彦三郎は本堂のほうに半九郎を導いた。

広々とした板敷きの建物のなかはむしろひんやりとしているくらいで、白い光が容赦なく照りつける外とは別世界に感じられた。

順光は読経をしていた。半九郎は、順光から半間ほど離れたところに置かれている座布団に正座をした。

丸い頭が今日はいつもより脂ぎっているように見える。きっと天ぷらでもたらふく食べたのではないだろうか。

昼飯がまだであることに思いが至り、半九郎は空腹を覚えた。

すぐに読経は終わり、順光は半九郎に向き直った。

「ま、膝《ひざ》を崩せ」

足がしびれる寸前だった半九郎は急いであぐらをかいた。

「和尚、島浦屋のせがれのことは？」

「きいた」

順光はつらそうな顔をした。

「なにも自ら命を断つことはないと思うが。それだけ惚《ほ》れていた証なのかもしれんが」

「容態についてなにか」

「わしが知っているのは、今も赤子のように昏々《こんこん》と眠り続けていることだけだ」

順光は気づいたように半九郎を見た。

「そうだ、忘れんうちに渡しておく」

懐をごそごそやり、紙包みを取りだした。

「島浦屋からの労銀だ。せがれのことはおまえの責任ではない。あまり気に病むなよ。さあ、受け取れ」

ありがとうございます、と半九郎は押しいただいた。

順光はすっと背筋を伸ばした。

「昨晩きかされたと思うが、秋葉屋から仕事の依頼があった」

半九郎は口をはさまず、黙ってきく姿勢をとった。

仕事の内容は、与左衛門の妾の警護だった。おしまですかと半九郎はきいたが、そうではなく別の女だった。

別に与左衛門がおしまと切れたわけではないらしいが、お澄《すみ》という新しい女は、最近、身辺に怪しい影を見るのだという。

「勘ちがいなどでは決してない、とお澄はいい張っているとのことだ」

「身の危険を感じているのですか」

「感じていなかったら、頼んではこないだろう」

「秋葉屋はそのお澄という女を妾宅《しょうたく》に住まわせているんですよね?」

「むろんだ」

「それがしはその家に泊まりこむことになるのですか。つまり同じ家に二人きりということですか」

順光はにらみつけてきた。

「二人きりだったらどうする。手をだすのか」

「だしませんよ」

「それは困りますが、わかっているだろうな。奈津にいうぞ」

「泊まりこむことはまちがいないが、詳しいことは、明日秋葉屋にきいてくれ。仕事にかかるのはそれからでいいそうだ」

「はあ、わかりました」

半九郎は一つ首をひねってから問うた。

「もう一つよろしいですか。あの、前から疑問に思っていたことがあるのです」

「なんだ、はやくいえ」

「和尚は口銭《こうせん》を取っているのですか」

「馬鹿もんっ」

いきなり怒鳴られた。

「わしがそんなさもしいことをするか」

順光は膝立ちになって、半九郎を見おろしている。

「いや、これだけ世話になって、和尚が一銭も取らないのではこちらが心苦しくてたまらず、確かめただけです」

「ふん、うまいことをいう」

順光はどすんと尻を落とした。

「わしがもらっているのは盆暮れの付け届けくらいだ。それはそれなりに助かっているぞ」

順光は天井を見あげた。

「なにしろ、雨漏りばかりする貧乏寺だからな」

心なしか頬はゆるんでおり、頭も輝きを増したようだ。警護先には相当の身代の商家が多いから、付け届けもかなりのものになるのだろう。

本堂を出た半九郎は近間庵に寄って、腹ごしらえをした。

長屋に戻ると、奈津が来ていた。庭の物干しに夜具が干されている。

半九郎は三畳間に座りこんだ。

「なんだ、来るんだったら蕎麦《そば》なんて食ってくるんじゃなかったな」

「お蕎麦って近間庵？」

「うん、明日から仕事だ」

「どんな仕事」

「うん？　ああ、いつもと同じさ。商家の旦那の用心棒だ」

「危なそう？」

「いや、まだはっきりとはわからないんだ。明日、詳しい話をきくことになっている。でも、和尚の口調はさほど緊迫したものではなかったな」

半九郎は話題を変えた。

「店は？」

「お休みよ」

「そうか、じゃあゆっくりできるな」

「夕餉《ゆうげ》くらいつくってあげるわ」

奈津はちらりと障子戸のほうを気にするそぶりをした。

「脩五郎さんはどうしてる」

「知らん。まさか首をくくっているようなことはないと思うが」

「仕事に出かけたかしら」

「だと思うが。お駒ちゃんのほうは？」

「元気なものよ。まるでなにもなかったみたいにさっぱりした顔してるわ」

「こういうときはやっぱり女のほうが強いな。男はいつまでもずるずるとひきずる」

「でも脩五郎さんがそうかしら。なんか結局は全然懲りてない気がするわ。また同じこと、繰り返すんじゃないかしら」

「かもしれん。やつはもてるからな。でも、そのくらいのほうが男としていいのかな」

奈津が半九郎を見た。

「あなたはどうなの。もてないの？」

「もてたって覚えはまったくないぞ」

「でも、それってなんかやだな。自分の好きな人が全然っていうのも……女心はあなたみたいに単純じゃないのよ」

好きな人、という言葉が頭のなかで大きく響き、半九郎は血が騒ぐのを感じた。息を吸って、心を静めた。

そんな半九郎を奈津がすまなそうに見つめている。

「ごめんなさい」

「謝ることなんかない」

「ねえ、岡場所とか行ったことあるの？」

「なんだいきなり。……ない」

「あるんでしょ？」

「ないといったらない。天地神明に誓ってない」

本当は、若い用心棒仲間と仕事が無事終わったとき繰りだしたことが何度かある。

しかし、ここはとぼけきったほうがいい気がした。奈津なら嘘を見抜くかもしれないが、それでもしらを切り続けるべきだ、と半九郎は思った。

「そう、ないの」

奈津はうれしそうだ。

「そうだ、奈津。ちょっとはやいが、夕餉の材料でも仕入れに行くか。金はあるんだ」

懐から紙包みを取りだした。

嘘をついたうしろめたさが、半九郎に、大盤振る舞いをする決意をさせている。

三十

翌日の四つすぎ、半九郎は与左衛門と一緒にお澄の家へ向かった。

「新しい妾《めかけ》を迎えたということは、おしまと切れるのも近いということか」

半九郎ははやくも行く手にぼうとした陽炎《かげろう》が浮かんでいるのを見つめつつ、きいた。

「滅相もございません。あのおなごと切れるつもりなどございませんよ。でも、新しいものをほしがるというのは、これはもう人の性《さが》じゃございませんか」

「かもしれんな」

半九郎は気のない返事を返した。

「ところで、許嫁《いいなずけ》とはうまくいってらっしゃるのですか」

「別れるようなことにはまずならんとは思う。でも、おぬしみたいに金で片がつくなら、そのほうが楽のような気がするな」

「まるで手前が金に物をいわせているようないわれ方ですな」

「ちがうのか」

「ちがいますとも。こちらも誠心誠意すべてをさらけださないと、話というのはなかなかまとまらんものでございますよ」

家に着いた。

そこは本所林町一丁目で、道をはさんだ南側には大身の旗本《はたもと》の屋敷が建っている。きけば、寄合《よりあい》で四千石《ごく》を領する小浜《おばま》家の屋敷だという。

家はこぎれいなしもた屋だった。すぐそばを竪川が流れているせいもあるのか、涼しい風があたりを吹き渡っている。

「いいところだが、しかし、よくこんなところを選んだな」

「どうしてです」

「おぬしを警護した際、二人組に命を狙《ねら》われかけたところはすぐそこではないか」

「でもあの二人は結局、里村さまのお命がほしかったのでございますよね。あれが手前に関係あることでしたら縁起でもない、ということになるのでしょうが……」

与左衛門が訪《おとな》いを入れると、若い女が姿を見せた。

いや、いくらなんでも若すぎる。まだ十五、六といったところだろう。いくら与左衛門が女好きとはいっても、これはどうだろうか。

それにしてもきれいな娘だ。鼻筋がすっきりと通り、鳶色《とびいろ》の瞳《ひとみ》がくっきりと澄んでいる。

娘にいざなわれるままなかに入り、奥の座敷に落ち着いた。

娘はいったん姿を消したが、またすぐにやってきた。お盆に二つの茶を載せている。

畳に手をついてから部屋を出ていった娘を見送った半九郎は、小声で与左衛門にささやきかけた。

「まさかおぬし……」

「いいえ、あれはお喜美《きみ》といいまして、お澄の姪《めい》でございますよ。お澄の姉の遺児でして、ここで一緒に暮らしているだけです」

なんだそういうことだったのか、と半九郎はむしろほっとしたものを覚えた。つまり、お澄と二人きりではないのだ。

ただし、与左衛門のお喜美を見る目からして、いずれ、という気持ちがあることはまずまちがいなかった。

しばらくして今度は二十三、四と思える女が姿を見せた。お待たせいたしました、といって半九郎の向かいに座る。念入りに化粧をしていた。

与左衛門が半九郎を紹介すると、深々と頭を下げた。

「澄と申します。どうぞ、よろしくお願い申しあげます」

歳《とし》は二十四、というから半九郎と同い年だ。与左衛門の好みとしては少し歳がいっているようにも思えたが、心根の優しさが素直に面に出ている感じがする女だ。

お喜美と同じでやはりよく澄んだ鳶色の瞳をしており、背はやや低いほうだろうが、物腰はいかにもしなやかで、お喜美に残っているかたさはまったく見られない。この家で、三味線《しゃみせん》の師匠をしているという。

「では、手前はこれにて失礼いたします。今日はこれからどうしてもはずせない約束があるものですから」

半九郎にいってから、与左衛門は厳しい顔でお澄に命じた。

「なんでも隠し立てすることなく話しなさい。そうすれば、きっと里村さまは守ってくださるから」

与左衛門は、外に待たせていた手代《てだい》と一緒に道を戻っていった。

「では、話をきかせてもらおうか」

あらためてお澄と向き合った半九郎は目の前の女をやんわりと見つめた。

お澄は鳶色の瞳で、半九郎の視線をまっすぐに受けとめた。

「最初にその怪しい影があらわれたのはいつのことだ」

「七日前のことです」

あらかじめきかれることを考えていたようで、お澄ははっきりと答えた。

「男だな」

「はっきりと顔を見たわけではありませんから断言はできませんが、まずまちがいなく」

「最初にあらわれたのはどこだ」

「家に戻るため、竪川沿いを歩いているときです。なんとなく人に見られているような落ち着かない気分でいるところに、目の端に黒い影が入ってきました。はっとして顔を向けると、その影はさっと消えました」

こほんと小さく咳《せき》をしてお澄は続けた。

「そのときは気にもとめなかったんですが、そういうのがそれから毎日、出かけるたびに続きました。おとといには、とうとうこの家にも。私が縁側で繕《つくろ》いものをしているときです。そこの生垣沿いの路地に、いつの間にか立っていました。深くほっかむりをして、こちらをじっとのぞきこむようにして。もう怖くて怖くて、それで旦那《だんな》さまにお話をしたのです」

「身の危険を感じたことは?」

「今のところありませんが、いずれという気がしてなりません」

「その男に見覚えは？」

「顔が見えないものですから」

「歳の頃はどうだ」

「二十から三十くらいではないかと……」

「その男は昨日も？」

「はい、おとといと同じ場所に。今日はまだですが……」

「そんなことをする男に心当たりはないのか」

「考えてみましたが、一向に」

お澄は美形だから、一目惚《ひとめぼ》れした男が勝手にまとわりついていることも考えられないではない。

「話はわかった。これからどこに行くにもついてゆくことになる。窮屈かもしれんが、こちらも仕事なんでな」

「いえ、お越しいただいて本当に心強く思います。これで枕《まくら》を高くして眠れるというものです」

お澄は潤んだような色っぽい目を送ってきた。

三味線の師匠は色気がなくてはつとまらないともいわれる。これは、色気をもって男の弟子を多く獲得しようとするためだ。

「里村さまはすごい遣い手とおききしました。旦那さまはたいそうほめてらっしゃいましたよ。江戸で用心棒を生業《なりわい》としている方のなかでは随一というお話でした」

美人に持ちあげられて半九郎はいい気分になった。

「いや、まあ、随一ということはないだろうが、これまで一度もしくじりはないんだ。安心してもらっていい」

三十一

今は琴より三味線のほうが粋《いき》といわれている。

その日は、八つから暮れ六つまでの四刻のあいだに三味線を抱えた二人の弟子がやってきた。いずれも四十すぎの男だった。

お澄が奥の八畳間で稽古《けいこ》をつけている最中、半九郎は隣の間に控えてじっと耳を澄ましていた。二人ともお澄を目当てに通ってきているらしいことが知れたが、いかにも善良そうな商人で、どちらかが怪しい影を演じているとはとても思えなかった。

三味線の稽古のほうは明日も四人の予定があるとのことで、それなりにはやっているように感じられたが、諸式高騰のおり、女二人が食ってゆくにはちょっとつらいものがあるのは半九郎にもわかった。束脩《そくしゅう》だって知れたものだろう。

ただ、そのていねいな指導ぶりに半九郎は好感を持った。

稽古が終わると二人の女は、湯屋に出かけた。

湯屋は二町ほど先にあった。刻限が刻限だけに、さすがに多くの人が出入りしていた。

半九郎も入浴したが、いつものようにのんびりとはしていられず、ほとんど烏《からす》の行水のように湯を浴びただけで外に出て、二人を待った。

そのあいだも目を光らせ続けたが、怪しい影を見ることはなかった。

湯屋からの帰り道、二人は惣菜《そうざい》類を買いこみ、六つ半すぎに夕食を三人で食べた。

「里村さま、好ききらいは？」

たくあんを咀嚼《そしやく》しながらお喜美がきく。

「ないな。なんでも食べるぞ。もともと好ききらいができるほどの暮らしではないんだが。お喜美ちゃんは？」

「私もありません。いい女になるには好ききらいをいわずなんでも食べなさいっていわれてますから」

「お澄さんを見習っているというわけか」

「お喜美ちゃん、うれしそうね」

お澄がにこにこ笑いながらいう。

「そりゃそうよ。里村さまが来てくれて叔母《おば》さんも顔色がよくなったし。それに、旦那さまはとてもいい人だし感謝もしてるけど、一緒に食事をしてうれしいって感じじゃないもの」

きっといやらしい目で見ているのだろうな、と半九郎は思ったが、この楽しい雰囲気を壊すのがはばかられて、口にはしなかった。

その日は五つ半頃に寝についた。同じ部屋で二人は仲よく寝ている。

半九郎は隣の四畳半を与えられたが、さすがに若い女二人が襖《ふすま》一枚へだてただけのところにいると考えると、なかなか寝つくことができなかった。

翌日は、朝の五つ半頃から弟子が来はじめ、結局四人の稽古が終わったのは昨日と同じく六つすぎだった。

それからまた二人は湯屋に出かけ、半九郎も同道したが、なに一つ起きることなく一日が終わった。

翌日の四つすぎ、お澄は外出した。けっこうめかしこんでいる。

一緒に歩くお喜美も少し紅を引いていて、大人びたように見える。なによりも、ずいぶん浮き浮きしている。

「お喜美ちゃん、足取りが軽いな」

二人の前に立って先導するように歩く半九郎は、あたりにさりげなく目を配りつつ、いった。

「そりゃそうよ、里村さま。前からずっとほしいと思ってたかんざしをついに買ってもらえるんだもの」

「新しいかんざしって、おなごはやはりうれしいものなのかい」

「もちろんです。あれ、もしかして里村さまってご内儀がいらっしゃるの？ 旦那さまの話では、独り身とのことだったけど」

「いや、その通りだ。独り身だ」

お喜美が早足で半九郎に追いつき、顔をのぞきこむようにした。

「じゃあ、もしかしてお好きな人が？」

「ああ、いるぞ」

「ええ、嘘《うそ》」

お喜美は残念そうな声をあげた。

「私、里村さまのお嫁さんにしてもらおうと思ってたのに」

「おいおい、大人をからかうもんじゃない」

「からかってなんかいないわ。一目惚れだったのに」

お喜美はまじめな顔だ。

見ろ奈津、と半九郎は思った。

（俺だって捨てたもんじゃないだろう）

空は曇り気味で、ずっと続いていた暑さも一息といった感がある。湯屋以外はずっと家に閉じこもりきりだった半九郎にも、この外出はありがたかった。

「その人は許嫁？　歳は？　きれい？　なにをしてる人。名は？」

「これ、お喜美、いい加減にしなさい」

「いや、お澄さん、いいよ。答えられないことじゃない」

お喜美の立て続けの質問に半九郎はすべて答えた。

「へえ、奈津さんていうんだ。でも二十二じゃあ、ちょっと歳よね」

「これ、お喜美、なんて失礼なことをいうの」

お喜美は首を縮めた。

「ごめんなさい。ここにもっと歳がいってる人がいたわ」

「あなた、もう買ってやらないわよ」

「ごめんなさい、叔母さん」

「お澄さん、お喜美ちゃんはいつもこうなのかい。おとといはじめて顔を合わせたときはもっと清楚《せいそ》な感じがしたんだが、こんなにしゃべるとは思わなかった」

「ふだんからよくしゃべりますけど、今日はいつもとちがうみたいです」

「やっぱりかんざしか」

「それもあるでしょうけど、やはり里村さまと出かけられるのがいちばんのような気がします」

お澄は穏やかな瞳を姪に向けた。

「一目惚れって本心じゃないかしら」

お喜美は顔を真っ赤にしている。

「といっても、また明日新しい人と出会ったら、すぐに気持ちを移しかねない娘なんですけど」

二人は日本橋までやってきた。

一日に千両もの金が動く町だけあって、さすがに波のような人が行きかっている。

どこぞの家中と思える侍の姿も目立つし、荷物をかついだ振り売りの男、大きな風呂敷《ふろしき》包《づつ》みを背負った商家の手代らしい男、諸国から江戸見物に出てきたような旅姿の者も多く目についた。

二人はいくつかの小間物屋《こまもの》を見、それから呉服屋の暖簾《のれん》もくぐった。

一人で歩いてまわるだけなら疲れることはまずないだろうが、若い女の足の向く先のとりとめのなさが、半九郎に重い疲労を覚えさせていた。

結局、一度のぞいた小間物屋に二人は戻り、そこでかんざしを一つ買った。

猫が鈴に乗っている意匠で、金の鍍金《めっき》がほどこされている。

「まだ十五の娘には渋すぎるんじゃないかと思うんですけど、どうしてもこの子がほしいというものですから」

「私、猫が大好きなんです。それに、ほら、すごく音色がきれいでしょ」

お喜美はかんざしを振ってみせた。

ちりんちりん、と出来のいい風鈴を思わせる清澄な音が響いた。

「ふむ、まるでお喜美ちゃんの声のようだな」

「きゃ、里村さまったらお上手」

お喜美は半九郎の肩を軽くぶった。

それから二人は日本橋へ向かった。そこから見る富士山がすばらしいのだという。

「しかし今日は曇っているからな。富士が果たして見えるかな」

半九郎がこういったのには理由があった。日本橋のたもとには罪人の晒《さら》し場があるのだ。

お喜美にあまり見せたいものではない。

お澄は半九郎の思いやりに感謝するような眼差《まなざ》しを見せたが、お喜美は、見えなくてもいいの、行くことに価値があるのよ、といってお澄の手をひっぱってゆく。

幸いにして今日はさらされている者はおらず、半九郎たちは長さが二十七間《けん》とも二十八間ともいわれる橋の中央に立った。

西のほうは雲が切れていて、富士はくっきりと見えた。ため息が出るような景観だ。無数の船がつながれた日本橋川沿いには蔵がずらりと並び、その向こうに江戸城がいくつかの櫓《やぐら》を見せて建っている。

ふと、半九郎は視線を感じた。

ついにあらわれたか、と思ったが、その視線の感じに半九郎はどことなく覚えがある。すぐに思いだした。この前、奈津と一緒のとき覚えたものとそっくりだ。

半九郎はさりげなく振り向いて、視線の主《ぬし》を捜した。

多くの人が行きかっているだけで、それらしい者はどこにも見当たらない。

次の日、二人は今度は神田へ買い物に出た。今日もまた曇り空で、昨日同様すごしやすい一日になりそうだった。

別になにか目当てがあるというわけではないらしく、いくつかの呉服屋をひやかしたあと神田の広小路に出て、甘味処《あまみどころ》で腹ごしらえをした。

半九郎は饅頭《まんじゅう》と団子で腹を一杯にした。こんなのははじめての経験だった。

広小路にある小間物屋に二人は入った。昨日あれだけまわったのに、また飽きもせず品物を手に取って物色している。

結局、その店でお澄は紅を買った。お喜美がうらやましげに見ている。

「お喜美ちゃん、ほしいのか。それなら俺がそのうち買ってあげよう」

「ほんとう？　里村さま、うれしい」

笑顔をはじけさせたお喜美が抱きついてくる。

不意に半九郎は横顔に視線を感じた。昨日とは別の視線で、すぐに主を捜し当てることができた。

半九郎はかたまった。奈津は横をなにもいわずに通りすぎてゆく。

実際のところ、神田に行くときいて、半九郎はいやな予感がしていたのだ。

「どうかしましたか」

体を離してお喜美がきく。

「里村さま、顔色が悪いわ」

お澄もいぶかしそうに見ている。

「いや、なんでもないんだ。暑気あたりしたようだ」

半九郎は情けない気分で、首を振った。

えっ、という顔でお喜美が空を見あげる。

「あっ」

そのときお澄が小さく声をあげた。目をみはって道の先を見つめている。

半九郎はそこに一つの影を見つけた。

ほっかむりした男が、商家と商家のあいだの小路に身をひそませるように立っている。

半九郎は、二人を今出てきたばかりの小間物屋に押しこんだ。

俺が戻るまで決してここを動かんように、と厳しい口調でいって駆けだした。

半九郎がやってくるのを見た男は、さっと体をひるがえした。道を行く者を撥《は》ね飛ばし押しのけるようにして必死に走っているが、足はおそい。あっけなく距離はつまってゆく。

半九郎は、突き当たりで行く先を男が迷った瞬間、身を投げだすようにして腕を伸ばした。

男の肩に腕がかかった。男は振り払おうとしたが、半九郎はその腕を背中からねじりあげた。

「いててて、なにしやがんだい」

男は首をねじ曲げて半九郎を見た。半九郎はほっかむりをむしり取った。

「お澄さんになんの用だ」

男は二十代後半か。以前は隆々とした筋骨をしていたようだが、今はその名残《なごり》をわずかにうかがわせる程度のだぶついた体つきをしている。

充血した目はすさんだ暮らしぶりをあらわしているようで、獣のようにぎらついている。

「清次郎《せいじろう》さん」

うしろから女の声がした。

振り返ると、息を弾ませたお澄が立っていた。お喜美も叔母に寄り添うようについてきている。

「あなただったの。でもどうして」

「未練がわいた」

清次郎と呼ばれた男はぽつりといった。

「嘘《うそ》ばっかり」

お澄はくるりときびすを返した。

「お侍、身許《みもと》は知れたんだ。とっとと手を放してくんねえかな」

「そういうわけにはいかん。どうしてお澄さんにまとわりつく」

「は、どうしてかねえ」

「答えろ」

半九郎は腕に力をこめた。

「いててて、わかったわかった。お澄が人の妾になったという噂《うわさ》をきいて、それでどうにもたまらなくなっちまって……」

半九郎は目をあげた。

お澄が足をとめて、こちらを見ている。

「里村さま、放してあげてください」

か細い声でいった。

半九郎はうなずいたが、すぐには清次郎を解放しなかった。

「おまえ、お澄さんにまとわりつくのはもうやめるだろうな。もし今度同じことをしたら、腕をへし折るぞ」

誇張なしに告げた。

清次郎はすねたように首を上下させたが、半九郎の本気を読み取ったか、瞳の奥にはおびえの色がわずかに見えていた。

半九郎は腕を放した。清次郎は弾みがついて道を転がりかけたが、なにごともなかったように立ち直ると襟元を直し、さっさと背中を見せて歩きはじめた。ぺっと足許に唾《つば》を吐く。

清次郎が遠ざかってゆくのをお澄はじっと見ている。

「叔母さん」

お喜美がうながすようにいうと、はっと顔をあげ、それから一言も話すことなく家まで帰ってきた。

夕食を取り、気持ちがようやく落ち着いたか、清次郎のことを話しだした。

「あれでも昔は料理人を目指していたんですよ」

二人が知り合ったのは、もう八年も前のことで、お澄が十六、清次郎が十七のことだったという。

「あの男、まだ二十五なのか」

「ええ、三十近くに見えましたけど、私たちよりたった一つ上にすぎないんです。昔は年相応の若さでしたけど、やはり暮らしが荒れると……」

「どこで知り合ったの」

お喜美がきく。

「ある料理屋よ。私たち同じ店で奉公していたの。あの人は板場《いたば》の追廻《おいまわ》し、私は仲居だったわ」

お澄は思いだす瞳をした。

「今では考えられないほどきれいな目をしていて、私は一目で惹《ひ》かれてしまったの」

「なんだ、叔母さんも私と同じじゃない」

お喜美を見て、にっこりと笑った。

「そうね、その通りね。あなたには私と同じ血が流れているんだわ」

性格も素直だった清次郎はまわりの者からかわいがられ、やがて追廻しから立廻《たちまわ》り、盛《もり》方《かた》、焼方《やきかた》と順調に板前への階段をのぼっていった。

「その頃から私たち、つき合いはじめたの。私が二十歳のときだったわ。もちろん奉公人同士の色恋沙汰《ざた》は御法度だったから、誰にも知られないようにね」

「一緒になるつもりだったの？」

「わからないわ。そんな話になる前に終わってしまったから」

「清次郎さんが変わったせいね。なぜ清次郎さんは今みたいに」

「博打《ばくち》よ。店は住みこみで、清次郎さんたち下働きは六畳に八人くらいつめこまれていたの。清次郎さんはもう下働きとはいえなくなっていたけど、若かったからまだそういう部屋にいたの。そのなかの一人が清次郎さんを博打に誘ったの。夜中に部屋を抜けだして……それがきっかけだったわ」

お澄は悲しそうにため息をついた。

「最初は、ごくたまにへまをやって、板前さんたちに怒鳴られるくらいだったの。それが段々と目が血走り、それにつれて店の者に金を借りまわるようになって。脇板《わきいた》や花板《はないた》、ご主人みんなでいさめたけどききめはなかったわ。私がいいきかせてもまるで駄目。今度でっかく取り返したらやめるからって。それで結局、店を追われ、私との縁も切れたの」

それが三年前のことだという。

「今はもうどうしようもないやくざ者で、金のためならなんでもする、という評判すらあるようなんです」

お澄は半九郎に向かって、いった。

「ねえ、叔母さんはどうしてその店をやめたの」

お喜美に問われてお澄は寂しそうにほほえんだ。

「清次郎さんのいない店がとてもつまらなく思えて。今までずっと寄りかかってた大木がなくなっちゃったみたいだったの」

「叔母さん、今でも清次郎さんのこと、忘れられないんでしょ」

お澄は、ううん、といった。

「この三年間、一度も思いださなかったわ」

「でもときどき物思いにふけってるのは、清次郎さんのこと、思いだしてるんじゃないの」

「ううん、ちがうわ」

半九郎は、お澄にたずねた。

「ところで、いつ三味線を習ったんだい。話をきいていると、とてもお師匠になれるだけのときを三味線に取れたとは思えないんだが」

その疑問はもっともだというようにお澄はうなずいた。

「その料理屋に出入りしていた芸者さんがいて、ちょっとだけ三味線をさわらせてもらったとき、あなた筋がいいわ、っていわれたんです。それで店をやめてからその芸者さんのところへ押しかけるようにして、毎日教わったんです。それで、二年ほど通い続けて、これなら十分人さまに教えてゆけるわ、と太鼓判を押してもらったんです」

「その二年は私もよく覚えてるわ。叔母さん、人気者だったものね。店も繁盛して」

「お喜美の両親が飲み屋を兼ねた一膳飯屋《いちぜんめしや》をやってたんです」

　お澄が説明する。

「私は、夕方から働かせてもらっていたんです」

「それがどうして」

「お喜美の両親がはやり病で亡くなってしまったんです」

　その一膳飯屋は店を借りてやっていたので、お澄たちはすぐに立ち退《の》く必要に迫られた。

　一応、九尺二間の長屋を借りることはできたが、そんなところで三味線の師匠をはじめたところではやるはずもなく、お澄たちは暮らしに窮することになった。

「それで、料理屋に奉公にあがったときお世話になった口入屋《くちいれや》さんに話をしたんです」

「美濃屋《みのや》か」

「ご存じなんですか」

「一度だけ顔を合わせたことがある」

「それがつい三ヶ月前のことです。すぐに旦那さまが見つかって、この家に住むように。ですので、今ではすっかり暮らしの心配もなくなりました」

一見がめつそうに見えるが、あれで秋葉屋の金離れはいい。

「ところで、里村さま。仕事のことなんですが」

お澄が少しいいにくそうに口をひらいた。

「そうだな。まとわりつかんという言葉が本心なら、俺はもう必要ないな」

「清次郎さんだったら、私になにかするようなことは決してないと思いますし」

「未練がわいたというのは本当かな」

「どうでしょうか。でも、もう身の危険は考えられませんし……」

そうなのかな、と半九郎は危惧《きぐ》を感じつつ清次郎の目を思いだした。

すっかり輝きを失ってしまっているどんよりとした両の瞳は、とっくに人らしさなど捨ててしまった色をしていた。

「えー、もうお別れなの。せっかく仲よくなれたのに」

それまで黙っていたお喜美が不満そうにいった。

「まだ変な人がいるってことで、里村さまにいてもらいましょうよ、ね、叔母さん」

「いずれにしろ、ここで決めるわけにはいかんな。俺が仕事を受けているのは秋葉屋だから」

翌朝はやく半九郎は秋葉屋に向かった。本当はお澄のそばを離れたくなかったが、ほかに手立てがなかった。

お喜美に使いに出てもらうことも考えたが、妾の姪に店に来られては与左衛門の体面をつぶしかねない。なにしろこの仕事を受けるため半九郎が店を訪ねたときだって、わざわざ一人だけ外に立たせていた手代に声をかけさせ、取り次がせたくらいなのだ。

半刻後、鎌倉河岸《かまくらがし》の店に着いた半九郎は、店先で水まきをしている丁稚《でっち》に声をかけた。通りをはさんで店を眺めていると、横手に人の気配を覚えた。

与左衛門がせかせかやってくるところだった。どうやら裏口から抜け出てきたらしい。

「昔の男だったのですか」

話をきいた与左衛門は、さもありなん、といった顔をした。

「でも、本当に大丈夫なんでしょうかね」

「お澄さんのいう通りならな」

「里村さまはどうお考えなんです」

「こちらの脅しは十分に伝わったと思うが、正直、どうかなという気はしている」

半九郎は清次郎の印象を語った。

「でしたら、今、お澄は大丈夫なのですか」

「決して家を出るな、もし清次郎が来ても決してあげるな、ときつくいってきたから大事ないはずだが」

「そうかもしれませんが、しかし、なにも里村さまがいらっしゃらなくても、お喜美でもよかったんじゃございませんか」

「ああ、その通りだな。すまん」

「いえ、まあ謝られるほどのことではございませんが」

「しかし、お澄さんがいうようにあの男、人殺しをするようなことはまずないと思うな。

そこまでできる男じゃない。いかにも小悪党面だ」

与左衛門は思案顔をした。

「ふむ、ではこういたしましょう。慎重を期して、あと二日だけお願いできますか」

半九郎に異存があるはずがなかった。

三十二

なにごともなく日はたち、仕事は終わった。

朝の四つまで待った半九郎は、三味線の弟子が来たのを潮に家をあとにした。

すっかり夏の陽射《ひざ》しが戻り、蒸し暑さが江戸の町を包んでいる。

その暑さをものともせず、名残惜しそうにいつまでもお喜美が手を振っている。半九郎も負けずに振り返した。

秋葉屋へ行って、仕事を終えたことを報告した。与左衛門は二両の金をくれた。

秋葉屋を出た半九郎は祥沢寺に行き、順光に顚末《てんまつ》を話した。

「ふむ、その清次郎という男、なんとも半端な男だな」

順光がいぶかしげにいう。

「いったいなんのためにお澄にまとわりつくような真似《まね》をしたんだ。なにか狙いがあったのだろうが」

「金をねだるつもりでいたのでは、とそれがしは思うのですが」

「金か。なりはみすぼらしかったか」

「みすぼらしいとまでは申しませんが、決していいとも」

「おまえになりのことをいわれる男もかわいそうだが」

順光は首をひねった。

「しかし、このままでは終わりそうにない気がせんでもないな」

祥沢寺を出た半九郎は長屋に戻る道をとった。

水戸屋敷の塀沿いの道を歩きはじめてすぐ向こうからやってくる侍に気づき、半九郎は足をとめた。侍も半九郎を認めていた。

お互い同時に足を踏みだし、二間の距離をへだててにらみ合った。

侍は半九郎の腕を値踏みするような顔つきだが、その目にさしたる警戒心は浮かんでいない。自分の腕が目の前の浪人に劣っているはずがない、という自信を瞳は語っていた。

「つけを必ず払わせてやる、といったが、覚えは？」

侍が低い声音でいった。

「むろんある。ここでやるのか」

「やり合うには格好の場ではあるな。真っ昼間とはいえ、人けもない」

侍は殺気を放ちはじめたが、すぐに消した。

「きさまのせいで逃がした悔しさは消えておらぬが、まだやり合うわけにはいかぬ」

半九郎を憎々しげににらみつけた。

「あの男、本当に人を殺したのか」

侍はなにもいわなかった。冷ややかな一瞥《いちべつ》をぶつけると、歩き去っていった。

長屋に戻った半九郎は、昼間ならめったにすることのない心張《しんば》りをし、夜具を枕に横になった。

四郎兵衛は五名と、上屋敷《かみやしき》そばの神社で落ち合った。

「見つかったか」

「いえ。湯島天神近くにいるのは確実でしょうが」

「くそ。どこにもぐりこんだものかな」

四郎兵衛は唇を噛《か》み締め、さっき会ったばかりの浪人を思い起こした。今さらながら、千載一遇の機会を逃したことに悔しさが募ってきた。

あのとき討ち果たせていれば、今頃とうに妻子のもとに帰れていた。

恋しかった。子供たちは元気だろうか。

二つちがいで歳が並んだ四人の娘。いちばん下はまだ三つだ。生まれたときから体が弱く、とにかく病気ばかりしていた。

風邪を引いたりしていないだろうか。

ふと泣き声をきいたような気がして、四郎兵衛ははっと横を向いた。

「どうかされましたか」

我に返り、配下を見渡した。

「このまま決してあきらめることなく捜し続けよう。網は確実にせばまってきている。やつは必ずひっかかる」

夕方まで寝ていた。さすがに住み慣れた部屋だけあって、熟睡することができた。

起きたときには西日が一杯に射《さ》しこみ、汗で体がぐっしょりとなっていた。

あの侍の夢を見ていたようだ。

半九郎は、さっき会ったばかりのように、面影を思い浮かべた。心の池をかきまわされているようにどうにも気持ちが落ち着かない。

こういうとき、やるべきことはただ一つだった。

父に教わった手順通りに刀の手入れをはじめた。最後に、油を染みこませた奉書紙で刀身に油を塗ってゆく。

一気に輝きを取り戻した刀身がだいだい色の光を跳ね返し、実に美しく見える。

心のなかの風が吹きやみ、波立っていた池も徐々に静かになってきた。

やがて、半九郎は平静を取り戻した。手入れの終わった刀を鞘《さや》におさめ、一礼する。

刀架に置いたそのとき、障子戸が叩《たた》かれた。

半九郎が身がまえかけると、奈津の声がし、障子戸ががたがた鳴った。

心張りをしているのを思いだした半九郎はすばやく土間に立ち、戸をひらいた。

「なんで心張りなんて」

奈津の顔に気がかりがあらわれた。

「まさかまた誰かに?」

半九郎は侍のことを話した。

「そういえば、前にいってたわね。大丈夫なの?」

「わからんが、逃げ隠れするわけにもいかんしな。今日は?」

半九郎は畳にあぐらをかいた。奈津は半九郎の前に正座をした。

「悟兵衛さんが夏風邪で寝こんじゃって、店は午後からお休みなの」

一転、奈津は冷たい目で半九郎を見た。

「なんだ、どうした」

「あら、思い当たることはないの?」

侍のことは一瞬にして消えた。

「正直にいえばよかった、と今は思っている。あれはつまりだな……」

半九郎はどういう仕事だったのか、話した。

「そんなことだろうと思ったわ」

奈津は穏やかな笑みを見せた。

「余計なことを私にいいたくない気持ちもわからないでもないし。でも嘘をついた罰に」

言葉をとめ、半九郎を見つめた。

「なにかおいしい物をおごってもらえたらうれしいわ」

三十三

翌日は朝から雨だった。けっこうなどしゃ降りが昼前まで続いたおかげで、午前中は暑くなかった。

ただ午後になって天候が回復すると同時に、強い陽射しが江戸の町を支配し、気温の上昇とともに一気に湿気がひどくなった。

暑さに強い半九郎も、さすがにこれには閉口した。とても寝床になどいられず、外に出た。

路地に子供たちがたむろしている。みんな黒蜜《くろみつ》が塗られた団子を手にしている。

「おい、虎、その団子はどうした」

「売りに来てたんだよ」

「まだいるかな。ちょっと買ってきてくれ」

半九郎は懐をごそごそやり、金を渡した。

「えっ、こんなに買うの」

「みんなの分も買ってきてくれ」

「さすがに懐があったかいときは太っ腹だよね」

半九郎は五本の団子で腹を満たした。部屋に戻り、茶をいれた。

人心地がついたとき、来客があった。秋葉屋の丁稚で、与左衛門の使いだった。

「なんでも、お澄さんていうお人がかどわかされたらしいんです」

与左衛門はすでにお澄の家へ向かったという。

半九郎も半刻以上はかかる道のりを、ぬかるんだ道をものともせず四半刻《しはんとき》で駆けつけた。

「どういうことだ。清次郎の仕業か」

半九郎は、赤い顔をした与左衛門にただした。

「どうやらそのようですが、どうもかどわかされたというわけではないようです」

座敷に落ち着かなげに正座をしている与左衛門は、かたわらのお喜美にどういうことかあらためて話すよう命じた。

青ざめながらもお喜美は気丈に語りだした。

「今朝、五つ半すぎ、人が訪ねてきました」

三味線の弟子がはやめに来たと思って応対に出たお喜美は、庭に立っているのが清次郎であることに驚いた。

お澄に会いたいという清次郎の申し出をお喜美は当然、拒絶したが、奥から出てきたお澄がなかにあげたという。

「今思えば、叔母さんは清次郎さんがやってくるのがわかっていたのでは、という気がします」

しばらく二人きりにして、とかたい表情でいうお澄に逆らうことはできず、お喜美は座敷に入ってゆく二人を見守るしかなかった。

しばらくひそひそと話し声が続いていた。

でも私がいなくなっちゃったら……。あれだけの器量だ、きっとなんとか生きてゆけるさ。秋葉屋だってむげな扱いはしないよ。

一度だけ声を高めた二人からこんな言葉が耳に届き、どうやら自分のことをいっていることに気づいたお喜美は、お澄が清次郎と一緒にどこかへ行ってしまうのでは、という不安に駆られた。

やがて二人が襖をあけて、出てきた。

お澄は思いつめた顔をしていた。目を真っ赤に充血させた清次郎の表情には、悲愴《ひそう》な決意がほの見えている。

「お喜美ちゃん、元気でね」

お澄はお喜美の手を握り締め、それから抱き寄せた。

「どこへ行くの、叔母さん。私も連れてって」

悲しい笑みを浮かべてお澄は首を振った。

「ごめんね、連れてゆけないのよ。お喜美ちゃんは旦那さまがきっといいようにしてくれるから」

名残惜しげにお喜美を離したお澄は、脳裏に刻みこむようにお喜美の顔を見つめた。

「そろそろ行こうか」

清次郎にうながされたお澄は涙を一気にあふれさせた。

「ごめんね、お喜美ちゃん」

二人は連れだって出ていった。お喜美は追おうとしたが、足がかたまったように動かず、二人のうしろ姿をただ呆然《ぼうぜん》と見送った。

「死ぬ気かな」

半九郎はつぶやいた。

「心中するつもりかもしれませんね」

与左衛門が気がかりを一杯にだして、いう。

「二人が行きそうな場所に心当たりは? 清次郎の家がどこかを?」

半九郎はお喜美にたずねた。

お喜美は悲しそうにかぶりを振った。

頭をめぐらせた半九郎は立ちあがった。

「秋葉屋、ここでお喜美ちゃんと待っててくれ」

一応、釘《くぎ》をさしておくことにした。

「お喜美ちゃんと二人きりだからって、変な気を起こすんじゃないぞ」

「ちょっと里村さま」

与左衛門はあきれ顔をした。

「こんなときになんてことを申されるのです。それに、それではまるで手前に下心があるみたいではありませんか」

半九郎は、ちがうのか、という目で見た。

「里村さま、それは大きな勘ちがいでございますよ。手前は、せがれの幸太郎《こうたろう》の嫁にどうか、と考えていたのです。歳も二つちがいですし、ご覧の通り、とても気性のいい娘ですから」

それはいい話だな、と半九郎は思った。幸太郎ははきはきとしたしゃべり方をする、好感の持てる男だ。

「里村さま、私も一緒に行ってもいいですか」

お喜美が、外に出ようとした半九郎に懇願する。

「じっとしていられない気持ちはわかるが、お澄さんに続いてもしお喜美ちゃんになにかあったら……。な、だからここで吉報を待っていてくれ」

半九郎は家を飛びだした。

四半刻の半分ほどで、橋本町一丁目の目当ての店に着いた。

少し荒くなった息を整えてから、半九郎はのそりとなかに入った。文机《ふづくえ》の帳面を繰っていた男が顔をあげる。

「いらっしゃいま……」

いいかけて、はっとした顔つきになった。

「覚えていてくれたようだな」

半九郎は笑いかけた。

「忘れようったって忘れ……いえ、あの、どういうご用件でございましょう」

美濃屋の主人喜兵衛《きへえ》は唾《つば》をごくりと飲んだ。

「素直に答えてくれれば手荒な真似はせん」

半九郎は刀の柄《つか》を軽く叩いた。

「お澄という女を秋葉屋に世話したな」

「は、はい。それがなにか」

「以前、お澄をどこぞの料理屋に世話したのもおぬしか」

「はい」

「清次郎という男もそうか」

喜兵衛は眉根《まゆね》を寄せ、記憶を探っている。

「思いだしました。はい、その通りで」

「清次郎の家はどこだ」

「あの男がなにかしでかしたんで？」

「きかれたことに答えろ」

はい、と喜兵衛はぴんと背筋を伸ばした。

「昔はこの先の横山町の裏店《うらだな》に住んでいましたが……」

「今は？」

「以前あの男にばったり会ったとき、今は浅草福井町にいるから困ったことが起きたらなんでもいってきな、と」

半九郎は店を出た。

浅草福井町に着いて捜したら、清次郎の裏店はすぐにわかった。久平次店《くへいじだな》といい、全部で十六の店が路地をはさんで向かい合っている。

すぐ北側には、出羽《でわ》久保田で二十万石余を領する佐竹《さたけ》家の下屋敷《しもやしき》の塀が見えている。

清次郎の店は左手の三番目だった。半九郎は気配を嗅《か》いでから、無言で戸をあけた。

なかは四畳半一間きりだが、男の一人暮らしとは思えないほどきれいに片づいている。

半九郎はあがりこみ、しばらく家捜しをしたが、二人の行方につながるような手がかりは見つけられなかった。

長屋の女房たちが四、五人戸口にかたまり、のぞきこんでいる。

外に出た半九郎はにっこりと笑顔を見せた。

「清次郎の行方を捜しているんだが、誰か知らんか」

できるだけやわらかな口調を心がける。

「清次郎さん、なにかしたの」

「人の女を連れ去ったんだ」

女房たちはひそひそ話をはじめた。

「前と同じことするんじゃないの」

「そうね、またどこかに売りつける気なんじゃないかしら」

そんな声がきこえた。

「売りつけるってどこに」

半九郎は自分に注意を向けさせた。

「あの人、博打でたくさん借金をこさえたことがあって」

最も歳がいっている女房が代表するように口をひらいた。

「それで前、一緒に住んでたお峰《みね》ちゃんに因果を含ませてある親分に売りつけたの。それで借金が消えたことがあったから、またそうなんじゃないかって気がするの」

「あの人、けっこう口がうまいからね。女をだますなんて、赤子の手をひねるみたいなものじゃないかしら」

「そうそう、お峰ちゃんもあっさりだまされちゃったのよね」

「あたしゃ、何度別れるよういったかわかりゃしないよ」

「その親分というのは？」

「ああ、なんていったっけ」

「えーとあれは……確か、やがついたと思ったけど」

「弥助、弥吉、安五郎でもなし」

「安造か」

「それよ、それ」

女房たちが声をそろえた。

礼をいって久平次店をあとにした半九郎は四半刻ほどで牛込築地《つきじ》片町《かたまち》にやってきた。

日は落ちかけていて、あたりは薄暗さに包みこまれつつあった。さわさわと梢《こずえ》を揺らす風はどこかひんやりとしていて、秋が忍び寄ってきているのを感じさせる。

家は、濃い樹影のなかにひっそりとその輪郭を見せていた。

半九郎は小路をまわりこみ、格子戸のあるほうへ向かった。

格子戸の前に数人の男がたむろしている。近づいてくる半九郎に気づき、夕闇《ゆうやみ》のなかでもそれとわかる険しい目を向けてきた。

そのなかに半九郎は知った顔を見つけた。

「仙之助ではないか」

「あっ、てめえは」

仙之助が声をあげると、他の者たちもあっといって身がまえた。

よく見ると、清念寺で叩きのめした男たちばかりだった。

「親分に会いたい」

「親分になんの用でえ」

仙之助が弟分の手前、虚勢を張る。

「女を連れて清次郎が来ただろう?」

「なんの話だ」

「おまえじゃ話にならん。親分はなかにいるんだろ。とっとと案内しろ」

半九郎が足を踏みだすと、顔におびえを浮かべた仙之助は押されたように下がりかけた。

「どうぞ、お入りください、里村さま」

右手の庭から声がかかった。

いつの間にか格子戸のところに影が立っている。

(この俺に気づかせんとは……)

半九郎は内心、感嘆の声をあげた。

「清次郎のことでしたね。どうぞ、お入りを」

半九郎は、庭に面した座敷に腰をおろした。はやくも灯《あか》りがともされていて、部屋のなかは明るい。

「清次郎のことというと、どのような」

真向かいに正座をした安造は商人のように揉《も》み手をしている。

「女を連れてきたろう」

「はい、確かに」

半九郎は安堵《あんど》の息をひそかについた。

「返してもらおう。あれは人の女だ」

いわれたことがわからないとばかりに安造は首を傾けた。

「お澄さんは清次郎に言葉巧みに誘いだされてここに連れてこられたんだ。黙って返すのが筋だろう」

「あの女がどういういきさつでここまでやってきたか、それは手前のあずかり知らぬこと。手前は、身を売りたい女を買い取っただけのことです」

「金を払えば返すのか」

「まあ、それは考えます」

「お澄さんに会わせてもらおうか」

安造はうなずき、立ちあがった。半九郎はいちばん奥の部屋に連れていかれた。

先に入った安造が行灯《あんどん》に火を入れた。

襖以外の三方がすべて壁の座敷牢《ろう》のような部屋だ。広さは六畳ほどだが、畳はない。

まんなかに敷かれた夜具にお澄は横たわっていた。規則正しい寝息がきこえ、胸がかすかに上下している。

ひざまずいた半九郎は、お澄さん、と呼びかけ肩を揺すった。なんの反応もない。

「薬をつかったな」

半九郎は安造をにらみつけた。

「手前じゃございませんよ。駕籠《かご》をつかって清次郎が運びこんできたときにはもうこういうふうになってたんで」

どういうことだ、と半九郎は思った。どうして清次郎はお澄を眠らせなければならなかったのか。

じっとお澄を見た。幸せそうな寝顔をしている。このまま連れ帰ろうか、という気が湧《わ》いた。

「おっと変な気はおこさんでくださいよ」

半九郎は目をあげた。

「おぬし、何者だ。ただのやくざの親分ではないな」

「滅相もございません。つかえる手下に恵まれないというだけの話でして。自分で勘を鋭くするしかないんですよ」

安造は腕を組み、瞬きのない目で半九郎を見おろしている。

いやな気分を覚えた半九郎は立ちあがり、安造をあらためて見つめた。

力が抜けた自然な立ち姿で、隙《すき》らしいものがどこにも見当たらない。もしこの男と刀でやり合ったとき、勝てるという絶対の自信を持てなかった。

「清次郎の行く先に心当たりは？」

安造はにやりとした。

「やつが金を手にして行く場所といったら一つですよ」

「よし、やつがすってしまわんうちに取り戻してくる」

半九郎は体をひるがえした。

「おっと、お待ちください。また騒ぎを起こしてもらいたくないですからね。供をつけます」

三十四

提灯《ちょうちん》を持って先導している仙之助だけでなく、四人の弟分もおもしろくない顔で半九郎のうしろをついてくる。

空には星が一杯に瞬いて、その光で提灯はいらないくらいだが、ただ月があるはずの低い空には分厚い雲が立ちこめている。

「おい、仙之助」

半九郎は呼びかけた。

「親分は何者だ」

「親分は親分ですよ。それ以外の何者でもございやせん」

「前身を知らんか。まさか生まれたときからやくざ者というわけではなかろう」

「さあ」

「武家だったなどということはないか」

えっ、と仙之助が振り返った。

提灯が大きく揺れ、怪しげな手足を一杯に伸ばしたような行手の樹木をゆらりと照らしだした。

「まさか冗談でしょう。そんなこと、きいたことないですよ」

半九郎はその後口をひらくことなく黙々と歩を進めた。

清念寺に到着し、自分もやくざ者になったような気分で山門をくぐる。

本堂は熱気に包まれていた。灯し皿が床や柱などにいくつも置かれて、なかは夕方ほどの明るさに保たれているが、それ以上に明るく感じられるのは人が発する熱のせいのようだ。

賭場《とば》というところにはじめて入ったが、こんなに人がいるとは思わなかった。ぎらついた目を賽《さい》に突き立てている三十人ばかりが、畳をぎっしりと囲んでいる。

半九郎は、なにかに体を押されるのを感じた。熱気とともに立ちのぼった人の欲望が、得体の知れない渦となってぶつかってくるものらしい。いかにも鉄火場というにふさわしい雰囲気だ。

半九郎は腹に力を入れ直した。

さまざまな人がいる。諸肌《もろはだ》を脱いだ遊び人、職人、商家の奉公人とおぼしき者、車力《しゃりき》や駕籠かきらしい筋骨が隆々とした者。さらには僧侶《そうりょ》や医師ではないかと思える者も何人か目についた。さすがに武家らしい者の姿は見えない。

清次郎はなかなか見つからなかったが、ふと仙之助が一人の男の肩を叩いたのが見えた。ちょっと来てくれ、というように立てた親指を振る。

半九郎は柱の陰に身を隠した。

着物を着直した清次郎は半九郎に気づかず、本堂の外に連れだされた。熱中していたところに水を差され、ふくれっ面をしている。

「仙さん、いったいなんの用です」

山門近くまでやってきて、我慢が切れたように清次郎がいった。

「用があるのは俺じゃねえんだ。そのお侍がおめえさんに会いたいそうだ」

清次郎はぎくりと振り向いた。

「約束を破ったな」

星明かりの下、目が合った瞬間を逃さず半九郎はいった。

「約束ってなんです」

「おい、なめた口きくなよ。お澄さんに二度と近づかんことを誓ったろうが」

「ああ、そりゃ確かに。でも家へ行ったのは、お澄に呼ばれたからですよ」

あまりに見え透いていて、なにかいうのも馬鹿らしかった。

「親分のところへ売ったのもお澄も納得してのことですぜ」

半九郎はにらみつけた。

「おまえ、お澄さんに心中を持ちかけたんだな。それで連れだしたお澄さんに、これを飲めば楽になれる、俺もあとから逝《い》くから、とでもいって薬を飲ませたんだろう。気のやさしいお澄さんのことだ、あとでだまされたと気づいてもおまえを訴えないことを見こんでいたんだな。汚い野郎だ」

半九郎は刀に手を置いた。清次郎は体を引き気味に目を泳がせた。

「斬るのかい」

「その気はない。今度お澄さんにまとわりついたら腕を折るといったはずだ」

半九郎が腰を沈めると同時に清次郎は身を返して逃げだそうとした。

刀のほうがはやかった。ひゅんという風音のあと、清次郎は三歩ほど走りかけたが、すぐに左腕を押さえてうずくまった。

「こ、この野郎、き、斬りやがった」

「峰打ちだ。それに折れてもおらん。おまえも板前を目指していたんだろ。もはやその気があるとも思えんが、万が一ということもあるからな、加減してやったんだ」

半九郎は抜き身を手に近づいた。

「だが清次郎、次はないぞ」

半九郎は刀をしまい、かたわらで目をみはっている仙之助にうなずいてみせた。

「もういいぞ、手間をかけた」

「金はいいんですかい」

「こいつからはどう考えても無理だ。ところで、お澄さんはいくらで買われたんだ」

「三十両ですが」

「なに。いくら借金があったんだ」

「二十八両でしたかね」

半九郎はお澄を買い戻す金を与左衛門にださせるつもりでいたが、これだけの額となると……。自信が音を立てて崩れてゆく。

仙之助が思案顔をする。

「でも、もしかするとこいつ本当に死ぬつもりでいたのかもしれないですよ。それで薬を用意したのかも。親分の追いこみはそりゃきついですから」

その通りだよ、と清次郎がいった。痛みはまだ去らないようで、声に震えがある。

「薬を飲んで水に入れば楽に死ねる、ってきいてたんだ。お澄に続いていざ薬を飲もうとして、そのときうまい手立てがひらめいたんだ」

「おまえ、前も同じ手をつかっているだろうが」

半九郎は刀に手を乗せた。

「こりゃ、本当に腕を折っておくか」

清次郎はよろよろと立ちあがった。逃げる気だったらしいが、半九郎の刀のはやさを思いだしたようで、半身の姿勢で動きをとめた。

餌《えさ》をあさる野良犬のようないじけた暗さが瞳にあるが、それでもまだ人としてのまともさが目の奥にかすかに残っているのを一瞬、半九郎は見た気がした。

「お澄さんが一緒に逝こうとしたのは、おまえが本気で死ぬつもりなのを見抜いたからだな。おまえ、死ぬだけの勇気があるんだったら真人間に戻れ。ちょうど賭場の借金もなくなったんだ。やり直すにはいい機会だろう」

清次郎は、えっという表情になった。

「借金がなくなったって……本当にいいんですかい」

「いや、もちろん金は返してもらうさ。別のところに借り直すということだな。むろん利息はなしだ」

これなら与左衛門もいやとはいうまい。もっとも、完済に至るまで相当の年月が必要だが、そのあたりは事情をわかってもらうしかない。

「ただし、もしおまえが賭場に出入りしているという噂を耳にしたら、俺はきっとおまえを捜しだして……いや、そんな手間をかけるより」

最後をつぶやくようにいった。

「お上に訴えるか。女をだまして岡場所《おかばしょ》へ売った者がどういう末路をたどるか、おまえだって知っているだろう」

例外なく死罪への道が待っている。

「わかりましたよ、お侍。もう二度と博打はいたしません」

「ずいぶんものわかりがいいな」

半九郎は目を細めてじっと見た。清次郎が見る見るうちに体をかたくしてゆく。

半九郎はふっと瞳から力を抜いた。

「まあいい。信じよう」

清次郎を連れて山門を出た半九郎は、道を与左衛門が待つお澄の家へとった。

「里村さま、三十両では不足ですよ」

安造が目を光らせていう。

「借金には利子というものがつくんです」

「お澄さんを一日寝かせていただけだろうが。あまり欲をかくなよ、親分らしくないぜ。なにがなんでもほしいというのなら、俺が一日用心棒をつとめてやってもいいぞ。俺の労銀は高いからな。それで利子分くらいにはなるはずだ」

「よろしいでしょう、それで手を打ちます。必要なときが来たら、つなぎをつけさせていただきます」

軽い気持ちでいっただけだったから正直半九郎は驚いたが、話がすんなりと落ち着いたことには安心した。

「では、お澄さんをもらってゆくぞ」

お澄を連れて安造の家を出、道を歩きはじめた。

刻限は朝の五つ半すぎで、すでに高い位置にのぼった太陽はほぼ正面にあり、手をかざさないと道の先がよく見えないくらいだった。

「大丈夫か」

半九郎はお澄に声をかけた。

「はい、大丈夫です」

たっぷりと寝て、むしろすっきりとしたような顔をしている。足取りも軽く、手を貸すまでもない。

半九郎は道々、どういうことがあったのか語ってきかせた。

「あの、清次郎さんは本当に真人間に戻るといったのですか」

半九郎の話が終わるのを待っていたかのように、お澄は問いを発した。

「少なくとも足を洗うとはいった。もともと博打で身を持ち崩したんだ。博打とさえ手を切ってしまえば、真人間への第一歩といえるんじゃないかな」

「でも、手を切れるでしょうか」

お澄の顔に不安の影が落ちた。

「あんたが手を貸してやればなんとかなるんじゃないか。あんたが人の妾になってたまらなくなったというのは、本心だろう。清次郎が真人間になったら、一緒になったらどうだ」

「なれたら本当にうれしいんですが……」

お澄は言葉を途切れさせた。

「秋葉屋か。あれは心配いらん。すぐに新しいのを見つけるさ。それに清次郎には借金証文を書かせたが、女房としてあんたががっちりと手綱を握ってやつを働かせれば、秋葉屋も安心だろう」

大川を渡り、竪川沿いの道を東へ進む。

やがて町は本所林町に入った。

不意に道を走り寄ってきた小さな影があった。

どしん、とそのままの勢いでお澄にぶつかった。胸に顔をうずめるようにして抱きつく。

「叔母さんの馬鹿、どうして私を置いて死のうなんてするのよ。叔母さんがいなくなったら私ほんとに一人になっちゃうじゃないの」

お喜美は泣きながらお澄を叩いている。お澄はされるがままになっていた。

半九郎は家のそばに立つ与左衛門に歩み寄り、うなずいてみせた。

与左衛門は笑顔でうなずきを返してきた。

三十五

半九郎は家路についた。

懐に二両もの金が入っている。お澄を取り戻したことで、与左衛門は予期していない大金をくれたのだ。半九郎は心の弾みを押さえられずにいる。

長屋に戻ったが、ごろごろしているのがなんとももったいなく思え、半九郎はいつもの原っぱに行くことにした。

途中、背後に視線を感じたように思ったが、その視線は雲にさえぎられた太陽のようにふっと消えた。

眉をひそめてまわりを見渡したが、視線の主と思える者はいなかった。

原っぱに着くや、剣の稽古をした。一刻ほど力をゆるめることなく刀を振り続けた。汗びっしょりになったが、現金なものであまり疲れは感じなかった。

月の湯へ行き、汗を流した。湯屋の二階には知り合いが多くいた。

向かいに住む勘吉《かんきち》に将棋の勝負を挑まれたが、二度とも完敗だった。

「久しぶりに受けてもらったからお強くなったのかと用心しましたが、なんにも変わってませんね。半九郎の旦那は、お父上とは似ても似つかないですねえ」

勘吉があきれたようにいう。

「たまには受けてやらんと、おぬしに相手にされなくなりそうでな」

月の湯を出ると、あたりは夕闇がおりはじめていた。半九郎はその足で近間庵へ行った。さして混んではおらず、蕎麦切《そばき》りを二つ頼んだ半九郎はすぐに空腹を満たすことができた。

順光に顔を見せてゆくか、と考えたが、なんとなくあの暑苦しい顔を目にするのも面倒に思えた。

長屋に戻り、新しくいれた茶を喫した。蚊遣《かや》りを焚《た》いて、縁側に腰をおろす。

どこかで秋の虫が鳴いている。日が暮れた今でも蒸して暑いが、もう秋はすぐそばまで来ているのだ。

そう思うと、夏が好きな半九郎はなんとなくもの悲しい気分になる。子供の頃からそうだった。

「里村さま、いらっしゃいますか」

半九郎の物思いを打ち破るように声が届いた。見ると、障子に影が映っている。声の主は彦三郎だ。

半九郎は土間におり、戸をあけた。

「和尚《おしよう》がお呼びです」

「こんな刻限にか。珍しいな」

「なんでも急な仕事が入ったそうです」

順光は庫裡《くり》の座敷にいた。

「すまなかったな。おそくに呼びだして」

半九郎は勧められた座布団に正座をした。

「いえ。急な仕事とのことですが」

「その通りだ。明日から頼みたいそうだ」

依頼内容を順光は語った。

きき終えて半九郎は確認した。

「依頼人は市郎左衛門と名乗ったのですか」

「ああ、はじめての客だった。おまえとは面識があることを申していたが」

半九郎は知り合ったいきさつを述べた。

「ほう、そんなことが。怪しい影を身辺に感ずるといっていたが、その侍たちから守ってほしいということだろうな」

順光は瞳を光らせた。

「なんだ、どうした。気がかりそうな面だな。その侍たちは遣えるのか」

「遣い手は一人だけです」

半九郎はその侍のことを話した。

「その剣を破る工夫はまだついてないのか」

順光は眉をひそめた。

「なんなら断ってもかまわんぞ。仕事を選ぶのも用心棒には大事なことだ」

それも業腹《ごうはら》だった。市郎左衛門の家の場所をきいて、半九郎は祥沢寺を辞した。

あの侍と本当にやり合うことになるのか、と思うと、不意に逃げだしたい気分になった。あの妙な剣。正直、怖くてならない。

どう対応すればいいのか、その見当のつかなさが半九郎を戸惑わせている。用心棒を生業として、はじめて味わう気分だ。

（和尚の意見をきいておくべきだったか。それともはなから父のいう通り、用心棒などになるべきではなかったか）

弱気が頭をかすめていったが、すぐに気持ちを切り替えた。

（大丈夫だ。奈津がいてくれる限り、俺は死にはせん）

道は、水戸家の上屋敷沿いにかかりはじめた。北側は、播磨《はりま》安志《あんし》で一万石を領する小笠《おがさ》原《わら》家の上屋敷だ。水の音がわずかにきこえてくるのは、小石川がすぐそばを流れているためだ。

空は、今にもどしゃ降りになりそうな真っ黒な雲におおわれつつある。風は湿り気を帯び、雨の匂《にお》いをはらんでいる。

道は暗く、彦三郎が貸してくれた提灯がなければ、一歩踏みだすのもためらいかねないほどの漆黒が幾重にもとぐろを巻いている。

小笠原家の上屋敷をすぎると、短い橋が架かっている。それを渡った左手には、今度は駿河小島で一万石を食《は》む松平家の上屋敷があらわれる。

背後でわずかな風が巻き起こった。

何者かが斬《き》りかかってきたことに気づくのに、数瞬要した。油断しきっていた。

半九郎は提灯を振った。

提灯がばさと音を立てて打ち落とされ、路上に叩きつけられた。

相手が黒っぽい装束に身を包んでいるのが見えたが、それも一瞬だった。

提灯はいっとき激しく燃えあがったが、今はちろちろと洩《も》れこぼれるような残り火で半九郎の足許を頼りなく照らしているだけだ。

半九郎は刀を抜き、眼前に横たわる闇にじっと目を凝らした。相手が今どこにいるのかまったくつかめていない。

やがて、布でもかけられたように炎がふっと消え、あたりは真っ暗になった。

半九郎は息をつめ、どこにひそんでいるのか探った。

わからない。背後にまわられたような気もするが、うしろを気にした途端、前から突っこんでこられるような気もする。

半九郎は少し息を吸った。

いったい何者なのか。あの侍かという気持ちが湧いたが、こんな闇討《やみう》ちは似合わない。

右手から殺気が立ちのぼった。

半九郎は刀を横に振った。

手応《てごた》えはなく、闇より濃い影が一気に懐に飛びこんでこようとした。

半九郎は体をひらいてかわし、遠ざかろうとしているはずの背中に一撃を見舞った。

刀は空を切った。

体勢を整えるや、今度は左手から殺気がやってきた。

半九郎は影を追いかけようとして足をとめた。

影は暖簾でもくぐるようにひょいと首を動かしたらしく、軽々と半九郎の斬撃《ざんげき》をよけた。

距離がつまり、影の腕が鋭く動いたように感じられた。

半九郎はとっさにうしろに飛びすさった。

ぴっと音がした。着物をかすられたのがわかったが、それだけでどこにも痛みはない。

半九郎は、相手が脇差《わきざし》ほどの刃物を持っていることにようやく気がついた。

それなら、と気が少しは楽になった。得物は長いほうが有利だ。

しかし相手が黒っぽい装束を身にまとっている分、互角といえるかもしれない。

そんなことを考えているうち、闇がいきなり風を持ち、躍りかかってきた。

真っ正面だった。半九郎は渾身《こんしん》の力をこめて刀を振りおろした。

またも空を切り裂いた。

これは半九郎が張った罠《わな》だった。わざと体勢を崩し、相手に隙を見せたのだ。

相手は乗ってこなかった。目の前まで身を寄せてきたのは確かなのに、今は距離を保ってどこからかこちらを凝視している。

この視線。半九郎は記憶を探った。

奈津と一緒に町を歩いているとき、そしてお澄を警護していたとき感じた視線だ。

つまり、この視線の持ち主はずっと半九郎を狙い続けていたことになるのか。

どうにも得体の知れない不気味さに、身震いに体がさらされる。

どれくらいときがたったものか、縛《いまし》めが解かれたようにまわりの大気がゆるんでいることを半九郎はさとった。

どうやら消えてくれたらしかったが、まだ油断はできない。

半九郎は、ふつうに歩いていれば五町は進めたと思われるあいだ、身じろぎ一つせずにいた。そうして闇に身をひたしているうち、ようやく緊張が抜けていった。

半九郎は肩を大きく上下させた。息を荒く吐く。

どうして狙われたのか。心当たりは今のところまるでない。

東側から提灯の灯りが徐々に近づいてきている。どうやら町人が三、四人かたまって歩いてくる様子だ。

刀をおさめた半九郎は提灯に向かって歩みだした。付近に神経を配る。用心をおこたったら、最期だという気持ちがある。

三十六

市郎左衛門の家は湯島切通町にあった。

それなりの一軒家で、三部屋ほどはありそうだが、半九郎の長屋から十五町ほどの距離でしかなかった。

市郎左衛門は在宅しており、半九郎をこころよく迎えてくれた。

「こんなに朝はやくからまことに申しわけございません」

半九郎を庭に面した座敷に導いて、いった。

「どうぞ、座布団をお当てください」

半九郎が座るのを確かめてから、市郎左衛門は畳に正座をしかけ、思いだしたように立ちあがった。

「お茶をだします」

市郎左衛門は一人暮らしのようだ。さほど家財があるわけではなく、家のなかはすっきりと片づけられている。

「いや、いい」

半九郎は、出てゆこうとする背中を呼びとめた。

「さっそく話をきこう。あの侍たちか」

市郎左衛門は座り直した。

「その通りでございます。まだ見つかったというわけではないのですが、どうも気配を近くに感じてならないのです」

「引っ越す気はないのか」

「もちろんございますが、この家は住み心地がとてもいいものですから。それに、引っ越しがはやすぎると、今度はそちらを嗅ぎつけられてしまいそうで」

「新しい住まいはもう見つけてあるのか」

「ええ」

「あの者たちは何者だ。なぜおぬしを殺そうとする」

市郎左衛門は心のうちを探るようにじっと半九郎を見つめている。

「このことを知ったら、里村さまのお身も危うくなりますよ」

半九郎は快活に笑った。

「おぬしの警護を引き受けた以上、もはや同じことだ」

「なるほど、その通りですな」

市郎左衛門はゆったりと姿勢を正した。その物腰には育ちのよさというか、どこか優雅さというべきものが感じられた。

小さく咳払《せきばら》いをすると、かまえるでもなく話しだした。

「あの侍たちは、西国《さいごく》のある外様大名《とざまだいみよう》の家中です。中心となっているあの侍は、古賀四郎兵衛といいます。二年前、家中であるごたごたがあったのです」

「ほう、どんな」

「江戸から帰国されてほどなく、お殿さまが急死されたのです。公儀には病死ということで届けがだされましたが、実際には毒殺でした。国家老《くにがろう》の仕業です。国家老は前のお殿さまの側室だった娘の産んだ子供があるじの座に着くのを一刻もはやく見たかったのですが、正室の腹のお殿さまは人一倍身体頑健で風邪一つひかないお方でした。寿命が尽きるのを待っていたらこちらがくたばってしまう。ならば、と国家老は暴挙に出たのです」

「その企てはばれなかったのか。毒を飼って殿さまを殺したお家騒動はかなりきくが、いずれも露見して取り潰《つぶ》しになっているが」

「すべてが表沙汰《おもてざた》になるわけではございません。露見したのはむしろ運が悪かったということになるのではないでしょうか」

「そういうものなのか」

半九郎はうなるようにいった。

「武家の家督に対する執着は、それはもう血が欲するとしかいいようのないものですから、これまでどれだけの殿さまが命を縮められたものか」

わずかに息をついた市郎左衛門は、話をもとに戻した。

「国家老の孫は、子供のない兄の跡継としてここ江戸の下屋敷で暮らしていました。とうに目通りもすましていましたから、つつがなく殿さまの座に」

「おぬし、なぜそこまで知っている」

その疑問はもっともだというように市郎左衛門は深くうなずいた。

「手前は奥坊主だったのです。奥坊主というのは見たくないこと、ききたくないことまで入ってきてしまうものなのでございますよ」

「おぬしの口を封じようとしている理由は理解できたが、だったら、なぜ公儀に訴え出ない」

「そのような気は手前には毛頭ございません。そんなことをしたら、主家は取り潰しになりましょう。家中には血縁、知り合いも多く、その者たちを路頭に迷わせることは決してしたくありませんし、できることでもございません」

「立派な心がけではないか。その気持ちをやつらに伝えたのか」

「いえ。しかし、四郎兵衛たちはまちがいなく知っているはずです」

「それなのに、おぬしの息の根を」

「気持ちはわからないでもないのです」

市郎左衛門は唇を噛み締めて、続けた。

「これだけの秘密を知っている者を生かしておくことは、お家大事の者にとって気持ちが悪くてならぬのでしょう」

「ほかに秘密を知る者は？」

「前は何人か。今はもう一人として生きてはおりますまい」

「おぬしが最後の一人なのか」

そういえば、と半九郎は思いだした。助けだしたあのとき、これまで何人の男が餌食《えじき》にされたものか、と市郎左衛門があの剣を指していったが、この口封じのことだったのだ。

「なぜ江戸を逃げださんのだ。領内はともかく、大坂にでも行ってしまえば、やつらも追うすべはないんじゃないのか」

「仰せはもっともですが、手前はこの町が気に入っているのです。江戸生まれの江戸育ちという言葉に嘘はございません。この町を離れるなんて考えられるものではとても。それよりも里村さま、島浦屋の若旦那はどうなりました」

半九郎は庄吉救出の顚末を語った。

「それはようございましたな。お手柄でした」

「それがよくもないのだ」

「ほう、どうしてです」

半九郎はわけを告げた。

「それはまたあたら若い命を……」

まったくもったいないことを、といって市郎左衛門は口を閉じた。

三十七

人目のある日中はさすがに襲ってくることはないだろうと踏んで、半九郎はできるだけ眠ることを心がけた。もちろん、市郎左衛門が外出するときは必ずついてゆく。

三日のあいだ、殺気を感ずることや人影を見るようなことは一度もなかった。

「里村さま、どうかお茶くらい一緒に飲んでいただけませんか」

四日目のこと、朝餉《あさげ》をとりはじめた市郎左衛門が懇願口調でいった。

「なにかこう食べるところを見られていると、どうにも落ち着きませんから。お茶でもすすっていただければ、ともに食事をしている気分になって、よろしいのですが」

半九郎は微笑した。

「別におぬしを信用していないわけじゃないが、出先でだされる食い物や飲み物を口にしないよう気をつけているんだ」

実際にはそんなことはないが、この男には気を許してはならない、と本能が告げている。

「なにかあったんですか」

半九郎は以前、秋葉屋であったことを与左衛門の名をださずに語った。

「ふーん、そんなことが……でもやっぱり手前のことを信用されてないんですね」

「用心棒の性《さが》みたいなものだ。あまり気にせんでくれ」

朝夕の食事は家の前を通りかかる行商の者から団子や饅頭《まんじゅう》、蕎麦《そば》、茶飯などですませている。

水のほうは庭の井戸でたいていはすませているが、この時季、ひゃっこいひゃっこい、と触れまわる水売りの姿が目立ち、一杯四文払って飲むこともある。一応は砂糖入りというとだが、そんな甘みを感じたことは一度もない。

翌日の深夜、八つ頃のことだった。

市郎左衛門の寝間の隣で刀を抱いて座っていた半九郎は、家のなかに風が吹きこみ、人らしい気配のわずかな揺らめきを感じた。

行灯《あんどん》はつけていない。闇《やみ》に目を慣らすためだ。

刀を腰に差して立ちあがり、襖《ふすま》をあけて市郎左衛門に低く声をかけた。

市郎左衛門はまるで眠っていなかったようにすぐさま起きあがった。

手はず通り押入れに入った市郎左衛門がさらに天井裏に抜けてゆく物音を確かめてから、半九郎は廊下に出た。

雨戸がはずされ、そこから金色の光が射《さ》しこんでいる。

襲撃するのにこれはまた明るい夜を選んだものだ。こんな月夜に襲ってくることはあるまい、とこちらに油断が生まれることを期待したのか。

影は六つ。いずれも黒の頭巾《ずきん》に胴衣《どうぎ》、股引《ももひき》、そして草鞋《わらじ》がけといった装束だが、まちがいなくあの侍たちだ。

先頭に古賀四郎兵衛と思える者がいる。六人ともすでに刀を抜き放っているが、互いを傷つけ合わぬよう刀身を肩に乗せている。

半九郎は抜刀するや声をあげ、駆け寄った。

四郎兵衛はぎょっとしたように動きをとめ、ほかの者を制するように左手を広げた。

「引けっ」

短くいい放つと、あとの五人はなんの躊躇《ちゅうちょ》もなく雨戸を出ていった。

四郎兵衛は半九郎を刀で抑えこむようにして、じりじりとうしろへ下がってゆく。

その目には憎しみの炎が燃えている。

「どうする、やるのか」

答えることなく四郎兵衛は雨戸のところまで下がった。半九郎を見据えたまま、横に飛んで庭におり立った。

半九郎は追いかけようとして、とどまった。先に出た五人が庭で待ちかまえていることがわかったのだ。

半九郎が出てこないのを知ると、六名の侍は格子戸を次々に抜け、月光にその姿を浮かびあがらせつつ通りの先へ消えていった。

半九郎はしばらくたたずみ、やつらが戻ってこないのがはっきりしてから雨戸をもと通りにし、市郎左衛門の部屋に向かった。

行灯に火を入れ、押入れに声をかける。

ごそごそと音がし、襖がひらいた。

「帰りましたか」

冬眠から目覚めた熊のように、まぶしげに顔をのぞかせる。

「ああ、やつら、どうやら俺が警護についたことを知らん様子だった」

「それは抜けてますなあ」

馬鹿にしたように笑って市郎左衛門は押入れを出てきた。かなり汗をかいている。

「いや、なかはそれはもう蒸し暑いものですから」

部屋に干されている手拭《てぬぐ》いを放《ほう》ってやると、市郎左衛門はありがたそうに受け取った。

半九郎は、庭の柿《かき》の木のそばに身をひそめている。

四郎兵衛たちの侵入から、丸一日たった。二刻半ほど前に暮れた空には雲が一杯で、月が姿を見せられる余地はどこにもない。町は真の闇に包まれている。

半九郎は夕方すぎからこの場にいて、怪しい気配がないか探り続けている。これまでのところ、家をうかがうような者は一人としていない。

そろそろかな、と思い、半九郎は雨戸を見た。

忘れちまったのか、と半九郎が腰をあげかけたとき、雨戸がそっとひらかれた。亀《かめ》が首を伸ばすように顔が出てくる。

半九郎が手招くと、市郎左衛門が庭におりてきた。

「異状はないんですね」

半九郎はうなずいてみせ、人さし指を唇に当てた。

まず半九郎が道に出て、あたりに不穏な気配がないか、探った。

通りは静かなもので、人の影などどこにもない。夜がおそい江戸の町といえども、五つ半をすぎれば人通りはぱたりと絶える。

四郎兵衛たちが隠れている様子も感じられない。四郎兵衛だけなら気配を絶つこともできるだろうが、あとの五人が半九郎の網を逃れられる技量とは思えない。

半九郎が出てこいと仕草で呼ぶと、市郎左衛門がこわごわとやってきた。

荷物は市郎左衛門が背負っている風呂敷包《ふろしきづつ》みだけだ。大きな家財等はとうに神田花房町《はなぶさ》の新しい家に運びこんであるという。

ここからだと、道をまっすぐ南にくだり、湯島の大通りに出たところを右折し、神田明神下を通って向かうのが、やや遠まわりになるが、最も安全に感じられた。

半九郎たちは提灯《ちょうちん》もつけず、町屋からわずかに路上にこぼれる灯《あか》りを頼りに道を歩いた。

家を出て、三町ばかり進んだときのことだった。半九郎はきな臭さを感じ、足をとめた。

「どうかしたんですかい」

いかにもぎくりとした様子の市郎左衛門がささやきかけてきた。腰に差した道中差《どうちゅうざし》に手を当てたのが気配からわかった。

道の右手に府内八十八ヶ所の札所《ふだしょ》である霊雲寺の塀があらわれ、塀沿いに二十間《けん》ほど進んだところだ。

半町ほど先の角に建つ霊雲寺の常夜灯の明かりが淡く届いており、闇の濃さは幾分か薄められている。

半九郎は答えず、左手の暗がりにじっと目を凝らした。柄《つか》に手を置き、腰を落とす。

その暗がりは商家らしい町屋の軒下になっていて、そこから濃厚な殺気が放たれている。

不意に、いくつかの影が躍り出てきた。その動きには無駄がなく、どうやら半九郎たちがこの道に入るのを見届けてから、先まわりして待ち伏せていたことが察せられた。

道中、いずれ襲撃があることを予期していたとはいえ、昨夜の侵入は市郎左衛門を家から追いだすための方策にすぎなかったことを半九郎は知った。刀が振るいにくい家を避け、はなから外で襲うつもりでいたのだ。

五人が半九郎たちを包みこむようにし、四郎兵衛が一人、前へ出てきた。

半九郎は刀を抜き、市郎左衛門をかばって一歩二歩と踏みだし、四郎兵衛と相対した。

なんの気合もかけることなく四郎兵衛が斬《き》りこんできた。

半九郎は刀で受けず、体の動きだけでかわした。二度、三度と同じように避けたが、さすがにそれだけではうしろに下がってゆくだけでしかなく、いずれ塀につまるのは自明だった。

四度目の斬撃《ざんげき》は刀で撥《は》ねあげた。

あの妙な剣でなかったことに安堵《あんど》したが、いつ振るわれるかと思うと気が気ではない。

半九郎の内心の動揺を見抜いたように四郎兵衛はさらに攻勢に出てきた。半九郎はひたすら受けるだけの姿勢を強いられた。

四郎兵衛の攻撃は鋭さを増し、半九郎は疲れを覚えはじめた。このままでは殺《や》られる。焦りの汗が全身を濡《ぬ》らしはじめたが、どうすることもできない。

だが、そのとき思いがけないことが起きた。

いきなり背後から影が鉄砲玉の勢いで飛びだし、四郎兵衛に飛びかかっていったのだ。闇夜《やみよ》に白い光がきらめき、それが一気に振りおろされた。

市郎左衛門だった。

半九郎以上に四郎兵衛は驚いたようで、市郎左衛門の振りおろしはかわしたものの、ほんのわずかだが足の運びが乱れた。

そこを半九郎は逃さなかった。一気に懐に飛びこむように刺突を入れた。

半九郎は体勢を崩した四郎兵衛の胴に刀を振った。

四郎兵衛はぎりぎりで打ち返したが、半九郎は返す刀を袈裟《けさ》に持っていった。

四郎兵衛は体をひらいてかわそうとしたが、半九郎の刀は鋭く伸び、四郎兵衛の左肩に斬撃が決まったかに見えた。

しかし半九郎の刀は撥ねあげられた。

四郎兵衛の配下だった。半九郎はかまわず、その配下に向けて刀を振りおろした。

配下は刀で弾《はじ》き返そうとしたが、半九郎の刀のほうがわずかにはやかった。半九郎にもともと斬る気はなく、刀身が相手に当たる前に峰を返していたが、刀はなにかかたい物に弾かれるように手許《てもと》に戻ってきた。

鎖帷子《くさりかたびら》を着ていた。だが半九郎の斬撃をまともに受けた衝撃は相当のものだったようで、男は地面に膝《ひざ》をついたまま立ちあがれずにいる。

半九郎は別の侍を相手に戦い、腹を打ち据えて地べたに這《は》わせた。息がつまったようで、体を折り曲げて苦しがっている。

そのとき体勢をようやく立て直した四郎兵衛が半九郎に向かって飛びこもうとする姿勢を見せたが、すぐに思いとどまった。

「引けっ」

四郎兵衛は叫んだ。無傷の三人が二人に肩を貸し、足早に道を遠ざかりはじめた。

「おい、古賀四郎兵衛」

半九郎は呼びかけた。

「なぜこの男を始末せねばならんのか、理由はきいた。俺には大目付《おおめつけ》が知り合いにいる。もし俺が訴え出たら、お家は取り潰《つぶ》しだぞ。だから、もうこの男を狙《ねら》うのはやめろ。この男に、秘密を洩《も》らすつもりなど微塵《みじん》もない」

「信じたのか、その男の言を」

四郎兵衛は冷たさと侮りを感じさせる口調でいった。

「もっと見る目がある男かと思っていたが……なにをいわれたか知らんが、いいか、それは出まかせだ。まったく信ずるに足りん」

半九郎を細めた目で見つめてきた。

「きさまは用心棒稼業らしいな。その男には警護する価値などこれっぽっちもないぞ。せいぜい足許をすくわれんようにすることだ」

もうとうに見えなくなった配下を追って四郎兵衛は走りだした。あっという間にその姿は闇の彼方《かなた》に消えていった。

「いや、助かった。おぬしを守る側なのに、助けられた」

刀をおさめた半九郎は市郎左衛門に礼をいった。

「いえ、もう無我夢中でしたよ。でもあれだって、里村さまがいてくれたからこそです。もし一人だったら、手前はもう息をしてないでしょう……」

「怪我《けが》は？」

市郎左衛門は全身を見まわした。

「どこにも。ありがとうございます」

半九郎も、自分が傷を負っていないことを確かめた。

「しかし惜しかった」

市郎左衛門がいかにも残念そうにつぶやく。

「うん？　なにがだ」

「四郎兵衛を殺す寸前までいったのに、それが果たせなかったことです」

「それは欲のかきすぎだろう。今はお互い、命があることを喜ぶべきだろうな」

「ふむ、その通りですね」

そうはいったものの、市郎左衛門は悔しげに唇を嚙《か》み締めている。

もう大丈夫だろう、と判断した半九郎は懐から火打袋を取りだし、市郎左衛門が差しだした折り畳み式の提灯に火をつけた。半九郎に限らず、他出したとき、火打道具一式は誰もがたずさえている。

提灯をかざした半九郎がうながすと、市郎左衛門はようやく道を歩きはじめた。

三十八

新居に落ち着いた。

家は正確にいうと神田花房町ではなく、神田花房町代地にあった。

代地というのは、それまで住んでいた町が火除地《ひよけち》などとして幕府に取りあげられたとき、代わりに与えられる土地のことで、ほとんどの場合、前の町名が使用される。

神田花房町の場合も、神田川沿いの火除広道《ひよけひろみち》の普請のために町は北へ二町ばかり移動させられた。昔からの町は、筋違御門《すじかいごもん》の正面にへばりつくように一角が残されているだけだ。

ここからだと奈津の長屋はほんの二町ほどでしかない。抜けだせばいつでも会えそうだが、むろんそんなつもりはまったくない。

家は前より広い。半九郎では、とてものこと手が出る家賃ではないだろう。

夜具もすでに用意されていて、市郎左衛門は寝間に決めていたらしい八畳の座敷に、もう何年も住んでいるかのような手慣れた動きで敷いた。

「里村さまはまたそちらでお願いします」

隣の六畳間を手で指し示した。わかった、と半九郎はいった。

「ところで、おぬしずいぶんと金まわりがいいようだが、生業《なりわい》は持っているのか」

「そういうのは別に」

市郎左衛門は小さく首を振った。

「奥坊主というのは、いろいろ余得があるのですよ。三十年つとめてまいりましたが、十分貯《たくわ》えさせていただきました」


翌朝、半九郎は朝食をとりはじめた市郎左衛門に、これからどうする、ときいた。

「ここはやつらに知られておらんから、俺がついていなくても当分大丈夫だろう」

市郎左衛門は箸《はし》をとめ、考えこんだ。

「様子を見るということであと三日、お願いできないでしょうか」

市郎左衛門が朝食を終えるのを待って、半九郎は提供された部屋に行き、壁に背中を預けて目を閉じた。刀はしっかりと腕に抱いている。

気になっていることがある。四郎兵衛の言葉だ。

もしあの男の言が正しいとしたら、市郎左衛門にはまだなにか秘密があることになる。

それでも、激闘と一晩中起きていた疲れがすぐに半九郎を眠りの海にいざなっていった。

どのくらいたったか、どうにも息苦しいようないやな気配を覚えた。

足許をすくわれんようにすることだ。四郎兵衛の声がきこえ、はっとして目をあけると、眼前に市郎左衛門がいた。どうした、と声をだしかけたが、その言葉は喉《のど》の奥でとまった。

市郎左衛門はこれまで一度たりとも見せたことのないぎらりとした光を瞳《ひとみ》にたたえていた。

いきなり右手が突きだされた。短刀が握られていることに気づいた半九郎は手の甲でかろうじて横に払った。

「なんの真似《まね》だ」

わけのわからないまま怒鳴りつけたが、市郎左衛門は再び短刀を突きだしてきた。

半九郎はかわし、市郎左衛門の腕をとらえようとした。

市郎左衛門は軽々とした身のこなしでうしろに飛び、あっさりと逃れた。

半九郎は立ちあがり、刀を抜いた。抜いたはいいものの、どうすればいいかわからない。なんといっても目の前で短刀をかまえているのは、これまで警護してきた男なのだ。

半九郎の迷いを見抜いたかのように市郎左衛門は体から力を抜き、にやりと笑った。懐を探り、取りだした紙包みを畳に放る。

「これまでの代だ。受け取れ」

別人と思えるほど冷たい声に変わっている。紙包みに目をやろうとしない半九郎を見てもう一度にやりと笑ったが、その笑いは半九郎でさえ怖《お》じ気《け》を震いかねないほど、不気味なものだった。とても常人の笑いではない。

（狂っているのか……）

半九郎が思った瞬間、市郎左衛門はちがうぞとばかりに首を横に振った。

「俺は正気だ」

い捨てるや身をひるがえした。

半九郎は追いかけた。

外に出た途端、強烈な陽射《ひざ》しに包まれ、半九郎はそのまぶしさに目を閉じかけた。

市郎左衛門は消えていた。目の前に広がっているのは、無数の人が行きかう町の雑踏だった。

刀を抜いたまま立ちすくむ長身の浪人を見て、行きすぎる人たちがぎょっとして目をみはり、あわてて飛びのく。

半九郎は急いで刀をしまい、人々のなかに身を隠すようにして足を進ませた。

なぜ市郎左衛門に狙われたのか。

ただ一つはっきりしたことといえば、あの男はただの奥坊主などではないことだ。奥坊主としたらあまりに腕が立ちすぎる。

そして今にして思えば、警護中、茶ばかり勧めてきたのも妙だ。一度たりとも受けなかったのは、正しい選択だったといえはしないだろうか。

もう二度と市郎左衛門が戻ることはないであろう家へ入って、座敷の紙包みを手にし、なにか手がかりにつながるものはないかと目を凝らしたが、なんの変哲もない薄手の紙でしかない。なかには五両入っていた。

あの得体の知れない男の金だと思うといやな気分がしたが、これはそれまで市郎左衛門を警護した正当な報酬だ。懐に入れて悪いはずがない。

家を出ると、その足で祥沢寺へ向かった。

話をきいた順光はさすがに驚き、半九郎に怪我がないか確かめた。

「大丈夫です。ところであの男、誰かの紹介ですか」

「いや、じかにここにやってきた」

「いつ来たのです」

「あれは、おまえを呼びだす一刻ほど前か。おまえを名指しし、明日から是非お願いしたいとのことだった」

その帰り、何者とも知れぬ者に襲われたことを半九郎は思い起こした。あれも、市郎左衛門だったのではないだろうか。

長屋に戻った。奈津は来ていなかった。

蒸し暑さがどんよりと居座り、部屋に入った瞬間、半九郎は汗が体中から噴きだすのを感じた。

庭側の障子をひらいて風を入れたが、涼しさを覚えたのはほんのつかの間にすぎず、七つ前の陽射しをじかに浴びた畳はあっという間に熱を持ちはじめた。

こりゃたまらんな、と半九郎は湯屋に行った。洗い場で垢《あか》を落とし、きれいな湯にゆっくりとつかって疲れを払った。

二階には行かず、外に出た。腹が減っている。半九郎は近間庵に向かった。

座敷の奥のほうに知った顔を見つけた。向こうも半九郎を認め、手をあげた。

座敷にあがった半九郎は、手招かれるままに向かいに腰をおろした。

「この前はどうもありがとうございました」

同心《どうしん》の稲葉が深く頭を下げる。横の中間《ちゅうげん》もあるじにならった。

半九郎は微笑を返した。

「金兵衛はなにか吐いたかい」

「おえい殺しは白状しました」

「ほかの女は殺してないと?」

「おえいは前から狙っていたそうです。妾《めかけ》にですが」

注文を取りに小女《こおんな》が来て、半九郎はざるを二枚頼んだ。小女はにっこりと笑って下がっていった。

同心は再び話をはじめた。

「茶屋や一膳飯屋《いちぜんめしや》で働く気のきく器量よしを物色するために、よく店に姿を見せていたようです」

「なるほど」

「おえいが眼鏡にかなったのは事実のようですね。お弓を狙っているように見せたのは、お弓のことをききだすふりをして、おえいとお近づきになろうという魂胆からだったようです」

同心は茶で喉を湿した。

「あの日、話を持ちかけようとして声をかけたらしいんです。それがいきなり騒がれ、あわてて口を閉じさせようとして、気がついたらおえいに護身用の匕首《あいくち》が刺さっていたそうです。それで怖くなって逃げだしたとのことなんですが」

「そんな理由で殺されちまったのか」

半九郎はため息が出た。

怪しい男がいなかったか半九郎にきかれた直後、そのなかで最も怪しいと思えた金兵衛があらわれたのだから、おえいが仰天するのも無理はない。

「俺が殺したようなものだな」

半九郎は口のなかでつぶやいた。

「死罪か」

「まちがいなく」

蕎麦切りが来た。食欲は失《う》せていたが、そんな心のうちを探られるのもおっくうで、半九郎は無心に蕎麦切りをすすりあげた。

三十九

幸い悟兵衛の夏風邪はたいしたことなく、一日休んだだけで快方に向かい、悟兵衛は今日はばりばりと仕事をこなした。

昨日休んだこともあってか、いつも以上に店は忙しかった。店が締まった今、奈津は心地よい疲れを感じている。

半九郎に会いたい気持ちが湧《わ》いたが、父の助左衛門が風邪気味で、そちらのほうが心配だった。

奈津は残り物をもらい、店をあとにした。

急ぎ足で道を行きながら、奈津は闇が急速にその色を濃くしてゆく町を見渡した。つい半月ほど前には、これほどはやく夜が訪れるようなことはなかった。

秋が近づきつつあることに、奈津はほっとしたものを感じている。夏はきらいではないが、今年はとにかく暑すぎる。

空を見あげると、南から厚い雲が大火の煙のようにもくもくと広がりつつあるのが眺められた。吹きはじめた風に乗ったものか、冷たいものが頬《ほお》にぽつりと当たった。

今はまだたいしたことはないが、夜の深まりとともにまとまった雨になりそうだ。

(金兵衛さん、つかまったのよね)

その話をきいたときは、息がとまるほど驚いた。店のなじみになりつつあったということもあったが、それ以上に金兵衛が奈津を目当てに来ていたらしいことを常連の一人に教えられたからだ。

一つまちがえば、おえいという娘を襲った運命は、自分のものになっていたかもしれない。

歩き続けているうちさらに暗さは増し、雨もやや激しいものになりつつある。

行きかう人の影は泥を塗りつけたも同然で、近い知り合いだろうと声をかけられない限り、行きすぎてしまいそうだ。

奈津はふと首筋に視線を感じたように思った。立ちどまることなく、なにげなく首だけを振り向かせた。

ぬっと闇を突き破るように顔が目の前に突きだされた。

奈津は、きゃっと声をあげた。

「すまねえな、驚かしちまったか」

男はにんまりと笑っている。

「俺だよ、お奈津さん」

奈津はすぐに落ち着きを取り戻し、男の顔を見た。

最近店によく顔を見せるようになった五十男だ。前に一度、尻をさわられたことがある。

「そうか、あんた、俺の名を知らないんだったな」

男の笑いは、にたにたとしたものに変わっている。

「市郎左衛門っていうんだ」


翌朝、助左衛門から使いがあった。昨夜、奈津が帰ってこなかったという。

半九郎はすぐに助左衛門のもとへ向かった。

昨日の朝、岩代屋へ向かう奈津におかしなところは見られず、いつもとまったく変わりなかったとのことだ。

「わしが風邪気味なんで、できるだけはやく帰るといっていたんだ」

助左衛門は無念そうに唇を噛んでいる。

半九郎は岩代屋へ行き、店主の悟兵衛に奈津がいつ帰ったかきいた。いつもより少しだけはやかったという。

「六つ半にはまだなっていなかったと思いますよ。まさかお奈津ちゃん、またかどわかされたなんてことはないですよね」

そうとしか思えなかった。奈津には失踪《しっそう》する理由がない。

（それにしてもいったい誰が）

はっと一つの名が頭に思い浮かんだ。

（まさかやつが。しかしなぜ。もしや……）

市郎左衛門がこれまで次々と娘を殺してきた犯人だとしたら……。

半九郎の心を暗黒の衣が包みこんだ。

（もしかすると奈津はもう……）

首を何度も振って、その思いを振り払った。

「どうされました、里村さま」

悟兵衛が驚いてきく。

ただ一つ、お弓のようにその場で殺されなかったというのが半九郎にとって救いだった。

（やつはどこかに奈津を引きこんでいる）

半九郎は警護している最中、その場所を暗示する言葉を市郎左衛門がいわなかったか、思い起こそうとした。

なかなか思い浮かばなかったが、必死に考えているうち、一つ、もしやというところが脳裏に泡のように浮かびあがってきた。

ほとんど一か八《ばち》かだが、この推量が正しければ、やつは深川にいる。それに、やつは舟も持っている。

半九郎は走りだした。悟兵衛がどこへ、といったが、その声も耳に入らなかった。

(それにしても、なぜやつは俺を殺そうとしたのか)

猪《いのしし》のような勢いで突っこんでくる浪人に道を行く人々は驚き、次々によけてゆく。

四十

ほぼ半刻後、深川中川町に着いた半九郎はお紀久の家の前にいた。

半九郎が庄吉を救いだした話をしたとき、市郎左衛門の瞳は異様なぎらつきを見せていた。

「そうですか、その家の蔵でねえ」

三人の女が庄吉を連れこんで、というくだりに市郎左衛門は格別の興味を示していたと思えないこともない。

「蔵のなかでいたすというのは、いったいどんなものなんでしょうかね」

家は静かなもので、がっちりと雨戸が閉じられた母屋に人のいそうな雰囲気はない。

半九郎は格子戸をあけ、庭に入った。母屋と隣家の壁とのわずかな隙間《すきま》を抜けて、土蔵のほうへまわる。

こちら側の庭は雑草が一杯だ。

じりじりと慎重に近づいて、土蔵の前に来た。

半九郎は目をみはった。

頑丈な錠前がかかり、鉄製の閂《かんぬき》も渡されている。

半九郎は土蔵のまわりを歩いた。二階に明かり取りの窓が見えるが、鉄格子ががっちりとはまっている。

背後に人の気配。半九郎が振り返ると同時に甲高い声がした。

「ちょっとお侍」

母屋の脇に五十代と思える小柄な男が立っている。

「勝手に入ってもらっては困るんですが」

「おぬしは？」

半九郎はずんずんと近寄り、ただした。男はおびえたように体を引き、ややひきつった目で半九郎を見た。

「この家の差配をまかされている者です。近所の者から、怪しい浪人が……いえ、見知らぬお侍が入っていったという知らせがありましたもので……」

「差配人か。だったら」

半九郎は土蔵を指さした。

「あそこの鍵《かぎ》を持っているか」

「はい、持っておりますが」

「あけてくれ」

「えっ、どうしてです」

半九郎は募るいらだちを押さえ、事情を説明した。

「え、ほんとですか。四人の娘を殺した男があのなかに……」

「とにかくはやくあけてくれ」

男は半信半疑ながらも、取りだした鍵を錠前に差しこんだ。

小気味のいい音がし、錠前がはずれた。閂が抜かれる。

力をこめて扉をひらくと、男はどうぞとばかりに手のひらを上に向けた。

半九郎は鯉口《こいぐち》を切り、足を踏み入れた。

一階はおろか二階もくまなく捜したが、しかしなかには誰もいなかった。じっとりとまとわりつくような湿り気が重く居座っているだけだ。

半九郎は下に戻った。ずいぶん暗い。なぜか扉が閉まっている。

半九郎はひらこうとした。だがびくともしない。

「おい、あけてくれ」

扉を叩《たた》き、男を呼んだ。しかし応答はなく、誰も来る気配はない。

(くそっ、やられた)

半九郎は自らを殴りつけたい気分になった。

罠《わな》にかけられたのだ。あの男は差配人などではない。

半九郎は、市郎左衛門という男がいかに周到か思い知らされた。

やつは半九郎を殺せない場合を想定し、わざとこの土蔵に強く興味をひかれた顔をしたのだ。

半九郎はその策に、灯りに誘われる蛾《が》のように乗ってしまったのだ。

（まずいぞ、これは）

あのとき、なぜ悟兵衛に行く先を教えなかったのか。そうすれば、奉行所《ぶぎょうしょ》の者が駆けつけてくれたものを。

半九郎はどうすればここを抜けられるか、思案しはじめた。


奈津は座敷に寝かされている。足と腕にかたく縛《いまし》めをされ、口に猿ぐつわをされている。

目隠しはされていないが、六畳間ほどの広さの部屋は灯りがともされているわけではなく、真っ暗だ。

隣の間に人が入ってきた物音がした。息をつめてきき耳を立てていると、話し声がきこえてきた。

どうやら市郎左衛門と名乗った男ともう一人が話している様子だが、声は低く、ほとんどきき取れない。

ただ一つだけ、手はず通り閉じこめました、という言葉だけが届いた。

自分以外にもさらわれて、どこか別の場所に閉じこめられた人がいるのだろうか。

それにしても、と奈津は思った。

（なぜ私ばかりこんな目に遭うんだろう）

涙が出そうになったが、泣いたら耐えようとする気持ちが流されそうな気がして、必死にこらえた。

今度も必ず半九郎が助けだしてくれることを信じた。前もそうだったのだ。

でももしあの男に陵辱されたら、今度は舌を噛んでしまうかもしれない。

奈津は、はっとした。猿ぐつわはそれをさせないためのものなのだ。

四十一

半九郎は火打袋を取りだした。

手許でつくった炎を慎重に、土蔵のなかにあったござに移した。

ほかの物に飛び火しないよう、ござのまわりの物はすべて片づけ、一間四方ほどの空きができている。

やがて湿ったござから、白い煙が立ちのぼりはじめた。煙はあっという間に充満して、半九郎から視野を奪った。

咳《せ》きこみ、涙が出てきたが、そばを離れるわけにはいかない。涙でぼやけるなか、半九郎は立ちのぼる煙の行方を必死に追った。

煙は見こんだ通り、二階の明かり取りから外へ流れてゆく。

一つ心配なのはあの男が鍵をどうやって手に入れたかだ。まさか本物の差配人が殺されたということはないとは思うが。

ござが発する煙がしぼむように少なくなり、代わって炎がいくつもの腕を伸ばしはじめた。

なかは急に暑くなった。汗みどろになりつつも半九郎はござが燃えてゆくのを見守った。

同時にじっと耳をすませている。

きこえない。足りなかったか、と半九郎は次のござを炎の上にさらした。

またもや煙が一杯になり、その煙は明かり取りからもうもうとした勢いで出てゆく。

やがてかんかんと激しく鳴らされる半鐘がきこえてきた。

ほっとした。

やがてござは燃え尽き、灰だけが残された。なかはそれでも煙が濃い霧のように立ちこめている。

「はやく鍵を、急いで」

「それ、閂を抜くんだ」

扉のほうからいきり立った声がし、閂がはずされる音が伝わってきた。

目の前の煙を払った半九郎は姿勢を低くして、扉に近づいた。

扉がひらかれるや半九郎はだっと外に飛びだし、新鮮な大気を胸一杯に吸いこんだ。すぐに猛烈な咳《せき》に襲われたが、その息苦しさと胸の痛みに必死に耐えた。

「もう火は消えてます」

「そうか」

そんなやりとりがきこえたあと、ずらりと取り囲まれた気配を感じて、半九郎は顔をあげた。十数人の町人がいた。

「お侍が火をつけたんですかい」

目を険しくした年配の男が進み出て、きいた。どうやらこの男が差配人らしい。

「その通りだ」

差配人はさらに瞳を鋭くした。

「いったいどなたなんです。どうして火をつけたりしたんです。どうやってなかに入ったんです」

半九郎は手ばやく事情を説明した。

「許嫁《いいなずけ》がさらわれたですって。しかもこれまで四人の娘を殺しているやつに」

半九郎は深くうなずいた。

「そいつら、どこにいるかわかってるんですかい」

「いや、まだだ。しかし一つ心当たりがある」

土蔵に閉じこめられているとき、不意に頭をよぎった考えだ。

越したばかりの神田花房町代地の家だった。二度と市郎左衛門は戻ってこないと考えたが、果たしてそうなのだろうか。

やつは裏をかいてあそこを隠れ家にしているのではないのか。

半九郎は差配人にその場所をいい、奉行所の者に知らせてくれるよう頼んだ。

「今からそこに行くんですね」

「そうだ」

「それだったらいい方法がありますよ」

いかにも手練を感じさせる五十ほどの船頭が操る猪牙舟《ちょきぶね》は、大川をすいすいとのぼってゆく。次々に屋根船《やねぶね》や伝馬船《てんません》を追い越してゆく姿は、思わず胸がすくほどだ。

神田川に入り、神田の火除広道近くに広がる河岸でおろしてもらった。

「あっしも一緒に行きましょうか」

船頭が声をかけてくれた。ありがたかったが、半九郎は固辞した。

「気持ちだけ受け取っておく。ここからは俺の持ち場だ。まかせてくれ」

強く刀の柄を叩いてみせた。

通りを北上し、神田花房町代地に入って目当ての家に着いた。

雨戸ががっちりと閉まっていて、人の気配は感じられないが、なかに市郎左衛門がいるのはまずまちがいない。

息絶えた奈津の体をむさぼる市郎左衛門の絵が浮かび、半九郎は少し吐き気がした。

生垣を飛び越し、そのままの勢いで雨戸に体当たりをした。

二度、三度とぶつかり、四度目に雨戸はきしむ音とともに向こう側に倒れた。

半九郎は廊下を渡り、奥の座敷へ向かった。

誰もいない。ほかの部屋も捜したが、同じだった。

家は無人の静寂に支配されている。

（ここではなかったのか）

焦りの汗がじわりと這いのぼってきたが、ここは冷静になれ、と自らにいいきかせて、ではどこなのか、と考えた。

半九郎は家を飛び出て、再び道を走りはじめた。

二十町ほどの距離を一気に駆け抜けて、湯島切通町にやってきた。

半九郎は生垣を飛び越えようとした。しかし荒い息がおさまらない。

この息で市郎左衛門とやり合うことなどできない。呼吸が静まるのを待ってから生垣を越え、庭に立った。

ここも雨戸ががっちりと閉まっている。ただ、庭に人の足跡が残されていた。

これは、と半九郎はじっと目を凝らした。昨夜の雨のあとにできた足跡だ。

半九郎は目をあげ、雨戸を見つめた。にじり寄るようにして、耳をすませる。なかから人の話し声がきこえるような気がした。半九郎は雨戸をぶち破ろうとしてとどまり、脇差を抜いた。

四郎兵衛たちが雨戸をはずした痕跡を捜し当てると、そこに脇差を差しこみ、静かに力を入れる。

ぐっと雨戸がかしぎ、あっけないほど簡単にはずれた。

半九郎は人がいないことを確かめてから廊下にあがった。

なかは暗い。目が慣れるまでそこにじっとしていた。

半九郎は足音を殺して奥へ進みはじめた。

いつの間にか話し声はきこえなくなっている。どこからか灯火が消されたときの油の臭《にお》いが漂ってきている。

半九郎は立ちどまることなく歩を進め、最も奥の、市郎左衛門の寝間だった部屋までやってきた。

襖をひらく。夜具が敷かれている。人は寝ていない。

夜具に触れた。まだあたたかい。

横顔に風を感じた。はっとして左手を見やる。匕首《あいくち》らしい物をかざした人影が躍りかかってきた。

半九郎は手にしていた脇差《わきざし》を横に払った。肉を切った手応《てごた》えが伝わる。人影は声をあげることなく、うしろに下がった。

半九郎は立ちあがり、敷居をはさんで隣の間で身がまえている人影と対峙《たいじ》した。

「きさま、船頭だな」

半九郎はにらみつけた。

「市郎左衛門はどうした。奈津はどこにいる」

船頭は答えず、代わりに低い声を発した。

「どうやって土蔵を抜けた」

半九郎は嘲笑《ちょうしょう》を口許にたたえた。

「冥土《めいど》で考えろ」

半九郎は脇差で斬りかかった。船頭は一度は匕首で撥ね返したが、二度目は応じきれなかった。半九郎の脇差は、男の左胸を斜めに切り裂いた。

ぱっと口をあいた着物から血が噴きだし、男は身繕いをするように襟元をかき合わせた。

斬られたことが信じられず、自分でもなにをしているのかわかっていない。

男は前のめりに畳に倒れ、見えない手に持ちあげられたように右足だけを大きく痙攣《けいれん》させた。なにか口許でつぶやいていたが、やがて風が吹きやむように息絶えた。

半九郎はあらためてすべての部屋を捜した。

二人の姿はどこにもない。

はずした雨戸から庭に出た。道まで歩き、左右に首を振って二人の姿を求めたが、あたりを行きかっているのはいかにも平和そうな町人、侍ばかりだ。

半九郎は振り向き、家のなかでまだ捜していないところがないか考えた。

半九郎は再び家にあがった。奥の間に入り、押入れを見つめる。

戸をひらいた。

「それ以上寄るな、娘を殺すぞ」

いきなり上のほうから声がした。

ということは、と半九郎はむしろ安堵した。奈津は生きている。

「おりてこい、市郎左衛門」

返事はない。

このまま市郎左衛門に天井裏にこもられたら、半九郎には手をだすすべがない。

「今からおりてゆく。下がっていろ」

市郎左衛門の声が落ちてきた。半九郎が二歩あとずさりをすると、ごそごそと物音がして押入れから影がおりてきた。斬りかかられることを用心して、その身ごなしには一分の隙もない。

「奈津はどうした」

市郎左衛門は上を指さした。

「それにしても相変わらず暑くてかなわんな。いつまでもいられる場所じゃない」

なるほど、市郎左衛門は汗を一杯にかいている。額に浮かんだ汗をかなぐり捨てるようにすると、腰の道中差を抜いた。

かまえると同時に懐に飛びこんでくる。半九郎はよけずに脇差を振りおろした。

市郎左衛門は弾かれたようにうしろに飛びすさり、半九郎の間合を逃れた。

すぐに跳躍し、今度は半九郎の右手にまわりこむように身を投じてきた。

道中差が突きだされる。

半九郎は体をよじりつつ、脇差で弾き返した。その衝撃で市郎左衛門がわずかに体勢を崩したところを一気に踏みこみ、脇差を横に振った。

市郎左衛門は頭を下げて避けたが、半九郎の次の振りおろしはかわしきれなかった。

ぴっという音がし、横へ走った市郎左衛門は動きをとめるや左胸を手で押さえた。

船頭と一緒で、着物の左胸のところがぱっくり割れている。

だが船頭ほど傷は深くないようで、すぐさま体を立て直し、表情に必殺の気合をみなぎらせると再び突っこんできた。

道中差が袈裟に振られる。その鋭さはこれまでとは比較にならなかった。

それでも半九郎は楽々と撥ねあげ、渾身《こんしん》の力をこめて脇差を振りおろした。

市郎左衛門は道中差でなんとか受けとめたが、半九郎が手首をひねると、道中差は巻き取られ、隣の部屋へ飛んでいった。

市郎左衛門は得物をなくした。

「どうする。まだやるのか」

市郎左衛門は懐に手を突っこむと、またも突進してきた。手には匕首が握られている。

目にこれまで見せたことのない色が浮かんでいる。紛れもなく狂人の色だ。

市郎左衛門の動きは一変した。まるで鼠《ねずみ》のようなすばしこさだ。

右にいたかと思ったら、すぐさま左に移動し、さらに体を低くしてみたり、あるいは跳躍したりと市郎左衛門はくるくると半九郎のまわりを動きまわった。

半九郎は、至るところから振りおろされ、突きだされる凶暴さを秘めた匕首に振りまわされたが、それでも冷静さを失うことなく応対した。

やがて半九郎は、市郎左衛門が体を低くした次の瞬間、必ず左右どちらかに飛ぶことを一連の動きから見つけだした。

さらに注意深く見続けているうち、右へ飛ぶときは顎《あご》をわずかに左側に引き気味にすることがわかった。

おそらく本能がさせていることだろうから、そんな決まりめいた動きをしていることに市郎左衛門自身、気がついていないはずだ。

市郎左衛門が姿勢を低くし、顎を左に引いたとき、半九郎はまだ市郎左衛門がいない場所へ、きっとそこに動くだろうという予測のもとに脇差を投げつけた。

市郎左衛門は自分が脇差へ向かって飛んでしまったことに驚き、体を必死にとめた。市郎左衛門の体をかすめて飛んだ脇差は、先の襖を突き破った。

市郎左衛門はたたらを踏むような格好になり、半身の姿勢で半九郎を見た。その目が大きく見ひらかれた。

半九郎は大きく深く踏みだし、抜き打ちに刀を横に払った。

完全に体勢を崩していたが、市郎左衛門はそれでもよけようとする努力を惜しまなかった。

その動きを上まわる伸びを示した半九郎の刀は、市郎左衛門の腹を横に切り裂いた。

手応えは十分とはいえなかったが、上下にひっぱられたように市郎左衛門の着物がぱっくりと口をあけた。

そこから血が流れだす。

血は見る見るうちにおびただしく出てきて、市郎左衛門の着物を赤黒く染めた。

腹に目を向けた市郎左衛門は呆然とし、それから力尽きたようにどすんと尻から座りこんだ。

半九郎を憎しみの目で見た。腕を高くあげて匕首を投げつけようとする仕草を見せたが、その力も失われたらしく、腕をぱたりと落とすや匕首をかたわらに転がした。

「やっぱりあんたは強いな」

ぜいぜいと苦しげに息を吐いて、いった。

「なぜ俺を殺そうとした」

市郎左衛門は意外そうに見返した。

「なんだ、わかってないのか。これだ」

裂かれた腹に手を当て、ゆっくりとさすった。痛みが襲ってきたか、顔を不快そうにしかめた。

「おぬしが怖くてならなかったのさ」

どういうことか、半九郎はおぼろげながら解することができた。

おそらく奈津のかどわかしを決めたのはかなり前のことで、市郎左衛門は奈津をかどわかしたあとのことを考えたのだ。奈津に危害を加えたとなれば、里村半九郎は地獄の底まで追ってくる。

つまり半九郎さえ亡き者にしてしまえば、怖《おそ》れる者は一人としておらず、堂々と奈津をかどわかせると踏んだのだ。

「だが、実際にはやり損ねた。それなのになぜ」

「我慢がきかなくなった。どうしてもほしくてならなかった……」

やはり狂人なのだ、と半九郎は思った。狂い犬がなにも考えずに逃げる子供を追いかけるのと、なんら変わりないのではないか。

半九郎に警護を頼んできたのも、身近に来させれば殺す機会が増えること、そして半九郎ほどの遣い手なら四郎兵衛を返り討ちにできるのでは、という期待もあったのかもしれない。

そう考えれば、あのとき四郎兵衛を討てなかったことをあれほど悔しがったことも理解できる。

「やはりあんたを殺せなかった以上、思いとどまっておくべきだった」

市郎左衛門は顔をゆがめた。

「いずれ後悔することになるのでは、という気はしていたんだ」

苦しそうに天井を見あげた。

「きさま、何者だ」

命の火が消える前に、半九郎は問いかけた。

市郎左衛門はときおり苦しげに顔をゆがめながら、すべてを語った。

「本当なのか」

きき終えた半九郎は喉の奥からしぼりだすように声をだした。

驚愕《きょうがく》を隠せない。この男が奥坊主でないのはわかっていたが、予想をはるかに超える答えだった。

「本当さ」

市郎左衛門は半九郎の驚きを楽しむような顔を一瞬だけした。

「だから、四郎兵衛はひそかに始末をつけようとしたんだ。そんなことがもし公儀に知れてみろ。お家はいったいどうなるか」

半九郎はごくりと唾《つば》を飲みこんだ。

血は流れ続けており、市郎左衛門からは顔色がなくなっている。

「古賀四郎兵衛にあんたの死を伝えたほうがいいか」

市郎左衛門はふっと笑った。

「面倒見のいいことだな。ああ、伝えてくれ。やつは上屋敷《かみやしき》にいるはずだ」

気づくと、市郎左衛門は息絶えていた。

うなだれた顔は、いっぺんに十も歳《とし》を重ねたように見えた。目の下にいつの間にかくまができ、顔に刻まれた無数のしわもその濃さと深さを増している。

四十二

下のほうからきこえてくるのは紛れもなく半九郎の声で、やっぱり来てくれた、と奈津は深い安堵に包まれたが、しかし話は一向に終わる気配がない。

どうやら相手は市郎左衛門と名乗ったあの男のようなのだが。

（もうなにやってるのよ）

奈津は思わず声をあげた。猿ぐつわのせいで牛のような鈍い声になった。

瀕死《ひんし》の者が苦しがっているような声が届き、半九郎ははっと我に返った。

押入れに入り、天井裏にもぐりこむ。

「奈津、どこだ」

またうめき声がきこえた。

半九郎はその声を目当てに闇のなかを這い進んだ。

やがて人らしい盛りあがりが目の前にあらわれた。

「奈津、大丈夫か」

半九郎は猿ぐつわをはずし、手足の縛めも取った。

奈津は抱きついてきたが、半九郎の肩をぶった。

「まったくもう、私のこと忘れてたでしょ」

ごまかしても無駄だ。こういうときは素直に頭を下げたほうがいい。

「すまん、ちょっと話に夢中になった。どれ、動けるか。まあ、それだけの口を叩ける元気があるなら、心配いらんだろうが」

家の外に出た半九郎は奈津をおぶった。最初、奈津は遠慮したが、半九郎が強くいうと、うれしそうに肩に手をまわしてきた。

半九郎は奈津を長屋に送り届けた。

助左衛門は心の底から安堵の息をつき、半九郎の腕をかたく握った。胸が一杯のようで言葉は発しなかったが、それだけで助左衛門の気持ちは伝わってきた。

その足で半九郎は順光のもとへ行き、すべてを話した。

この和尚《おしょう》が他言することは決してない。口のかたさはこれまでのつき合いで十分すぎるほどわかっている。

顚末をきいた順光はさすがに驚いた。

「あの男、正体はそんな大それたものだったのか」

信じられん、というように何度も首を振った。それから表情を引き締め、半九郎をのぞきこんだ。

「どうする。彦四郎《ひこしろう》に話をするか」

「いえ、やめておきましょう。大目付がこの話をきいたら、放《ほう》っておくことはできんでしょう。なにも知らぬ人たちを巻きこんでしまうことになります」

「彦四郎はそのあたりのさじ加減がわからぬ男ではないが、まあ、いわんでおくほうがこの際いいだろうな」

順光は腕を組んだ。

「ところで半九郎。その古賀という侍に会うつもりなのか」

「いえ、そのつもりはありません」

「ほう、なにか考えがある顔だが」

そういってにやりと笑った。

「当ててみようか。文だろう」

順光に、ここで書いてゆけといわれたので、半九郎はその通りにした。

市郎左衛門が死んだこと、そしてどこに死骸《しがい》があるかをしたためた。

書き終えると、順光が腕を伸ばしてきた。

「どれ、よこせ。彦三郎に届けさせる」

和尚は彦三郎を呼び、手紙を手渡した。それを見届けた半九郎は順光の前を辞そうとした。

「ああ、それからな、半九郎」

順光はいいかけて、とどまった。

「いや、なんでもない」

目になにかおもしろがるような色が浮かんだ気がしたが、一瞬にすぎず、半九郎はしかと見定められなかった。

祥沢寺の山門を出た半九郎は長屋に向かって歩きはじめた。

近間庵の戸がひらき、ふと男が出てきた。

半九郎はすぐさま声をかけた。

「ああ、これは里村さま」

筒井屋のせがれ互介は頭を下げた。

「庄吉さんはどうしている」

半九郎がいったとき、互介にややおくれて店を出てきた男がいた。

「おや、これは里村さま。その節はお世話になりました」

軽やかな歩調で歩み寄り、ていねいにお辞儀をした。

半九郎はさすがに目をみはった。

「無事だったのか」

「里村さま、ご存じじゃなかったんですか」

互介がいう。

「庄吉のことを里村さまに知らせてもらおうと、和尚を訪ねたんです。ですから、てっきり和尚からきかされたものと」

これだったのか、と半九郎は思った。あのくそ坊主。

「いつ意識が戻った」

「つい三日前です」

「なんにしろよかった。ほっとしたよ。家族も喜んだだろう」

「ええ、父も母も涙を流して……こいつもですけど」

庄吉が互介を指さす。

「手前は泣いてなんかいませんよ」

「その後は別状もなく？」

「ええ、元気なものです。商売にも前以上に身を入れています。文字通り、死んだ気になって、というやつですね。今では、なぜあんなことで死のうとしたのかわからないくらいです。里村さまに助けていただいた命なのですから、大事にしないとばちが当たりますよね」

「その通りだ。首をくくったという話をきいたときは、ぶん殴ってやりたいほど怒りがこみあげた」

「申しわけございません」

庄吉は身を縮みこませるようにした。

「ただ、まだここはひりひりしますけれど」

そっと首に手を当てる。

半九郎はうなずいて、互介に目を向けた。

「博打《ばくち》から足を洗ったようだな」

「わかりますか」

「わかるとも。ずいぶん目が澄んでいる」

「こいつ、自分からやめたわけじゃないですよ。親父《おやじ》さんにばれたんです」

「いや、自分で決意したんです。庄吉をあそこまで追いこむ片棒をかついじまったのは事実ですからね。あれでやめなかったら人じゃないでしょう。もっとも、借金は親父に肩代わりしてもらったんですけど。今はそれを返している最中です」

「二人ともなんのわだかまりもなしか。男だな」

半九郎はじゃあ、と手をあげて別れた。今夜は気分よく休めそうだった。

四十三

文を受け取った四郎兵衛は五名とともに家へ赴き、市郎左衛門の死骸を確認した。それから荷車に乗せた死骸にむしろをかけ、上屋敷に戻った。

翌々日、五名は国許《くにもと》へ旅立った。村田弥之助が骨壺《こつつぼ》を胸からつり下げている。

一昨日の深夜、遺骸を奥の庭で荼毘《だび》にふしたのだ。

「古賀さん、本当に一緒に戻らないんですか」

弥之助が心配そうにきく。

「気がかりはわからないでもないですが、文をくれたあの浪人が今さら告げ口をするとは思えないのですが」

てお待ちでしょう」

「だったらなぜ。ともに国へ戻りましょう。ご内儀も四人の娘さんもお帰りを首を長くしてお待ちでしょう」

「よろしく伝えてくれ。俺もすぐ戻るゆえ」

「俺もそう思う」


なにごともなく三日がすぎた。

その翌日、そろそろ夕闇が迫りはじめた刻限に来客があった。

湯屋へ行く支度をしていた半九郎だったが、障子戸越しにかけられた声にはきき覚えがあり、いやな予感にとらわれた。粘りけのある汗が背筋を伝い落ちてゆく。

戸をあけると、果たして四郎兵衛が立っていた。

「なんだ、ずいぶん汗をかいておるな」

「おぬしが来たからさ」

「文は受け取った。礼をいう。あと片づけも無事にすんだ。町奉行所にも内密にしてくれたようだな」

「四人もの娘を殺害した者の死を知らせねばと思ったが、いろいろ突っこまれるのも面倒なんでな」

「やはり知っているのか」

四郎兵衛は残念そうにいった。

「ちょっとつき合ってもらえるか。おぬし、稽古《けいこ》をする場所があったな。あそこがいい。

この刻限なら人目はなかろう」

　この男だったのか、と半九郎は以前原っぱに赴く途中、誰かに見られていた感覚を思い起こした。

「一人か」

　半九郎はただした。

「ああ。五人は国へ帰った」

　半九郎は四郎兵衛に曳《ひ》かれるように外へ出た。

　路地に長屋の者は誰もおらず、しんとした静けさがただ夕日に照らされている。

　原っぱに着いた。日暮れ間近の草だらけの空き地にはいくつもの蚊柱が立っている。

　草地はところどころ草がはがれ、新しい土がむきだしになっている。

　そういうところを避けるように立った四郎兵衛はすっと半九郎に向き直った。

　半九郎は二間ほどの距離を置いた。

「おぬしの口をふさがねばならぬ」

　四郎兵衛が低い声でいう。

「どうしてもやる気なのか」

「ああ」

　四郎兵衛は蚊柱をうるさそうに手で払った。

「俺は誰にも話さんぞ」

「その通りだろう」

「あるじの命か」

「殿は、市郎左衛門、いや高綱《たかつな》公が亡くなったことで十分と判断された。他の重臣も同じだ」

「だったらなぜ」

「俺は他の者より神経が細いんだ。どうしてもいらぬ心配をしてしまう」

「お家の秘密を知る者が家中以外にいる。それがどうにも落ち着かぬ、といったところか」

「そういうことだ」

四郎兵衛は斜《はす》に半九郎を見た。

「悔いを残したくないのだ。あとで公儀が知るところになり、あのとき口をふさいでおけば、というような悔いをな」

すらりと刀を抜いた。四郎兵衛の全身が殺気のかたまりと化した。

半九郎も刀を抜き合わせた。ここは本気で倒しにかからないと殺られるのはわかっている。

総身に殺気をこめた。

あまり長引かないのはわかっている。いくら人目がないとはいっても、四郎兵衛ははやめに決着をつけにくるはずだ。

あの妙な剣。どんな動きをするのかわかっていない。

しかしなんとか見極められさえすれば、勝機はあると半九郎は踏んでいる。

四郎兵衛が一度大きく息を吸った。それがだんだんと細められ、やがてとまった。

わずかに顎を引くような仕草を見せるや、一気に距離をつめてきた。

半九郎は右に走り、四郎兵衛を自分の左に置こうとした。

四郎兵衛はかまわず半九郎を間合に入れると、袈裟に振りおろしてきた。

あの剣だ、という確信があったが、半九郎には撥ねあげるしかできることはなく、腕をあげかけた。

そのときだった。右側に立つ蚊柱が横に真っ二つにされた。半九郎は袈裟斬りが幻でしかないことをさとった。

半九郎は、胴に振られた刀をがきんと受けとめた。

受けられたことに四郎兵衛は、まさかといった表情を一瞬見せた。

そこに隙があった。

半九郎は、もう一度袈裟に振りおろそうと体勢を立て直そうとした四郎兵衛に上段からの一撃を加えた。

四郎兵衛は弾き返したが、ほんのかすかに腕が縮んだのを半九郎は見逃さず、姿勢を低くするや、穂刈の剣を見舞った。

さすがに四郎兵衛は遣い手で、応じようとする姿勢を見せた。

そのまま穂刈の剣をつかっていたら撥ね返されて、あるいは再び優位に立たれていたかもしれない。

だが半九郎はすぐさま体を反転させ、再び穂刈の剣の姿勢をとるや、それまで以上に深く踏みこんで伸ばした右腕一本で逆胴から打ちこんだ。

手応えはたいしたものではなかった。半九郎はすばやく体を戻し、刀を正眼にかまえた。

刀をだらりと下げた四郎兵衛は、半九郎を感情のない瞳で見ている。

不意に着物の脇腹のところが横に切れ、そこから水鉄砲のように一筋の血がほとばしった。それは一瞬でとまったが、次の瞬間、土手を乗り越える大水のような勢いで血があふれ出てきた。

やがて雨がやむように血は勢いを消したが、色をなくした四郎兵衛の顔はほとんど真っ白だった。

四郎兵衛は強風にでも押されたかのように体をぐらりと揺らし、どしんと前のめりに倒れた。

血の海に身を沈めて、もはやぴくりともしない。

それでも半九郎は用心して近づき、首のうしろに刀を入れてとどめとした。

もう二度と四郎兵衛に会うつもりはなかったが、最初に覚えた予感が当たることを確信していた半九郎は四郎兵衛との対決を想定し、ここ四日連続して松井圭之介の道場に通ったのだ。圭之介と稽古を繰り返し、ひたすら鍛えてもらったのである。

一度見られた剣が、四郎兵衛ほどの遣い手に通用するはずがないとの思いが強くあり、穂刈に新たな変化をさせる必要も感じていた。

この変化は今日に至るまで未完成で、つかうのはほとんど一か八かに近かったが、やはり実戦以上の師匠はないらしく、見事に決まってくれた。

技が決まったことも生きていることもうれしかったが、このままうしろにぶっ倒れたい疲労が、ぐっしょりと濡れた着物をまとっているかのように重く体を包んでいる。

右手が柄からはずれず、左手で一本一本指をむしり取るようにした。震えのとまらぬ腕で懐紙を取りだして刀身をていねいにぬぐい、ゆっくりと鞘《さや》におさめた。

またも死者が出たことに、半九郎はどうしようもないいらだちを覚えている。しかも、この男が死ぬ必要などどこにもなかったのだ。

すべての発端は市郎左衛門だった。

市郎左衛門は本名を高綱といい、西国《さいごく》の殿さまだった。

それが五年前の隠居後、領内に帰った際、立て続けに町娘を三人殺し、城内の座敷牢《ろう》に押しこめられたのだ。

一年前に江戸に出てきてからはしばらく静かにしていたが、性癖はおさまらず、またも娘を殺しはじめた。

殺した女を犯すのは、殿さま時代、なんの反応もない女ばかり抱き続けてきたからだ。

「父を連れ戻すことは考えずともよい。人目につかぬ場所でひそかに殺せ。もし町方《まちかた》に先んじられるようなことになったら、まちがいなく我が家は取り潰しぞ」

市郎左衛門が居どころを転々としたのは、四郎兵衛たちから逃れるためというより、むしろ新たな獲物を捜すためだった。住みかから五町以内に住む若い娘を常に目標としていたのだ。

新しい犠牲者が出るたびに四郎兵衛たちが市郎左衛門の居どころを突きとめられたのは、このことを知っていたからだ。

市郎左衛門が親分の安造を知っていたのは、昔お紀久の父親が高綱の家に出入りしていた旗本《はたもと》だったためだ。

半九郎は目を閉じた。死を目前にした市郎左衛門とのやりとりが脳裏に戻ってくる。

「じゃあ、市郎左衛門というのはもちろん本名ではないな」

「俺の叔父《おじ》だった人の名だ。豪放磊落《らいらく》な人で、俺は子供の頃から憧《あこが》れていた」

半九郎は、隣の間に横たわっている男に向けて顎をしゃくった。

「その男は?」

「元右衛門《もとえもん》といってな、その叔父の三男坊だ。俺とは子供の頃からのつき合いで、俺の性癖を知っても見捨てることなくずっとついてきてくれた。死ぬときは一緒と誓い合っていたが、本当にその通りになったな」

悲しみと満足が入り混じった色が市郎左衛門の頬をよぎっていった。

「土蔵の鍵はどうやって手に入れた」

「つい三日前、元右衛門があの家を見に行ったのさ。例の一件があって以来、借り手のつかない家だ、差配人は喜んで案内してくれたそうだぞ。土蔵のなかも見たいといってな、そのとき隙を見て型を取ったんだ。差配人がなかを案内している最中、鍵は錠前に差したきりだったから」

そういうことか、と半九郎は納得した。

「領内で人を殺したというのは本当なのか」

「三人な。それでつかまった」

「どうやって逃げだした」

「情にすがって、牢番にだしてもらった。牢番は田口太郎兵衛《たぐちたろべえ》といったんだが、その男を殺し、元右衛門と江戸へ一目散だ。四郎兵衛は太郎兵衛の弟だ。名字が異なるのはやつは婿入りしたからだ。やつが追っ手に選ばれたのは兄の不始末をつける意味もあったんだろうが、むろんそれだけでない。やつは家中随一の腕だからな」

半九郎は目をひらき、さてどうしたものか、とあらためて四郎兵衛の死骸を見つめた。

順光に頼めばうまく処理をしてくれる気はしたが、毎度毎度手をわずらわせるのも気が引ける。

夜はそばに迫ってきており、薄闇があたりに立ちこめはじめている。

ふと、人に見られているのを感じた。

目を向けると、誰かが藪《やぶ》の陰にひそんでいるのが知れた。

半九郎は、四郎兵衛の配下か、と考えたが、すぐに心のなかで否定した。国に帰ったという言葉に嘘《うそ》はなかった。

半九郎はずんずんと近づいた。

「お侍、なにも見ておりません。見逃してください」

若い百姓が藪を飛び出て、土下座をした。それを追いかけるように女も出てきて、男にならった。

このあたりでよく見かける若夫婦だ。

「すまんが、菊坂台町の自身番まで走ってくれんか」

半九郎は穏やかに頼んだ。

「へ、へい、わかりました」

夫婦はその場を立ち去れるのをむしろ喜ぶように、一目散に駆けだした。

四半刻《しはんとき》ほどのち、権兵衛店の大家で町役人をつとめる徳兵衛が同心を連れてきた。

同心はあの稲葉七十郎という男だ。半九郎は心の底からほっとした。

「里村さん、どうしました」

血相を変えた徳兵衛がきく。

「見ての通りだ」

半九郎は死骸を示した。

「事情をききましょう」

厳しい表情の同心が、徳兵衛に代わって足を踏みだしてきた。うしろで中間も顔を険しくしている。

半九郎は、同心を徳兵衛から離れた柳の陰に導いた。

「これはおぬしを信頼して話すんだが」

半九郎は前置きをした。同心が深くうなずくのを見て、ここに至るまでのすべての事情を語った。

「本当ですか」

同心はすぐに驚きから立ち直った。

「いや、つまらない問いをしました。わかりました、おまかせください。死骸がないのは確かに残念ですが、とにかく殺される娘がもう出ないことがそれがしにはこの上なくありがたいですよ」

その後、五日のあいだに二度、半九郎は南町奉行所に呼びだされ、与力《よりき》の取り調べを受けたが、それ以上のことはなかった。

四十四

数寄屋橋御門《すきやばしごもん》のうちにある南町奉行所からお堀沿いを長屋へ戻る途中、虎之助と出会った。

場所は、左手に見える呉服橋をちょうど通りすぎようとしているところだった。

「なんだ、一人か。孫はどうした」

「あいつ、柄に似合わず風邪ひいちまったんだよ。今朝から熱だして寝こんでるんだ」

「ふーん、そりゃ心配だな。虎、それにしてもずいぶん遠くまで出てきたものだな。このあたりまでよく来るのか」

いいながら半九郎は気づいた。

「なんだ、俺が心配で来てくれたのか。かわいいやつだな」

半九郎は頭をなでてやった。虎之助は腕を振り払った。

「ちがうよ。なんでおいらが半九郎のおっちゃんの心配なんてしなきゃいけないんだよ」

「いいわけなんかせんでもいいぞ。虎、団子でも食うか」

「ところてんがいい」

半九郎は行商人の姿を捜した。

「半九郎のおっちゃん」

ところてんを食い終わった虎之助が気がかりそうに見あげている。

「また奉行所へ行くの?」

「いや、今日で終わりだ。さあ、帰ろう」

半九郎は皿を行商人に返した。

刻限は七つすぎくらいだろう。少しだけ涼しい風が吹きはじめている。

「おい、虎、一つききたいことがあるんだけどな」

半九郎は歩を進めつつ、いった。

「脩五郎がにいちゃんで、なんで俺がおっちゃんなんだ」

「なんだ、そんなこと」

「そんなことっていうが、俺と脩五郎は一つしかちがわないんだぞ」

「なんでかな。半九郎のおっちゃん、けっこう男前なんだけど、どこかじじむさいんだよね。それにくらべて脩五郎のにいちゃんは、同じ男前でもなんかこう若々しいというかさ。そのあたりの差が出てるんだと思うよ」

最後まで半九郎はきいていなかった。じじむさいという言葉がこだまとなって頭のなかを駆けめぐっている。

長屋近くまで来たところで、いかにも仲むつまじげな男女に行き合った。

「おや、これは半九郎の旦那《だんな》」

脩五郎だった。

半九郎はにらみつけた。

「どうしてそんな怖い顔されるんです」

「いや、その若々しさはどこから出てくるのか、と思ってな」

「はあ、なんのことです」

半九郎は女のほうに目を向けた。

「あれ、お駒ちゃんじゃないか」

お駒はぺこりと頭を下げた。どこか照れくさそうだ。

「なんだ、よりを戻したのか」

「ええ、その通りなんで」

お駒に代わって答えた脩五郎の顔はでれでれだ。

「それであっし、小間物《こまもの》の行商はやめることになりました」

「どうして。けっこう繁盛していたんじゃないのか」

「お駒の家を継ぐんですよ」

「ああ、そうなのか。確か釣り道具屋だったたな。えっ、ということは……」

「ええ、じき祝言《しゅうげん》をあげます。半九郎の旦那、必ず来てくださいましよ」

ではこれで、とお辞儀をして脩五郎は歩きはじめた。そのすこしうしろをお駒がついてゆく。

二つの重なり合う影は、すでに夫婦のものだった。

「まったく男女の仲というのはわからんもんだな」

半九郎は首を振ってつぶやいた。

「でも、脩五郎のにいちゃん、うらやましいな。あんなかわいい人、お嫁さんにできて」

その通りだな、と半九郎も思った。

「おいらもはやくお嫁さん、もらいたいよ」

「馬鹿、十年、いや二十年ははやいんだよ」

路地に入った。

「あれ、半九郎のおっちゃんのところ、戸があいてるよ」

虎之助が声をあげた。

「奈津ねえちゃん、来てるんじゃないの」

その通りだった。夕餉《ゆうげ》の支度をしてくれている。

「お帰りなさい、おなか空いたでしょ」

「ああ、ぺこぺこだ」

お駒ちゃんもかわいいが奈津はもっときれいだな、と奈津の顔を見た半九郎はしみじみとうれしさを感じた。

（やっぱりはやいとこ嫁さんにしなきゃいかんな）

奈津が、土間に立つ半九郎をじっと見つめていた。力が抜けたようにふっと笑みを見せる。

「終わったようね」

「ああ、すべてな」

奈津はかまどの前に戻り、半九郎は畳にどかりとあぐらをかいた。

「きいたか、脩五郎とお駒ちゃん」

「ええ、一緒になるそうね。うらやましいわ」

そうかうらやましいのか、と半九郎は思った。ならばこの際いってみるか、と決意をかためた。一緒になってしまえば、あとはどうにでもなる。

「奈津、ちょっと」

半九郎はうしろ姿に呼びかけた。

「なに」

「ちょっとここに座ってくれんか」

「じきできるのに」

それでも奈津は火を消した。

沼里で奈津を助けだしたときそんな話になったが、しかしいざあらたまっていうことになって半九郎は胸がどきどきしている。

「話があるんだ」

「話？　なに」

いいながら奈津は半九郎の向かいに正座をした。

そのときだった。あけっ放しの障子戸を通り抜けて、小さな影が飛びこんできた。

奈津の真横にがばっと土下座をする。

「奈津ねえちゃん、お願い、おいらのお嫁さんになってくれ」

「ちょっと虎ちゃん、なにいってるの」

奈津はにこにこ笑っている。

「ねえ、駄目？　駄目なの？」

「残念だけど、虎ちゃんのお嫁さんにはなれないなあ。でも虎ちゃんだったら、もっと若くてかわいい子、きっと見つかるわよ」

「ほんと？」

「ええ、本当よ」

「自信持っていい？」

「もちろんよ」

虎之助は喜色を満面に浮かべて外へ出ていった。

「虎ちゃん、かわいいわね」

ふふ、と笑って奈津が半九郎に向き直る。

「話って？」

骨が抜けたように倒れこんでいた半九郎はかろうじて起きあがった。

「いや、いい。そのうち話す。飯にしてくれ」

時代小説文庫
す 2-7

半《はん》九《く》郎《ろう》疾《しっ》風《ぷう》剣《けん》

著者 鈴《すず》木《き》英《えい》治《じ》

2003年 9月18日第一刷発行
2010年10月18日第五刷発行

発行者 角川春樹

発行所 株式会社 角川春樹事務所
〒101-0051 東京都千代田区神田神保町3-27 二葉第1ビル

電話 03(3263)5247[編集] 03(3263)5881[営業]

印刷・製本 中央精版印刷株式会社

フォーマット・デザイン 芦澤泰偉
シンボルマーク 芦澤泰偉

ISBN4-7584-3066-7 C0193
http://www.kadokawaharuki.co.jp/[営業]
fanmail@kadokawaharuki.co.jp[編集] ご意見・ご感想をお寄せください。

半九郎残影剣

鈴木英治

書き下ろし

用心棒の里村半九郎は、秋葉屋という商家の押しこみを撃退し、許嫁の奈津と穏やかな時間を過ごしたのもつかの間、再び秋葉屋本人の警護についていた。そんなある日、奈津が何者かに、かどわかされてしまった。目的は何なのか、そして誰が!? 半九郎は、警護の仕事を放り出し、奈津の探索を始めるのだが……。〝血湧き肉踊る〟決闘シーン満載の、剣豪ミステリー、書き下ろしで登場。

半九郎疾風剣

鈴木英治

書き下ろし

用心棒稼業の里村半九郎のもとへ、町方同心が訪ねてきた。話によると、昨晩、半九郎が会っていた女、お弓が何者かに殺されたらしい。お弓との別れ話を半九郎に相談していた修五郎に、疑惑がかかるのだが、半九郎には納得がいかなかった。そして同じ長屋の仲間から、修五郎を売ったと責められた半九郎は、真犯人を捕らえるために一人動き始めるが……。書き下ろしで描く、剣豪ミステリーシリーズ好評の第二弾!

鈴木英治
義元謀殺㊤

今川義元の尾張への侵攻を半年後に控えたころ、家中の有力な家臣が、家族もろとも惨殺された。御馬廻りの多賀《たが》宗十郎《そうじゅうろう》には心当たりがあった。謀反の疑いをかけられた山口一族を処刑した実行者がねらわれているのではないか、と……。しかし、そこには織田信長の恐るべき陰謀が隠されていたのだ!!「戦闘シーンは迫力に満ち、構成も巧妙である」と選考委員の森村誠一氏に激賞された、第一回角川春樹小説賞特別賞受賞作、待望の文庫化。

（全二冊）

鈴木英治
義元謀殺㊦

今川家の目付・深瀬《ふかせ》勘左衛門《かんざえもん》は、重臣の一家皆殺し事件を必死に追いかけたが、なかなか犯人を挙げられなかった。一方、深瀬の幼なじみの多賀宗十郎も度々命をねらわれる。そんな中、義元は浅間大社でお花見の宴《うたげ》を開催した。宗十郎も警固に当たったのだが……。「今川家の家中という歴史設定を馴染ませ、さらに人物に感情移入をさせる手腕はたいしたものだ」と選考委員の福田和也氏に絶賛された、第一回角川春樹小説賞特別賞受賞作、遂に文庫化。

（解説・関口苑生）

時代小説文庫

遙かな武田騎馬隊

岩崎正吾

書き下ろし

時あたかも戦国末期。織田信長の猛攻に、甲斐武田家は存亡の危機を迎えようとしていた。幼い頃より老師白雲斎に育てられ、山中で修業を積んだ小太郎は、この危機に際し、武田勝頼の兄、信親の警護を命じられ、武田家滅亡の渦中へと巻き込まれていく。警護にあたるのは、いずれも十代の混成部隊。凄絶な戦闘の中で成長していく小太郎の目を通して、滅びゆくものの哀切と、時代を超えて生きていくものの躍動を鮮やかに描きだした時代小説の傑作が遂に登場!

江戸の検屍官　女地獄

川田弥一郎

書き下ろし

夜鷹の稼ぎ場所である柳原堤で凍り付いた車引きの死骸が発見された。北町奉行所・定町廻り同心の北沢彦太郎はその検屍に出向く。死因は男の自業自得なのか、それとも凍死に見せ掛けた殺しなのか。やがて謎の夜鷹・紫の影がうかびあがるが……。〝江戸の検屍官〟彦太郎が検屍の教典『無冤録述』を傍らに、女好きの名医・玄海、美女枕絵師・お月らとともに、隠された真相に迫る!!　情念の火の粉が江戸上空を舞う、傑作時代長篇。

時代小説文庫

佐伯泰英

悲愁の剣

長崎絵師通吏辰次郎

長崎代官の季次《すえつぐ》家が抜け荷の罪で没落——。季次家を主家と仰ぎ、今は海外放浪の身にある南蛮絵師・通吏辰次郎《とおりしんじろう》はその報せに接し、急ぎ帰国するが当主・茂智、茂之父子や、茂之の妻であり辰次郎の初恋の人でもあった瑠璃《るり》は、何者かに惨殺されていた。お家再興のため、茂之の遺児・茂嘉を伴って江戸へと赴いた辰次郎に次々と襲いかかる刺客の影! 一連の事件に隠された真相とは……。運命に翻弄される者たちの奏でる哀歌を描く傑作時代長篇。

(解説・細谷正充)

佐伯泰英

白虎の剣

長崎絵師通吏辰次郎

書き下ろし

陰謀によって没落した主家の仇を討った御用絵師・通吏辰次郎《とおりしんじろう》。主家の遺児・茂嘉とともに、江戸より故郷の長崎へ戻った彼は、オランダとの密貿易のために長崎会所から密命を受けたその日に、唐人屋敷内の黄巾党《こうきんとう》なる秘密結社から襲撃される。唐・オランダ・長崎……貿易の権益をめぐって暗躍する者たちと辰次郎との壮絶な死闘が今、始まる! 『悲愁の剣』に続くシリーズ第二弾、待望の書き下ろし。

(解説・細谷正充)